TRAGEDIA EN COLLINS AVENUE

EL DESASTRE QUE CONMOCIONÓ A MIAMI

TRAGEDIA EN COLLINS AVENUE

EL DESASTRE QUE CONMOCIONÓ A MIAMI

JUAN MANUEL ROBLES

Planeta

© 2024, Juan Manuel Robles

Diseño de portada y fotoarte: Anónima Content Studio / Franco Zegovia
Mapa: Moisés Díaz Bruno
Formación: Abdías Moisés Arroyo Hernández
Adaptación de portada: © Genoveva Saavedra / aciditadiseño
Fotografía del autor: © Juan Manuel Robles

Derechos reservados

© 2024, Editorial Planeta Mexicana, S.A. de C.V.
Bajo el sello editorial PLANETA M.R.
Avenida Presidente Masarik núm. 111,
Piso 2, Polanco V Sección, Miguel Hidalgo
C.P. 11560, Ciudad de México
www.planetadelibros.com.mx

Primera edición impresa en esta presentación: junio de 2024
ISBN: 978-607-39-1163-4

Impreso en los talleres de Bertelsmann Printing Group USA
25 Jack Enders Boulevard, Berryville, Virginia 22611, USA.
Impreso en U.S.A - *Printed in U.S.A.*

A las víctimas de la tragedia del 24 de junio de 2021, en Surfside, Miami, en especial a los niños.

Los niños… tan felices en los balcones.

No hay nada más pesado que la compasión. Ni siquiera el propio dolor es tan pesado como el dolor sentido con alguien, por alguien, para alguien, multiplicado por la imaginación, prolongado en mil ecos.

MILAN KUNDERA

ÍNDICE

Advertencia al lector 13

1. Presagios aislados. 15
2. Cassondra: el sol brillará mañana 25
3. Iliana: la voz de Dios y los diluvios 45
4. El rescatista de la tele y la voz en los escombros 63
5. El pequeño Lorenzo y el misterio
   de Michael Jackson 95
6. Claudio y María en *Miami Vice*. Parte I 113
7. Claudio y María en *Miami Vice*. Parte II 143
8. Leidy Luna en el paraíso (fiscal) 161
9. Andrés y Fabián, los padres de la niña 191
10. Los vivos y los muertos. (Epílogo) 225

Agradecimientos y fuentes 235
Acerca del autor 239

Torre Champlain Sur

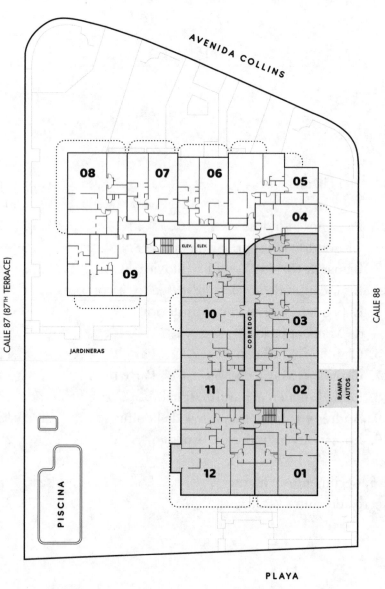

AVENIDA COLLINS

EDIFICIO EIGHTY SEVEN PARK

CALLE 87 (87TH TERRACE)

HOTEL BLUEGREEN SOLARA

CALLE 88

08 07 06 05

04

ELEV. ELEV.

09

10 CORREDOR 03

JARDINERAS

11 02 RAMPA AUTOS

12 01

PISCINA

PLAYA

ZONA DESTRUIDA

ADVERTENCIA AL LECTOR

Este libro narra las historias de algunos de los protagonistas de la tragedia ocurrida en la torre Champlain Sur, en Miami, la madrugada del 24 de junio de 2021: víctimas mortales, rescatistas, deudos y residentes del edificio que quedó parcialmente destruido por un colapso inesperado.

Es la historia de muchas vidas que se cruzaron una noche fatal, y la de un edificio en crisis, que pasó del esplendor y el lujo a una temprana decadencia. Una construcción que mantenía su atractivo por fuera, pero que estaba enferma por dentro.

Los capítulos de este libro constituyen el relato coral de esas existencias, que juntas nos permiten, además de conocer detalles sobre las horas previas a la catástrofe, echar un vistazo panorámico a la torre, a sus residentes y visitantes, a sus orígenes y a sus últimos años, en el contexto de una ciudad única, emblema de la modernidad arquitectónica, donde, lamentablemente, las reglas no siempre se cumplen.

Si bien se hace referencia a los problemas y a los desperfectos que dañaron seriamente el edificio, todos documentados por evaluaciones, fotografías y testimonios de los residentes —y que también están consignados en las demandas judiciales realizadas después de la tragedia—, este libro no busca, de ninguna manera, establecer ningún tipo de responsabilidad sobre el colapso.

Las razones que provocaron la tragedia de la torre Champlain Sur son materia de una extensa investigación por parte del National Institute of Standards and Technology (NIST), de Estados Unidos. Al cierre de la edición de este libro, esa investigación aún no ha terminado.

Más allá de las causas estructurales que desencadenaron los hechos, este trabajo busca, principalmente, contar historias humanas para, con cada una, ir armando el rompecabezas que nos permita entender —pero, sobre todo, sentir— qué pasó en la torre Champlain Sur.

1

PRESAGIOS AISLADOS

Hubo señales de que algo malo iba a pasar. Signos que advertían el peligro, cosas que no estaban nada bien en la construcción noble. Hubo fotografías y dibujos, grietas en las columnas, pedacitos de concreto, charcos de agua que una filtración simple no hubiera podido explicar.

Por supuesto, ningún indicio era tan grande como para pronosticar el desastre que ocurrió y dio la vuelta al mundo, pero varios hechos —la suma de los hechos, el diagnóstico visible solo para los pocos que habían podido analizar el tema— causaron inquietud y temor entre los residentes de la torre Champlain Sur, y por eso, tal vez, durante los dos últimos años, varios propietarios pusieron a la venta sus departamentos, como quien se deshace de un problema que no tiene solución, como quien especula con acciones que —lo sabe— irán a la baja.

El informe de la firma Morabito, contratada por el edificio en 2018, terminó por darles sentido a años de reportes sobre desperfectos aislados: la estructura de trece pisos estaba enferma por dentro. «Las fallas de impermeabilización [en la terraza que bordea la piscina, el camino de entrada y en las jardineras] están causando gran daño estructural en las losas de concreto debajo de estas áreas. Si no se reemplaza el impermeabilizante en un futuro cercano, el concreto seguirá deteriorándose a un ritmo exponencial», decía el texto en las conclusiones. Un nuevo análisis, dos años más tarde, confirmó lo temido: el deterioro del concreto había aumentado de forma acelerada. Y aunque los expertos no hablaron en ningún momento de un peligro inminente o de la posibilidad de evacuar, sí dejaron claro que la intervención debía iniciarse lo más pronto posible.

El problema fue que, conforme pasaron los meses, se hizo claro que iba a ser muy difícil recaudar el dinero para financiar esas obras, presupuestadas inicialmente en 9 millones de dólares (subiría luego a 15 millones). En los sucesivos *boards* de los propietarios —que se instalaban y se deshacían, por renuncias, y en cosa de semanas, en clara señal del desgobierno— prevaleció una sensación de estar en un callejón sin salida y frustración por no llegar a un consenso sobre el pago. «Este edificio se desmorona», escribió Marcelo Peña, propietario en el piso 7, luego de renunciar al *board*, y añadió proféticamente: «Alguien puede resultar seriamente herido o muerto por el estado del concreto».

Sí, hubo señales nítidas. Señales de deterioro y decadencia, cosas que debieron abordarse antes —años o décadas atrás—, defectos significativos cuyo arreglo iba a costar una fortuna y, por eso, varios residentes se convencieron de que era mejor salir del edificio y aprovechar las circunstancias: pese a la enfermedad interior, por fuera la torre Champlain Sur se seguía viendo hermosa. Desde 2019, cuando la directiva ya había sido informada de los puntos de alarma explicados en los informes estructurales de Morabito, se vendieron 16 departamentos. La mayoría costaba alrededor de 700 mil dólares y el más caro, casi tres millones.

Trece de esas transacciones se realizaron en los últimos ocho meses de existencia del edificio (otros propietarios habían iniciado el proceso para vender o habían puesto anuncios en línea). Antes de 2019 las ventas concretadas no eran más de tres al año.

Al menos tres de esos últimos compradores, dos de ellos mayores de 60 años, han dicho que nadie les advirtió de los problemas y daños del edificio, ni de la enorme suma de dinero que tendría que pagar cada unidad para las obras de refacción.

Sí, hubo señales que precedieron la tragedia. La atípica seguidilla de ventas de los meses finales fue, en sí misma, una señal.

* * *

«Hay algo emocional en toda decisión de compra en lugares como Miami Beach y Surfside», dice una agente inmobiliaria que trabaja en la zona. Aun los que más tienen, los millonarios encallecidos por especular todo el tiempo con la belleza, pueden conmoverse con una vista única frente al mar. Eso nunca lo perdió la torre Champlain Sur. Una suerte de efecto hipnótico, que bajaba las defensas y aceleraba las decisiones. Así había sido desde el comienzo.

En 1981, cuando el edificio estaba por inaugurarse, los constructores invitaron al joven alcalde de Surfside, Mitchell Kinzer, a conocerlo por dentro. Las autoridades municipales habían tenido una relación tirante con los empresarios, por la forma agresiva en la que estos impulsaban la construcción —al filo de los reglamentos, saltándose ciertas normas—, pero cuando Kinzer aceptó subir a uno de los pisos más altos, quedó fascinado por la vista: el agua del océano se veía trasparente y cristalina sobre la arena. La modernidad y el lujo habían llegado a Surfside. Ni todo el deterioro de casi cuatro décadas se llevó ese encanto. En julio de 2020 una mujer visitó un departamento en venta en el piso 6 y le gustó, pero al bajar y ver las filtraciones de agua en el techo del garaje decidió que de ninguna manera compraría una propiedad ahí.

Cinco meses después otra mujer adquirió ese mismo departamento. Quedó encantada con la compra, convencida de haber tomado una decisión excelente.

El deterioro era invisible para quien no quería verlo, para los recién llegados, felices por su nueva compra y los que alquilaban emocionados por el hallazgo; pero el daño estaba ahí, si se aguzaba la vista y se hacían unas pocas preguntas. Sobre todo, después de iniciada la construcción del edificio de al lado, el enorme Eighty Seven Park, con 18 pisos, cuyos trabajos para la cimentación del suelo provocaron vibraciones intensas que, según los propietarios de la torre Champlain Sur, causaron grietas que al inicio del proceso no estaban ahí. Si esa construcción contribuyó al trágico desenlace es aún materia de investigación —para la mayoría de los propietarios no hay duda de que fue así— pero parece un hecho que, en efecto, las vibraciones de la obra vecina aceleraron el daño.

Hubo señales y *red flags*, por supuesto, aunque algunas de ellas estaban en informes largos que descansaban en las oficinas y en *e-mails* ignorados, y era difícil verlas para quienes alquilaban y para los compradores recientes, a los que, en algunos casos, ni siquiera les avisaron que estaban previstas obras de refacción en el edificio. En 2019 los vecinos vieron cómo sacaban las jardineras en las que por más de treinta y seis años habían reposado bonitas palmeras, en la terraza de la piscina. A primera vista, era una simple remodelación. Pero algunas personas sabían que el hecho era un síntoma de un problema más grande: esas palmeras fueron retiradas porque representaban un peso excesivo para una terraza que ya estaba debilitada por el empozamiento de agua, un problema que existió desde los primeros años, que nunca pudo solucionarse y que provocó filtraciones en el sótano por tanto tiempo —décadas— que la estructura había sufrido estragos.

* * *

Hubo señales, sí, pero nada fue suficientemente grande como para pronosticar un desastre. A lo mucho, eran voces de alarma que siempre podían ser refutadas, que podían responderse con un «No es nada». Siempre se puede ver el vaso medio lleno.

En 2016, poco después del inicio de la construcción del edificio de al lado —el Eighty Seven Park—, Mihai Radulescu sintió que su departamento del cuarto piso se movía como si se tratara de un temblor intermitente; su reacción fue de auténtica alarma cuando vio agrietada la pared que daba a su balcón. Su esposa, Maria Popa, escribió un *e-mail* de queja y sobresalto: pedía que se actuara de manera inmediata porque decía tener miedo de que las paredes de su departamento se vinieran abajo.

Meses más tarde esos mismos temblores hicieron que un propietario estuviera a punto de caerse de una caminadora del gimnasio, en el segundo piso.

Las fotos del informe Morabito, tomadas entre 2018 y 2020, mostraron que varias columnas del sótano se encontraban con grietas visibles. Las tomas parecían confirmar el deterioro del concreto por la corrosión de los fierros interiores, un daño que, según los propietarios, se intensificó por las vibraciones de la construcción del edificio de al lado.

En mayo de 2021 la nieta de Claudio Bonnefoy —propietario en el piso 10—, quien estaba de vacaciones visitando a su abuelo, vio cómo se caía un pedazo del balcón de arriba en la terraza del departamento. Se alarmó, pero sus anfitriones le dieron a entender que esos eventos eran comunes en el condominio. «Este edificio se cae a pedazos», dijo con humor María Obias, esposa de Bonnefoy, en estricto sentido figurado.

El martes 8 de junio trabajadores de Morabito vieron una rajadura horizontal en la larga jardinera que servía como límite de la zona de la piscina (hacia el Oeste). Era una grieta considerable, de 3 centímetros de ancho, y podía interpretarse como una señal de que el suelo de la terraza de la piscina estaba moviéndose hacia abajo, pero pensaron que era producto de las raíces de las plantas.

La mañana del 22 de junio el técnico contratado para los trabajos de reparación de las losas en la terraza de la piscina visitó el edificio y notificó su preocupación por el deterioro excesivo, pocas veces visto en su experiencia, del cuarto de mantenimiento de la piscina, en el sótano: el piso estaba inundado, el concreto tenía fisuras y los fierros de la estructura del techo —que daba a la zona de la piscina— estaban expuestos y corroídos.

El mismo martes, en la noche —una noche antes de la catástrofe—, Elena Blasser, del piso 12, oyó ruidos en el edificio, como crujidos internos, y se lo comunicó a su hijo Pablo, que respondió como lo hubiera hecho cualquiera en su lugar: la tranquilizó y le dijo que seguramente no era nada. Una de las posibles interpretaciones a este hecho es que la estructura ya estaba moviéndose.

El 24 de junio a la 1:20 de la madrugada la modelo Cassondra Stratton se asomó a su balcón del cuarto piso y vio que la terraza que bordeaba la piscina estaba rota: un trozo entero del piso se había hundido en el sótano, que quedaba justo abajo. La imagen inverosímil —algo así solo se ve en un terremoto— la alarmó, pero no lo suficiente para impulsarla a huir.

A esa misma hora Adriana Sarmiento y Roberto Castilleros, turistas colombianos alojados en el hotel Bluegreen Solara —un edificio *art déco* celeste, justo al lado de la torre Champlain Sur—, salieron de la zona de la piscina del hotel alertados por un ruido. Se acercaron al edificio y vieron, a través de la rampa de acceso, cómo un incontenible chorro de agua caía en el interior del sótano. Adriana empezó a grabar todo con la cámara del celular. «Se va a caer», dijo en un momento con la voz quebrada. Roberto le respondió:

—¿Tú estás loca? Acá los edificios no se caen. Esto es América.

De alguna manera, ese razonamiento espontáneo fue el que determinó las acciones y la parálisis inicial, el desconcierto, incluso en el nivel más alto. De hecho, fue eso mismo lo que diría el alcalde de Surfside, Charles Burket, horas después del colapso: «¡En América los edificios no se vienen abajo así!».

Y si bien, dicha por el alcalde, era una frase fuera de lugar con arrogancia inoportuna, es cierto. No solo en Estados Unidos. En todo el mundo el desplome espontáneo de un edificio es un evento extremadamente raro, más improbable que la caída de un avión. Los edificios no se desploman. Uno puede ir a dormir tranquilo asumiendo que eso es verdad.

Por eso los rescatistas más calificados del mundo no tienen cómo visualizar un escenario así en la mente ni pueden acumular experiencia (debido a la escasísima frecuencia de estos eventos). Ni los testigos ni quienes quedaron atrapados en la parte del edificio que no se desplomó sabían explicárselo a las operadoras del 911, y ellas tampoco parecieron entender. Hablar en ese momento era tratar de explicar lo imposible: «No parecía un terremoto, era más como si la tierra se hubiera abierto, tragándose el edificio», declaró Moshe Candiotti, uno de los nuevos propietarios (había comprado su departamento ocho meses antes).

Pero Adriana, vestida con una camiseta blanca —sin mangas, con estampado de arcoíris— y un short claro, sintió el peligro en ese chorro —había algo en la singularidad del ruido, en la caída del líquido, en el polvo de cemento que ya se percibía en el fondo del garaje— y desde la acera trató de hacer señas con las manos, a quien pudiera verla cerca de los balcones o las ventanas, para que salieran de allí. Ese frente correspondía al ala norte, el de los departamentos terminados del 01 al 05. Presumiblemente, casi todos dormían. Quizá estaban despiertos los más jóvenes y los insomnes. En el segundo piso había una adolescente de catorce años y en el tercero una joven de treinta y seis. Arriba, en el piso 10, había un chico de quince años. En el octavo, había una pareja de recién casados menores de treinta. En el noveno, una mujer estaba a punto de despertar (se había quedado dormida con su hija luego de ver una película de terror). Más tarde, Adriana Sarmiento contaría en televisión que algunas personas se asomaron, aunque al no haber alarma sonora o un anuncio del conserje, nadie pudo confirmar que realmente había una emergencia.

Adriana dejó de grabar. Segura de lo que sentía, nerviosa y con el impulso de protegerse a sí misma, se alejó de allí rumbo a su hotel.

El edificio se desplomó a sus espaldas.

Volvió a mirar y simplemente ya no estaba allí. Encendió la cámara de nuevo y registró la mancha oscura que había reemplazado esa parte de la construcción. «Se murieron… Todos se murieron, Dios mío», dijo desconcertada, entre sollozos. Sus pies, con sandalias veraniegas tipo «flip flop», se habían llenado de polvo por el derrumbe.

Hubo señales, pero los edificios no se desploman así como así, menos en Estados Unidos, así que nadie creyó ver en ellas el pronóstico de un desastre.

Hubo una señal con el primer remezón: la alerta de caída de un Apple Watch se activó en el piso 12. Pero todo pasó tan rápido que la llamada de emergencia no alcanzó a salir.

La única señal urgente que llegó en el momento justo fue la voz de Dios, que despertó de sus sueños a una propietaria en medio de la noche, cuando aún reinaba el silencio, pocos minutos antes de que su departamento fuera tragado por el derrumbe.

* * *

A la 1:24 de la madrugada del 24 de junio de 2021 los trece pisos del ala este de la torre Champlain Sur se vinieron abajo. Solo tres residentes, una mujer adulta y dos adolescentes, sobrevivieron a la caída. Murieron 98 personas, casi todas al instante. Los efectos de la tragedia en la vida de cientos de familiares —padres, hijos, hermanos, parejas— durarán para siempre.

Este libro busca contar las vidas de algunas de las personas que se encontraban en los departamentos que terminarían destruidos; detenerse en sus historias, conocer más de ellos, saber quiénes fueron y el camino que recorrieron hasta llegar a la ciudad de Miami y al edificio de la catástrofe.

Tal vez por casualidad, tal vez como una demostración del perfil de visitantes latinoamericanos en una zona acomodada de Miami, entre quienes estuvieron esa noche —propietarios y visitantes—, hubo personas relacionadas directamente con siete presidentes o expresidentes en América Latina. Iliana Monteagudo, del piso 6, fue amiga de Carlos Menem, exmandatario argentino. El chileno Claudio Bonnefoy, del piso 10, trabajó para el gobierno de Salvador Allende, además de ser tío de la expresidenta de Chile Michelle Bachelet. Luis Barth, visitante colombiano en el segundo piso, fue parte del primer equipo de campaña del presidente Álvaro Uribe. Sophia López Moreira, propietaria en el piso 10 que solo iba a su departamento a vacacionar, era cuñada de Mario Abdo, presidente de Paraguay. Andrés Galfrascoli, alojado en el piso 8, era amigo y cirujano plástico de la primera dama de Argentina, Fabiola Yáñez. Graciela Cattarossi, del quinto piso, era tía de la primera dama de Uruguay, Lorena Ponce de León, esposa de Luis Lacalle.

Esa noche, en el ala que colapsó, casi todas las luces apagadas, había personas que se acababan de mudar y creían haber encontrado el hogar perfecto para una vejez plácida. También había residentes jóvenes que rentaban con el ímpetu de una etapa nueva en la vida, con la familia recién fundada (la piscina era ideal para los más pequeños). Había niños. Había una mujer de más de 90 años y un bebé de trece meses. Había una pareja que discutía sobre la muerte cercana —el inconveniente de que uno de los dos tuviera que morir primero— y otra pareja que se había casado hacía dos meses (él le propuso matrimonio en la hermosa playa de Surfside). Había dueños que llegaron el siglo pasado y se hicieron mayores en sus departamentos, y personas que solo estaban de visita, que fueron a disfrutar de la arena y el mar por unos días, o una noche.

Una lista de nombres se encuentra en un panel de homenaje ubicado en la cerca del terreno vacío donde estuvo la torre Champlain Sur, hacia la avenida Collins. Pero son solo nombres, columnas de letras. Este libro es un esfuerzo por relatar algunas de esas historias.

†

2

CASSONDRA:
EL SOL BRILLARÁ MAÑANA

Estaba despierta.

Ese es un hecho confirmado, y duele. A quienes la querían y esperaban verla después, saberlo los hace imaginar, ver cosas, trasladarse a ese momento. Cassondra Stratton se había asomado desde su balcón del cuarto piso y vio que, abajo, la superficie que bordeaba la piscina estaba rota y hundida, como en un terremoto. Pero en Miami no hay terremotos. Cuando una imagen es demasiado extraña, el miedo y la alarma —que te pueden salvar la vida— tardan en llegar un poco más. Lo que hubo fue desconcierto, incertidumbre. Cassondra decidió llamar a su marido, que estaba fuera de la ciudad. Esa llamada es la prueba, y no deja dudas. Por esa llamada se sabe que estaba consciente y alerta cuando pasó todo, cuando el edificio se le vino encima.

La comunicación se cortó después de un grito.

Un video de seguridad grabado tres plantas más arriba da una idea aproximada de lo último que vio Cassondra: una lluvia de polvo que creció exponencialmente justo antes del doblamiento de las columnas y la cascada de destrucción.

Ella estaba despierta y hablaba. Tal vez pensaba en bajar a la primera planta e indagar qué ocurría (la escalera de emergencia estaba a pocos metros, saliendo de su departamento a mano izquierda). Sin saberlo, Cassondra se convirtió en la única residente que pudo comentar, en tiempo real, la transición del desconcierto a la catástrofe: los segundos finales que en el relato aparecen con la intensidad de una cuenta regresiva: tic, tac, tic, tac, tic, tac, tic, tac.

Cassondra hablaba. ¿Estaba de pie? Tal vez. Era modelo e instructora de pilates, una mujer de 40 años llena de energía y en forma. Estaba despierta, o sea que pudo irse, tuvo tiempo para irse. Pero no se fue. Pensarlo duele. Que haya estado despierta es significativo porque la mayoría de residentes de la torre Champlain Sur dormía. Cassondra estaba despierta y al imaginarla en ese instante dan ganas de gritarle al oído que corra. Era la 1:20 de la madrugada. A esa hora, en el barrio de Surfside no pasa nada. El silencio era tan profundo que en la playa podían oírse las mansísimas olas del mar, como un arrullo bajo la luna, que esa noche era gigante y luminosa.

* * *

Todo ocurrió bajo la luna llena. No cualquier luna llena. Era la primera noche de la superluna de fresa, que no es rojiza como en las estampas, sino dorada, enorme, magnética, y cuya aparición es un evento esperado porque el satélite está más cerca y se ve más grande. El momento de mayor proximidad estaba previsto para el mediodía del jueves, pero ya el miércoles 23 de junio, en la noche, la luna redonda había ascendido desde el océano y se imponía a pesar de las nubes en el cielo de Surfside, al norte de Miami Beach, iluminando pobremente las palmeras negras en la playa oscura, el borde sin faroles ni luces, como mandan los lineamientos municipales de la temporada, para que las tortugas marinas puedan salir a poner sus huevitos sin desorientarse.

Una luna gigante es, para la mayoría, solo un detalle decorativo en el paisaje, una belleza insólita en el lienzo de la noche. Pero para Cassondra Stratton, la mujer del 410, esa presencia en el cielo era algo más: un signo de alivio. Un nuevo comienzo.

Cassondra pertenecía a esa porción de la humanidad que vive pendiente de los astros y sus movimientos, de los signos y sus ascendentes. Por eso esperaba con ansias la que se anunciaba como la última superluna de 2021, una luna llena que no podía llegar en un mejor momento: el Mercurio retrógrado —el momento en el que este planeta da la ilusión óptica de cambiar de dirección respecto a la Tierra— acababa de terminar dejando atrás un periodo de caos, estrés, confusión y cautela (y extremo cuidado con los aparatos electrónicos). La luna llena marcaba el inicio de una nueva etapa, y era propicia para concentrarse en uno mismo, para recargar energías.

Cassie no solo era aficionada a la astrología; en los últimos años se había tomado el asunto tan en serio que daba consejos astrales todas las semanas. Había estado pendiente del eclipse lunar del 26 de mayo (cierres, aprendizajes, un mejor entendimiento de las decisiones), de la luna nueva en Géminis (puertas que se abren, se recomienda confiar en el corazón y no en la razón), y cuando la luna rosada de abril apareció en el cielo, salió a recibirla a la playa, descalza y con una copa de vino. En junio de 2018 había fotografiado desde su balcón otra superluna de fresa; la contempló desde la mesa, en actitud ceremonial, con mecheros encendidos. Era una vista privilegiada: el cuarto piso de la torre Champlain Sur.

La astrología no tiene sustento científico y mucha gente se burla de sus rituales lunares tachándolos de frívolos. Pero muchos otros eligen creer. ¿Cómo restarle importancia a una superluna, cargada de energía y buenas vibras? ¿Cómo hacerlo en estos tiempos de incertidumbre, de gente con cubrebocas, y muertos, cientos de miles de muertos, todo en un apocalipsis repentino? La cúspide de la civilización occidental viene con TikTok y vanidad, algoritmos sofisticadísimos, pero el horóscopo renace y el tarot está más vivo que nunca entre los jóvenes. Además, esto es Miami, *the magic city*, la metrópoli que convirtió a un astrólogo en celebridad oficial: Walter Mercado, puertorriqueño y ciudadano del mundo, el hombre de las predicciones, un referente tan grande que el HistoryMiami Museum exhibió sus enormes capas de hechicero. De las lunas llenas de fresa, Mercado solía decir que no había nada que temer. «Es bajo la fuerza lunar que se logra entrar en el silencio y escuchar la voz interior», dijo unas cuantas lunas antes de morir.

A veces, Cassondra Stratton se asomaba a su balcón y apuntaba con el celular al cielo. Usaba una aplicación de realidad aumentada que le mostraba las estrellas allí donde enfocara con la cámara (hacía visible todo lo que estaba oculto por las nubes, planetas distantes y cometas), y conseguía la magia de enlazar los puntos y mostrar, con dibujos, las constelaciones eternas.

En sus redes sociales se había declarado expectante por la luna y el ciclo astral que estaba por venir. «Mañana les cuento más», anunció. Pero esa noche de miércoles la imagen más asombrosa no la iba a encontrar arriba, sino abajo. Alrededor de la 1:20 de la madrugada salió al balcón —tal vez alertada por un ruido— y vio lo imposible: la terraza que bordeaba la piscina al aire libre del condominio acababa de romperse y una parte del piso se había hundido en el nivel de abajo, en el sótano del estacionamiento.

Fue entonces cuando llamó a su marido.

* * *

El marido de Cassie era Michael Stratton, un asesor político demócrata con una larga trayectoria en campañas electorales —fue consejero de figuras como Bill Clinton—. Recientemente, su nombre había llegado al cine. El actor Alex Karpovsky —recordado por ser el barista tímido en la serie *Girls*— lo interpretó en *The Front Runner*, una película que recrea el ascenso y la caída del senador Gary Hart, el candidato favorito de las primarias demócratas de 1987, que quedó fuera de carrera por un romance extramatrimonial. Karpovsky encarna a Michael Stratton: un joven que, en plena campaña, escolta al líder a todas partes y espanta a las muchedumbres de periodistas. El candidato Hart es el archiconocido Hugh Jackman: durante la gala de estreno de la película, en Denver (adonde asistió Cassondra), todos querían tomarse fotos con «Wolverine».

El 23 de junio de 2021 el señor Stratton estaba fuera de la ciudad, en Washington D. C. Aún no se iba a dormir cuando recibió la llamada. Cassondra le reportó lo que estaba pasando.

La piscina de la torre Champlain Sur era una antesala perfecta a la playa. Todas las páginas web que ofrecían departamentos en el condominio incluían el espacio como un atractivo estelar: el agua azul, la terraza enorme —de las que ya no se hacen—, las baldosas color salmón, en cuadrícula, superficie mate (una elegancia de otros tiempos), un jacuzzi y maceteros con palmeras pequeñas, al lado de las tumbonas negras. Y en el borde que separaba esa zona del estacionamiento de visitas había una larga jardinera con aralias tropicales: hojas verdes y amarillas que creaban un follaje fosforescente.

A Cassie Stratton le encantaba bajar allí para tomarse fotos en la terraza. El día de su cumpleaños número treinta y nueve se sacó varias selfis y grabó un video en el que saludaba a sus amigos. Era viernes 27 de marzo de 2020. No parecía el mejor plan para cumplir años en Miami Beach, pero la reclusión por la pandemia del nuevo coronavirus acababa de empezar. Se pronosticaban dos o tres semanas de cuarentena, hasta que mejorara la situación. Todos estaban con la euforia del encierro (el encierro que nos iba a enseñar a ser mejores, a hacer una pausa, a pensar). Cassie se había puesto un bikini *animal print*. Amaba a Roberto Cavalli.

No pasaba desapercibida. Metro sesenta y cinco; blanca, pelirroja, labios gruesos, sonrisa de patito. Tenía un cuerpo atlético y un busto estilizado con implantes sutiles. Una belleza singular: su padre tenía sangre cherokee, su madre tenía orígenes francés y alemán. Había nacido en 1981, en Nueva Orleans y, según su hermana mayor, Ashley Dean, siempre fue una niña vivaz con múltiples talentos. Su voz, aún a los cuarenta, seguía siendo nasal, como de chica frívola. Si lo era, lo era de un modo antiguo: de las que leen a Hemingway y cultivan la buena escritura como afición. De las que recitan los poemas de Marilyn Monroe antes de ir a la arena a emular su desnudez.

Desde hacía un tiempo, la piscina del condominio no estaba en las mejores condiciones. Vista desde los pisos de arriba, se observaban en la terraza manchas de humedad, por el agua acumulada que, a su vez, causaba filtraciones que pasaban hacia abajo, provocando goteras en el sótano donde se hallaba uno de esos estacionamientos de Miami la próspera: Audis, Mercedes Benz, BMWs, Porsches, Jeeps, descapotables, camionetas amplísimas, carros deportivos, un Lexus IS 300 rojo y al menos un automóvil Tesla X. En total, había espacio para 120 vehículos.

Pero lo que Cassondra veía ahora desde su balcón del cuarto piso excedía cualquier señal de deterioro. La terraza de la piscina estaba quebrada como una delgada capa de chocolate, y con el suelo se había hundido también la bonita jardinera de hojas verdes y amarillas.

¿Qué diablos?

Por teléfono, le contó lo visto al señor Stratton, con más desconcierto que con alarma inicial, más asombrada que asustada. Su hermana Ashley dice que en esos primeros segundos Cassie tuvo, de algún modo, una sensación de alivio: porque debajo de la terraza de la piscina, que acababa de romperse, estaba el estacionamiento del edificio, y ese día ella había dejado su auto en el taller.

Su auto, un Porsche Macan beige, estaba a salvo.

Alivio, en general, era lo que Cassondra Stratton sentía esa noche, y eso sobrepasaba cualquier otra sensación. ¿Por qué? Por los astros. Según su lectura, todo estaba volviendo a la normalidad. La superluna de fresa ya se veía en el cielo: una luna llena en Capricornio. «La recompensa por todo lo sembrado en la primera mitad del año estaba por venir», anunció la astróloga

Six en *Cosmopolitan*. Mercurio volvía a su curso sin retrocesos (verdaderos o falsos). «Las cosas empiezan a nivelarse. Mañana habrá luna llena en Capricornio (mañana les cuento más). Por ahora, todos podemos suspirar aliviados con un gran UFFF», escribió Cassondra en su Instagram.

Pero ahora era claro que algo estaba pasando allá afuera. Al desplome del suelo que rodeaba la piscina le siguieron ruidos y desconcierto, y mientras hablaba con el señor Michael Stratton, a eso de la 1:24 de la madrugada, el edificio se estremeció. Fue entonces cuando se desató la lluvia: una lluvia fantástica de polvo y tierra empezó a caer en el interior. Cassie lanzó un grito. La llamada se cortó.

La parte central, donde ella vivía, se hundió primero. Toneladas de concreto y acero que perdieron el punto de apoyo: en instantes, todo fue una densa nube de polvo. Ocho pisos más arriba, el Apple Watch de Elena Blasser, cubana de 64 años, lanzó la alerta de caída que tanto promocionan esos aparatos. Pero todo ocurrió tan rápido que la señal electrónica fue ahogada por los escombros: la llamada de emergencia nunca salió.

Se presume que la señora Blasser estaba durmiendo, como casi todos. Cassondra, en cambio, estaba despierta. El miedo llegó, finalmente, pero era demasiado tarde.

El colapso más letal de un edificio en el siglo XXI en Estados Unidos, el único de la historia que provocó la caída de trece pisos habitados, aconteció en un parpadeo. Doce segundos de caída libre; luego polvo y oscuridad.

* * *

Una llamada telefónica le dio a Ashley Dean la noticia del colapso del edificio donde vivía su hermana Cassondra. Ambas tenían una relación muy cercana. Ashley era nueve años mayor y había cuidado a Cassondra de niña y adolescente. Crecieron en Kenner, Nueva Orleans, ciudad que Cassie dejó a los veinticuatro años. Ashley sigue viviendo ahí. Al enterarse de la tragedia, tomó un avión y llegó a Miami lo más rápido que pudo. Las fotos del edificio colapsado, que ya circulaban en las redes, eran contundentes y poco esperanzadoras. El departamento de Cassondra estaba en la sección destruida y eso le hacía temer lo peor. Pero nadie podía confirmarle nada. No había respuestas para quienes preguntaban por las decenas de personas reportadas como desaparecidas.

Pasaron las horas. Salvo por la confirmación de que el celular de Cassie seguía apagado al llamarla, no había más señales de ella.

En la reja de la cancha de tenis que está frente al edificio, cruzando la avenida Collins, los familiares empezaron a colocar fotografías de sus seres queridos. Ashley dejó el retrato de Cassondra allí. Durante los días de espera, iba diario al Community Center, a pocas cuadras del edificio colapsado, donde les daban reportes sobre los últimos hallazgos. Ahí conoció a Bernardo Camou, quien había llegado de Montevideo porque su hermana Gabriela también estaba en el edificio. Coincidiendo en la espera, Ashley y Bernardo experimentaron una especie de complicidad, por estar en busca de sus hermanas menores. Ella le mostraba fotos de Cassie. «Qué linda tu hermana», le dijo él. Bernardo también pensaba que su hermana Gabriela era bella. Fueron días de recolectar imágenes del pasado. Ashley de adolescente, cargando a Cassondra bebé. Bernardo y su hermana subidos en la avioneta Cessna de su padre, sobrevolando Montevideo cuando eran niños.

La prensa no tardó en enterarse del *memorial* erigido en la reja del club de tenis. Llegaron con cámaras y luces.

Sin esperanzas, Bernardo llevó a la reja un retrato de su hermana y una bandera de Uruguay para homenajearla. Para que la bandera estuviera bien expuesta y, al mismo tiempo, no tapara nada, se cuidó de volver a poner la foto de Cassondra encima. Por eso el retrato de Cassie, en los reportes de esos días, aparece con fondo celeste.

* * *

Cassondra Stratton había llegado a la torre Champlain Sur en marzo de 2017, semanas antes de cumplir treinta y seis años. Fue su elección después de una búsqueda meticulosa, quería un rincón en la playa que pudiera alternar con su departamento en Nueva York. El lugar cumplía con todas sus expectativas. Estaba en primera fila frente al mar. Desde el dormitorio principal, de cara al este, podía verse el sol salir cada mañana por el Atlántico. Una residente que vivía en la misma posición, un piso más arriba, dice que el amanecer era tan hermoso que prefería dejar abiertas las cortinas para que el sol la despertara y no perdérselo. Cassie, mujer atlética y disciplinada, prefería levantarse antes, para mirar al astro rey desde el balcón, emergiendo del mar.

El condominio tenía como atractivo adicional el propio barrio de Surfside. Un distrito con 5 500 habitantes donde la velocidad máxima en las calles no supera las 20 millas por hora (30 km/h) y donde los edificios no admiten comercios en las plantas bajas ni luces estridentes o locales de diversión. «Un pedazo del paraíso», decía el anuncio de algunos departamentos. Cassie Stratton escribió algo similar en su blog cuando acababa de mudarse: «Una tajada del Cielo». Se enamoró del sitio.

De hecho, cuando uno revisa las historias, es claro que todos se enamoraron de esta torre en Surfside, sobre todo los que pudieron vivir en esa sección del edificio de cara a la playa, donde estaban los departamentos más codiciados (los terminados en 12 a la izquierda, al sur, y los terminados en 01 a la derecha, al norte), los que costaban alrededor de un millón de dólares, cifra que se duplicaba en los pisos más altos.

La señora Stratton amobló el departamento con sofás, camas, un diván blanco enorme, sillas, mesas y dos espejos gigantes de cuerpo entero; lo hizo todo en tres días, con tal ímpetu que al ver el resultado su esposo le dijo: «Eres un tornado». Cassie amaba la idea del vórtice, del remolino (aunque por experiencia propia les tenía respeto a los huracanes). Era admiradora de Marilyn Monroe, y tomó un libro con fotografías de la diva, las recortó, les puso marcos y las colgó en todo el departamento. Para el dormitorio principal, usó una foto de la actriz sobre la arena, casi desnuda. ¿Quién no querría despertar con Marilyn así al lado? De ese modo, el departamento se convirtió en «The Marilyn Suite».

Llevó a sus gatos, Cyrus y Oliver, dos siameses de ojos azules. Era un edificio donde abundaban los gatos elegantes: en el departamento de al lado vivía un tuxedo de ojos amarillos llamado Coco.

El condominio era perfecto. O bueno, casi. Porque poco después de instalarse, en sus conversaciones con su hermana Ashley, empezó a quejarse del ruido que hacía la construcción de al lado. La nueva obra —de una envergadura nunca antes vista en la zona— había arrancado en 2016, pero cuando Stratton llegó al condominio aún no empezaba a erigirse el enorme casco que llegaría a los 18 pisos. Con el paso de los meses se hizo evidente que iba a ser una molestia. O tal vez más que eso. Cuando uno imagina una construcción en el predio vecino puede figurarse muchas cosas (ruido de martilleo, máquinas pesadas, zumbidos de motores), pero es difícil concebir lo que ocurre cuando uno de los proyectos más grandes y ambiciosos de la historia actual de Miami Beach llega al terreno de al lado.

El Eighty Seven Park tuvo una inversión millonaria: construido tras la demolición del clásico hotel Dezerland —antes Biltmore Terrace—, era el segundo edificio residencial del arquitecto Renzo Piano en el hemisferio occidental —el primero fue construido en Manhattan, ciudad en la que también diseñó el edificio del *New York Times* y el Museo Whitney—. Así, inauguraba una nueva era en Miami Beach y salpicaba con su belleza a Surfside.

No solo hacían ruido. Los trabajos comenzaron a generar una vibración constante en la torre Champlain Sur, tan fuerte que conseguía mover ciertos objetos dentro de los departamentos de los niveles más bajos y hacía caer cosas de las repisas. También llevaron polvo a los balcones. Y en la piscina, que Cassie había usado más de una vez como locación para sesiones casuales de fotos, empezaron a caer trozos de poliestireno y plástico, o alguna caja de fósforos. En el muro de esa zona, el más próximo a la construcción, aparecieron grietas.

Cada vez fue más común que la administración cerrara el área de la piscina. Eso a Cassie no le gustaba. Llamaba a Ashley y le decía que por momentos estaba cansada, que tal vez era mejor irse a Nueva York más tiempo.

Cuando en 2019 el señor Miguel Pazos, dueño del departamento 412 (donde ella vivía), le dijo que quería retornar a su propiedad, Cassondra pensó que era buena ocasión para buscar un lugar donde mudarse. Pero se enteró de que el 410, en su mismo piso, estaba disponible. A pesar de los problemas, el ambiente del condominio le gustaba. Se había acostumbrado a la gente, a hacerles fiesta a las simpáticas mascotas ajenas, a las noches de tacos con unos amigos del otro lado del edificio, a los vecinos amables, como el simpático brasileño Erick de Moura, del piso 10.

Decidió tomar aquel departamento. Era más pequeño y no estaba en el frente marino. Daba al sur, a la piscina. La vista del dormitorio principal no se comparaba: se veía el mar en diagonal desde la cabecera de la cama, pero al abrir las cortinas, de pie, lo primero que saltaba a la vista, a la derecha, eran las barandas monótonas de la zona de acceso a la escalera de emergencia, al lado del ascensor. Los departamentos terminados en 10 estaban algo encajonados: frente a las ventanas del dormitorio principal tenían un bloque sólido que correspondía a la otra ala del edificio. Mucho mejor era la vista desde el segundo cuarto, más cercano a la playa. En el balcón —la cuarta parte del largo del balcón del departamento donde Cassie había vivido antes— había un mejor panorama del mar, aunque desde

2018 lo que dominaba la vista era esa mole gigante recién construida. El Eighty Seven Park es un edificio aclamado en los círculos de arquitectos, pero Ashley, cada vez que lo recuerda, lo llama esa «monstruosidad».

Pronto vino la pandemia y el encierro, y Cassondra y Michael decidieron quedarse más tiempo en el condominio de Miami. Así transcurrió el 2020, terrible para el mundo, sosegado en extremo para ella. La noche de Año Nuevo para recibir el 2021 Cassondra abrió una botella de champaña Dom Pérignon 2010. El 2021 llegaba con la promesa de dejar atrás la pesadilla viral.

Pero el nuevo año se manifestó problemático. Ni bien comenzó enero, Cassie se sintió mal y empezó a toser.

* * *

Cuando Cassondra era una bebé de un año, un avión comercial se estrelló en su barrio en plena calle. La casa familiar estaba en Kenner, Nueva Orleans, muy cerca del aeropuerto, así que lo sintieron como una bomba. Era 1982. El Pan Am 759 se vino abajo por una corriente de aire traicionera. Salvo ese evento, la primera infancia transcurrió sin mayores sobresaltos. La pequeña Cassie era linda y le gustaba actuar y bailar.

El sol brillará mañana. Ashley recuerda a su hermanita cantando aquel estribillo en casa. La niña amaba *Annie*, que había visto en la versión cinematográfica, y cantaba la canción todo el tiempo. *Tomorrow, tomorrow, I love ya.* Mañana, solo falta un día. Sus hermanas Ashley y Kim, ya adolescentes, se reían y la imitaban y al verla le decían que, en efecto, Cassie era una huerfanita, como Annie, y que la habían adoptado. Solo así se explicaba que fuera tan pelirroja cuando ellas, sus hermanas, eran castañas. ¿Existe una forma más universal de molestar a los hermanos? Pero Cassie no les hacía caso: se creía Annie y era feliz bailando. *Tomorrow. Tomorrow.*

Siempre hubo sonrisas y música, trompetas a lo lejos, jazz. La ciudad era cálida y se comía delicioso: gumbo, frijoles, *crawfishes* al estilo Luisiana, famosos en todo el mundo. «Somos una familia muy divertida, cantamos, bailamos, cocinamos y estamos juntos, tomamos sol en el porche en el verano», dice Ashley con acento sureño, confirmando la estampa típica que enmarcó los primeros años de Cassondra.

Sin embargo, la familia alegre vivió también días oscuros. A inicios de los noventa tuvieron una tragedia familiar. Kim, la segunda hermana, se quitó la vida de un disparo. Su mamá se puso muy mal y a Ashley le tocó ocuparse de Cassie. En 1994 Nueva Orleans se convirtió en la ciudad con más asesinatos de Estados Unidos. La ola de crímenes estuvo acompañada por destapes de redes de corrupción policial y abusos de oficiales. La ciudad de entonces, sin la invasión de turistas que llegaría desde fines de siglo, era más auténtica y también más ruda.

En 1997, seis meses después de cumplir dieciséis años, Cassondra Billedau tuvo a su única hija, Ariana. Su madre y Ashley le ayudaron a criarla. Cassie, aún adolescente, tenía mucho talento, anhelaba ser actriz, y ellas estaban decididas a apoyarla en su sueño.

En 2005 Katrina golpeó a la ciudad. En la casa familiar, como todas las de la zona, el agua llegaba a los 60 centímetros de alto. Pero eso no era todo: el techo quedó destrozado. Nueva Orleans se inundó no solo por la catástrofe natural; también porque los diques no estaban en buen estado y porque el sistema de alcantarillado falló. Katrina es la historia de un huracán devastador que dejó 1 800 muertos, una catástrofe de la naturaleza. Pero es también la historia del abandono, la pobreza, la poca solidaridad, los francotiradores a la caza de ladrones en los saqueos. Katrina es el lamento eterno de músicos callejeros tocando trompetas en las avenidas que, de súbito, quedaron convertidas en ríos (bajo los semáforos que colgaban oscilantes por los ventarrones, como péndulos violentos). Ashley dice que perdieron todo, que les tomó años recuperarse.

Para Cassondra, Katrina fue el detonante que la impulsó a hacer realidad un plan de vida: ir a Nueva York y hacer una carrera. Partió ese mismo año.

En la Gran Manzana, asistió al William Esper Studio, la escuela de actuación donde pasaron alumnos como John Malkovich y Kim Basinger. Con los años, se volvió una mujer capaz de darse sus lujos: Chanel, Gucci, Louis Vuitton, Yves Saint Laurent, Christian Dior, Porsche Cayenne, Porsche Macan.

Diez años después de irse a Nueva York, la vida de Cassondra Billedeau, convertida en la señora Stratton luego de casarse con el connotado asesor demócrata —a quien conoció en la gala de un Super Bowl—, era intensa, llena de viajes y experiencias. De Miami a Nueva York. De Nueva York a Los Ángeles. Vacaciones en Europa. Navidad en París. Año Nuevo en Viena. Praga. Londres. Venecia. Fábrica de tabaco en Cuba. Foto con el monumento a Camilo Cienfuegos en La Habana (Cassie lo confundió con el Che Guevara). Tokio de noche. Esquí acuático; paracaídas en la espalda y una lancha a toda velocidad.

Una tarde, a inicios de 2019, Cassie Stratton se encontraba en una avioneta sobrevolando Miami Beach. Desde arriba hacía tomas de la costa con el celular. En un momento comenzó a buscar un punto específico. Se detuvo. Hizo *zoom*. Empezó a reír. Estaba enfocando desde el cielo su propio edificio de trece pisos, que se veía pequeño aunque inconfundible al lado de la playa. El video dura apenas unos instantes, pero se percibe el reconocimiento y la risa. La risa de sorpresa que a uno le da cuando, abajo, pequeñita, aparece la «casa».

Casa: la torre Champlain Sur. Construido entre 1980 y 1981, el edificio tenía el encanto de una modernidad envejecida, con dimensiones amplias pero tolerables. Mientras más al norte de la avenida Collins, en Bal Harbour, los edificios con vista al mar son desde hace años moles de 18 pisos o más, las torres Champlain —Sur y Norte— se mantenían en una medianía más acorde con la idea clásica de veraneo. Sin embargo, eran visiblemente más modernas que los edificios *art déco* y MiMo de décadas atrás. Las Champlain eran tres torres: la Sur (donde vivían los Stratton), la Norte, construida un año más tarde, como una hermana gemela y, en medio de ambas, la torre Este, levantada muchos años después, a inicios de los noventa, con barandales de vidrio en los balcones (en vez del hierro forjado característico de las primeras).

Al lado de la torre Este hay un edificio antiguo que conserva el tono celeste pastel del viejo *art déco* de Miami Beach. Es el hotel Bluegreen Solara. Se ve chato con sus siete pisos, pero los arcos superiores le dan un aire histórico. Hay una gran diferencia entre las torres Champlain y ese edificio enano: un salto brusco en el tiempo. El salto del Miami elegante de los años cuarenta, que se hizo viejo y decadente, a la ciudad del renacimiento en la penúltima década del siglo XX: la del dinero a chorros y el neón, la del *boom* económico —entre otras causas— por la primera ola del narcotráfico moderno y sus efectos colaterales: mucho lujo, mucho progreso y mucho lavado de activos en forma de cemento.

Desde el cielo, al lado del Champlain Sur, Cassondra veía nítidamente el nuevo salto inmobiliario: el Eighty Seven Park, más alto y más lujoso. Era el edificio que acaparaba la vista cada vez que se sentaba en su balcón. «Esa monstruosidad», en palabras de Ashley. Con curvas y sin líneas rectas. Con ventanales para generar transparencias y la sensación de ingravidez. Encapsulado y distante. Sus departamentos más simples se venderían por al menos seis millones de dólares.

El video aéreo continúa. La tarde muere y Miami Beach se va transformando en una cuadrícula de lucecitas al lado del mar. La risa de Cassie persiste en el cielo. La vida era eso: un instante cualquiera de felicidad; faltaban aún varios meses para el caso cero de un nuevo tipo de gripe en Wuhan. Y más de dos años para que la mitad de ese edificio, que veía en la pantalla como una miniatura, terminara reducida a escombros.

* * *

La primera semana de enero del nuevo año, 2021, Cassondra se enteró de la razón de su malestar: tenía COVID-19. En la torre Champlain Sur el virus afectó a varios inquilinos y de distintas maneras. Harry Rosenberg, del 212, perdió a sus padres por la pandemia. Deven González, la adolescente del piso 9 que jugaba vóleibol, se contagió y tuvo que dejar de entrenar. Claudio Bonnefoy, chileno de más de 80 años, que vivía con su esposa en el piso 10, optó por una reclusión extrema, temeroso por el virus y sus antecedentes cardiacos. Linda March, neoyorquina, estuvo a punto de morir por el coronavirus y el trance fue tan serio que una vez recuperada decidió irse de Nueva York y mudarse al departamento 1204 (solían verla, con actitud de vida nueva, en su bicicleta rosada). Valeria Barth, de catorce años, y sus padres, llegaron de Colombia al 204, para ponerse la vacuna y aprovechar unas semanas de vacaciones. Todos estaban en la sección del condominio que se cayó, y todos se quedaron en casa la noche fatal del 23 de junio.

A Cassondra el COVID-19 le afectó gravemente. Fueron tres semanas en las que todo llegó por reparto a domicilio. Michael Stratton tuvo que pasar unos días en el Bluegreen Solara, el hotel de al lado. Cassie estuvo tan débil que casi no se podía mover. Dice Ashley que hablaba con ella y que a veces se quedaba dormida con la bata puesta. Felizmente, se recuperó a tiempo para su cumpleaños número 40. Esta vez no celebró encerrada. Lo pasó en un yate, feliz.

El sábado 15 de mayo de 2021 Cassie vio un arcoíris desde su balcón. «Todo pasará de la manera en que tenga que pasar», escribió. Su inquietud tenía que ver con los astros. A finales de ese mes llegó el Mercurio retrógrado con su avalancha de caos. Para esperarlo, se pasó dos días limpiando el departamento. Advirtió a sus amigos que había que tomar previsiones: despejar la mente, hacer *backup* de las computadoras. Mercurio, tal como ilustraba

Mythology de Edith Hamilton —su libro de cabecera—, es el dios travieso de las sandalias con alas, que no acepta el orden y juega a dar falsas apariencias. Intentar cualquier plan lógico es contraproducente en su dominio. El momento, por el contrario, es bueno para liberar la creatividad.

En los últimos años Cassie había aprendido a cocinar. En la casa familiar nunca lo había hecho —cohibida por el enorme talento de su hermana Ashley—, pero en Miami le dieron ganas y empezó a practicar. Hacía una sopa de pollo increíble y un correcto pastel de calabaza. Descubrió el discreto encanto de rechazar un plan de juerga y bares por quedarse una noche de viernes cocinando en casa: las luces apagadas y las velas encendidas en el balcón.

El martes 22 de junio se acabó por fin el ciclo retrógrado. Nada relevante para la mayoría, pero sí para los creyentes en los astros, como ella. Era un gran alivio.

La noche siguiente salió a cenar con una amiga. Su marido había viajado a Washington D. C., por trabajo. Ella había dejado su Porsche en el taller. Al volver al condominio escribió en su Instagram: «Estas últimas semanas han sido un viaje alocado, entre el eclipse solar, el eclipse de luna, el Mercurio retrógrado, Júpiter y Saturno retrógrados. ¡Ha sido vertiginoso!».

Las cosas empezaban a equilibrarse al fin. «Mañana», escribió con énfasis. Mañana. *Tomorrow. Tomorrow.* Solo faltaba un día. *A day away.*

A la 1:20 vio la terraza de la piscina y llamó a su esposo. Aún despierto, en D. C., el señor Stratton contestó.

Ashley dice que no debió hacer esa llamada. Que eso la distrajo. Que si no hubiera llamado habría seguido el curso de su curiosidad, su intuición, y hubiera bajado en ese instante. ¿Quién sabe? De hecho, la pared donde estaba la cabecera de la cama de Cassondra se hallaba justo al lado del ascensor y el escape de emergencia. Estaba despierta. Solo debía salir del departamento y dar la vuelta, bajar las escaleras y a ver qué diablos pasaba en la piscina.

Pero no lo hizo.

* * *

La terraza que circundaba la piscina se quebró y se hundió en el sótano. La larga jardinera de aralias verdes y amarillas también cayó. Las columnas del edificio cercanas a esa zona perdieron la división que les daba esa losa de la primera planta. Sin esa plancha de concreto, esas columnas se quedaron sin el descanso que distribuía las cargas. De algún modo, de pronto eran más delgadas y altas: del suelo del sótano al techo del primer piso, y tenían que duplicar la resistencia para soportar el peso del edificio entero. Un analista de YouTube usó, para ilustrar, palitos de madera que se curvaban inevitablemente en ausencia del piso que servía de apoyo y fijador —ahora caído—. Carlos Salcedo, ingeniero civil de la Universidad Nacional de Ingeniería de Perú y consultor en análisis y diseño de estructuras, usa el ejemplo de una regla plástica larga que se presiona en ambos extremos.

Las columnas de la sección central del edificio no resistieron mucho tiempo las 10 mil toneladas de concreto de la sección más próxima al mar. Una reacción en cadena inició el colapso.

Murieron 98 personas: adolescentes, jóvenes y abuelos. Murió un bebé que estaba por nacer, justo debajo del departamento de Cassie. Murió el señor Pazos, que cumplió su sueño de retornar a vivir a su departamento 412 con su hija —quien también murió—, y dejó intactas las cortinas elegantes que había puesto su anterior inquilina, la señora Stratton.

También murió Gabriela, la hermana de Bernardo Camou, el uruguayo al que Ashley conoció en los días de búsqueda, y que —se dieron cuenta— vivía justo en el departamento que estaba encima de Cassie. El departamento de Erick de Moura, el amigo brasileño del piso 10, también se destruyó. Pero esa noche la selección de Brasil jugaba contra la de Colombia por la Copa América, así que Moura se quedó viendo el partido en casa de su novia, se le hizo tarde y prefirió dormir ahí. Ganó Brasil.

Con el departamento de Cassondra quedaron enterrados en los escombros sus bonitos muebles, sus espejos, sus mecheros y velas, su *walk-in closet* pobladísimo. Sus gatos elegantes. También sus libros de cabecera: *The General Principles of Astrology*, de Aleister Crowley; *Mythology*, de Edith Hamilton (dioses de la Tierra y el Cielo); y la novela de suspenso *Behind Closed Doors. Dolce Vita Style* (siempre se sintió una mujer de los años cincuenta nacida después de tiempo). También había un pequeño libro de versos de Marilyn Monroe, donde está el poema «Vida»:

> *Vida, soy de tus dos direcciones*
> *de algún modo permaneciendo colgada hacia abajo*
> *casi siempre*
> *pero fuerte como una telaraña al viento*

En Miami hay tormentas y huracanes, inundaciones asombrosas y temibles. En Nueva York hay incendios todos los días y lunáticos armados que una mala noche se suben al vagón del metro. Y un avión puede desplomarse en tu barrio por culpa de unas ráfagas inoportunas de viento. Pero nada te prepara para que el edificio donde duermes todas las noches se venga abajo.

Por eso, ni Cassondra ni ninguna de las personas que perecieron en el colapso tuvieron tiempo de entender qué pasó. Ni siquiera los que vivieron unos minutos tras la caída —al menos nueve personas, según el cálculo de *USA Today*—, lo pudieron comprender. Lo único que vieron fue oscuridad.

Se sabe que Cassie murió al instante. Se sabe que su cabeza fue muy castigada por los bloques de concreto. Tal vez sí, estaba de pie.

El único registro del momento en que la torre Champlain Sur colapsó es el video de una cámara de seguridad situada cerca del frente marino del Eighty Seven Park. El primer desplome, de la sección central de la torre, tardó seis segundos. Allí, en el cuarto piso, estaba la señora Stratton. En el video se ve la hilera de balcones, de arriba abajo, pero la imagen es borrosa y lejana: el balcón del cuarto piso apenas se distingue.

En el mismo instante que una lluvia de escombros le caía encima a Cassondra, algo ocurría muy cerquita de su balcón. En la escalera de emergencia al lado del ascensor —cuyos barandales eran lo primero que se veía desde la ventana del dormitorio principal—, una mujer de 64 años estaba bajando los escalones aterrada, sin saber si llegaría hasta el final. Su nombre: Iliana Monteagudo.

†

3

ILIANA: LA VOZ DE DIOS
Y LOS DILUVIOS

La historia empieza con una reunión de hombres poderosos en La Habana: comunistas del Partido y exiliados ricos compartiendo la mesa. A veces, una tregua política incide directamente en la vida. Este fue uno de esos casos.

A finales de 1977 el empresario cubano-judío Bernardo Benes, exiliado en Miami desde 1960, estaba de vacaciones en Panamá cuando recibió una llamada inesperada. Eran emisarios de Fidel Castro y querían iniciar conversaciones para negociar, por primera vez, la liberación masiva de presos políticos en la isla, a quienes se les permitiría salir para ir a Estados Unidos a reunirse con sus familias. Benes se oponía a Castro tanto como otros que hicieron fortuna en el exilio. Pero a finales de los setenta, con veinte años de régimen barbudo, le pareció que era momento de ser realista. Siguió el hilo de las llamadas. Hizo una suerte de «inteligencia privada» con apoyo —luego se supo— del gobierno de Carter. Las conversaciones fueron escalando: Benes se reunió con alguien que decía ser un alto mando militar de Cuba. Un agente de la CIA confirmó que, efectivamente, se trataba de Tony la Guardia, el mismo que años después se haría famoso al ser procesado y luego fusilado por el régimen cubano (el último juicio estalinista, transmitido por televisión). Las intenciones de Castro parecían serias. Se programaron varios encuentros en la isla.

El problema, le diría Benes años más tarde a la escritora Joan Didion, fueron esas reuniones. Aparecieron fotos en las que el empresario salía demasiado cómodo en compañía del líder cubano, demasiado informal, con el puro en la boca. Demasiado amigable con alguien que les había arruinado la vida a sus amigos.

Se volvió un apestado en Miami. Su nombre, alguna vez de un cubano prominente, fue sinónimo de infamia. En la radio lo llamaron comunista, espía, infiltrado. Boicotearon sus empresas. El proceso de negociación que inició Benes generó una ruptura: «dialogueros» y «plantados». No fue una división menor. Marcó una línea rígida que en esos años fue como una cortina de hierro en Miami. De hecho, hubo atentados, asesinatos, bombas. A Benes le recomendaron alejarse de las ventanas.

Dialogueros: los que ceden y pactan con el demonio (con Castro). Plantados: los que resisten sin doblegarse y escupen la mano que les ofrece ayuda a cambio de docilidad. En 2021 salió la película *Plantados:* en Miami, un hombre —un plantado— encuentra a su carcelero-torturador comunista en el estacionamiento de un *mall.* El pasado retorna. La memoria política se manifiesta.

Benes se vio obligado a vender sus empresas y a permanecer, desde entonces, con un perfil bajo. Pero siempre defendió sus acciones por una razón simple: gracias a él, miles de cubanos prósperos pudieron ver de nuevo a sus familias. Porque esas reuniones con castristas no fueron espuma, de ellas salió una lista de presos que saldrían libres y abordarían alguno de los vuelos listos para partir de la isla.

En el primero de esos aviones, en 1978, llegó a Estados Unidos una joven de veintiún años llamada María Iliana Monteagudo. Aterrizó en Miami con su hijo de tres años, gracias a la liberación de quien entonces era su marido.

Monteagudo tuvo que empezar de nuevo en la tierra prometida. Vivió bien. Tuvo dos hijos más (gemelos), obtuvo bienestar, cariño, diversión. Treinta años más tarde viajaba por el mundo

(Kioto, Singapur, Kuala Lumpur, Buenos Aires, Lima) y tenía una bella casa al borde de la bahía de Biscayne, con muelle para los visitantes en yate. Pero siempre fue una mujer temerosa de Dios y de los ciclones. Con los años, hasta las tormentas tropicales le provocaban sobresaltos. Le daban miedo las lluvias que amenazaban con convertirse en huracanes. «¡No quiero pasar más estos sustos! ¡Esto me quita años de vida!», escribió en Facebook luego de un aguacero con vientos fuertes. Tenía una razón poderosa para temer: «¡Que mi casa quede debajo del agua es muy fácil!».

Decidió vender esa propiedad. Al fin y al cabo los hijos se habían ido y ella se había divorciado tiempo atrás. Un día apareció una buena oferta y la tomó. Con el dinero, buscó un nuevo sitio y encontró el hogar de sus sueños: un hermoso departamento en el piso 6 de la torre Champlain Sur, de Surfside, justo en el límite con Miami Beach. «Amanezca todos los días con una increíble vista al océano. Oportunidad única para poseer un pedazo de paraíso frente al mar», se leía en el anuncio.

Pagó 600 mil dólares al contado y se mudó ahí en diciembre de 2020. A diferencia de muchos de sus vecinos, que solo iban a veranear, ella hizo de la torre su residencia permanente. Llevó todas sus cosas. El departamento tenía habitación con vista diagonal a la playa y un *walk-in closet* amplio, pero igual le hizo arreglos porque necesitaba meter más ropa. Disfrutó inmediatamente del balcón, desde donde podía sentarse a mirar la calmada vida durante la pandemia: la vista era espléndida —se enamoró de la vista… a todos los enamoró esa vista—, aunque de vez en cuando aparecía un crucero a lo lejos, e imaginarlo vacío, sin fiestas por culpa del maldito COVID-19, la ponía triste.

Pasó tardes tranquilas. En el balcón de las sillas celestes y blancas —que habían dejado antiguos dueños del departamento— puso una mesita y sobre ella, a veces, se servía empanadas calientes, y, casi siempre, un trago a base de vodka (una especie de *sea breeze*, rojizo, con jugo de toronja y mango).

En ciertas noches de luna llena le encantaba contemplar el camino iluminado que se formaba sobre el mar, desde su balcón hasta el satélite redondo.

Era el hogar para la soledad y la vejez que se asomaba. Era un sueño. El único ruido eventual venía de la vecina que vivía justo saliendo al pasillo al frente, doña Hilda (en un departamento con vista al norte), que tenía más de 90 años y era un poco sorda y ponía el televisor a un volumen alto. Cuando eso ocurría, doña Iliana respondía subiendo el volumen de la música.

La noche del miércoles 23 de junio la señora Monteagudo dejó sobre la mesa del comedor sus anillos y su cadena con una gruesa medalla de la Virgen de Guadalupe; acomodó a un lado sus tarjetas de crédito y su cartera —dejó todo listo, porque la mañana siguiente iba a salir—. Se fue a acostar y se quedó dormida por última vez en esa cama, en ese cuarto, en ese edificio. Fue una noche corta. Fue una noche larguísima.

* * *

Se despertó de pronto, sin saber por qué. No era una pesadilla, tampoco algún ruido reconocible. Al incorporarse, sintió un ambiente enrarecido. Se levantó y se dio cuenta de que entraba un viento. Pensó que la mampara que daba al balcón estaba abierta. Como de costumbre, había encendido una vela para la Virgen de Guadalupe y la había dejado en la cocina. Su departamento estaba en el piso 6, con vista a la piscina y al enorme edificio de al lado, el Eighty Seven Park. Efectivamente, la puerta corrediza estaba abierta, y eso era extraño porque ella recordaba haberla dejado cerrada. Quiso cerrarla nuevamente. No pudo. El marco estaba descuadrado.

Aparentemente, el edificio ya estaba moviéndose.

Sintió un crujido. Giró hacia la derecha, y la pared que daba hacia los dormitorios se abrió formando una grieta. Iliana, temerosa de Dios, pensó en la metáfora perfecta: una serpiente malévola bajando desde el techo por la pared del departamento. La grieta bajaba a gran velocidad dividiendo la pared en dos.

Fue a su cuarto y, rápidamente, se puso un vestido ligero y unas sandalias veraniegas. Percibía el peligro, pero tal vez no la inminencia de la catástrofe. Metió en su cartera todo lo que había dejado en la mesa —incluida la cadena con la medalla—, tomó su celular —que estaba cargando en la cocina— y apagó la vela de la Virgen. Antes de salir, dio un último vistazo a una vieja foto de sus padres: su mamá con vestido de seda, su papá de traje y corbata, en Las Vegas.

Salió del departamento. Justo al frente vio la puerta cerrada del 602, de su vecina Hilda, la única persona que conocía en el piso. Quiso alertarla. Pero nadie respondía a pesar de que tocaba y le gritaba, y entonces Iliana recordó que hacía días no oía el ruido del televisor: seguramente estaba afuera, en casa de su hijo, que era policía.

Salió al largo pasillo: paredes de color hueso y puertas beige, sobre las cuales había largas cajas de luz que iluminaban todo; piso alfombrado, un zócalo negro que formaba dos líneas en perspectiva. Con menos de seis meses allí, no tenía idea de dónde se encontraban las escaleras de emergencia. Su intuición y sus años de viajar por el mundo le hicieron pensar que estaban cerca del ascensor.

Efectivamente, allí encontró una puerta de escape. Nunca había estado en ese lugar. La zona de acceso a las escaleras era abierta; solo un barandal la protegía del exterior: del suelo al techo, un rectángulo vertical con vista al mar, a la noche iluminada por la luna llena (la superluna de fresa), a su propio balcón, el segundo a mano izquierda, que acababa de abandonar. En un balcón de dos pisos más abajo que el suyo (pero más cerca de las escaleras), la modelo Cassondra Stratton hablaba por celular. Doña Iliana empezó a bajar: cemento pulido, barandillas de metal, siete escalones por sección, entre descanso y descanso.

Cuando iba por el cuarto piso escuchó el ruido, ese ruido infernal que no se parece a nada de lo que uno ha oído nunca, ni en la vida real ni en el cine. Un ruido continuo, reverberante, como un trueno que no cesa, como el grito mortal de una bestia escuchado desde sus mismísimas entrañas. Barry Cohen, quien estaba un piso abajo, diría que fue el sonido más intenso que oyó nunca en su vida.

Iliana se detuvo aterrada en las escaleras, que temblaron con el estruendo.

Más de ochenta departamentos del edificio, entre ellos el suyo, se derrumbaron en segundos.

Para los que estaban adentro era difícil entender algo que era muy visible desde afuera. Que una parte del edificio —la que daba al mar— se había desplomado y la otra, hacia la avenida Collins, había quedado en pie. De hecho, al sentir el ruido, algunos de los que estaban en esos departamentos abrieron la puerta para escapar y vieron que el pasillo, un bien iluminado camino recto de 35 metros, era ahora un montón de trozos de cemento, fierros doblados, capas de suelo comprimidas, planos superpuestos. Otros, más arriba, abrieron la puerta y, en vez del corredor largo de siempre, vieron el mar.

De los que estaban en el edificio, solo Iliana Monteagudo tenía la visión completa de lo que acababa de ocurrir. Más allá de la escalera de emergencia donde estaba, la estructura estaba reducida a escombros. Se fue la luz. La mujer encendió la linterna del celular. Y en medio de los escalones, apenas iluminados por el aparato, solo había una pregunta que hacerse: ¿también esto va a caerse? Partes de la escalera que acababa de recorrer se habían roto mientras bajaba, por efecto del remezón. Pensó en el efecto dominó posible —cualquier cosa es posible cuando tu departamento acaba de derrumbarse— y comenzó a gritar, a gritar a viva voz, como en una misa de sanación:

—¡Jehová bendito, padre santo del cielo, ayúdame! Yo quiero ver a mis hijos, yo quiero ver a mis nietos, ¡no me dejes morir acá! ¡No me dejes morir acá!

* * *

Tiempo atrás la señora Monteagudo había conocido a Pilar Sordo: escritora chilena, psicóloga, *bestseller* de libros de superación personal. Fue a verla cuando la autora visitó Miami. Se hicieron amigas. Le llamaban la atención sus reflexiones sobre la felicidad. «Ser feliz es una decisión que hay que tomar todos los días, que no depende de las condiciones de vida que uno tenga, sino de la actitud». También le interesaba esa parte de su discurso en la que llamaba a sentirnos bien por no ser perfectos. «Hay que abrazar nuestras imperfecciones», dice la autora en sus conferencias. Y pone el ejemplo de las fotografías de infancia de antes: tan mal hechas, con rostros desenfocados, un flash inoportuno y, sin embargo, esas imágenes generaban recuerdos más vívidos que las estampas perfectas de estos tiempos de filtros en Instagram.

Iliana Monteagudo solía recordar la arena de Varadero, que visitaba de niña con su mamá. Nada pudo compararse nunca a esa arena blanca y finísima. Para doña Iliana, hacía buen tiempo que Cuba era un recuerdo lejano: la isla imposible que logró abandonar a finales de los setenta. Pero esa arena… ¡qué belleza! Miami tiene todo, es la ciudad cosmopolita de los sueños posibles, su lugar, su aire y su vida; pero no tiene esas playas cubanas. Hasta que un día llegó la pandemia del coronavirus y encerró a los habitantes de la ciudad, ahuyentó a los turistas, acercó a los tiburones y lo limpió todo, y de pronto la arena estaba tan clara que por un momento era casi un calco de la playa que visitaba en su juventud.

Siempre amó el mar. Eso fue lo que hizo que se enamorara del departamento en Surfside: el mar visible desde la habitación o desde el balcón de la sala, donde podía sentarse sin sobresaltos a tomar un trago con vodka. Desde allí disfrutaba de una vista perfecta y de una sensación de seguridad que no tenía antes: la de estar en un sexto piso, cerca al océano, pero lejos del agua.

Es importante, en Miami, estar lejos del agua.

¿Qué pasa con esta ciudad que cada vez se inunda más seguido y en el auto, lentísimo, una parece estar navegando un río?, se preguntaba de vez en cuando la señora Monteagudo.

En su casa anterior, la casa del muelle en la bahía de Biscayne, a doña Iliana la sobresaltaban cada vez más las lluvias y los vientos fuertes. A veces también la asustaba un golpe seco en la ventana. Era una iguana —de las tantas que llegaban al lugar— chocando contra el vidrio. Siempre le parecieron criaturas detestables, repulsivas, no comprendía la ternura que provocan en algunas personas. Para ella eran depredadores que trepaban veloces en lo alto de las matas y se comían las ciruelas más maduras. Además de eso, dejaban sus heces, que Iliana definía como «cacas casi humanas». Y eran ineludibles, persistentes, porque cada iguana ponía ochenta huevos. Se enteró de que no era una especie protegida, y podía matarlas a todas si así lo deseaba (de hecho, se exportan a Tailandia, donde son un manjar). Pero no tenía corazón para hacerlo.

Lo que más le molestaba de esos monstruos era que se comían las ciruelas que ella solía destinar para regalar a sus amigos. A doña Iliana siempre le gustó compartir, beber, invitar y comer. Le encantaba ir a restaurantes en todos los países que visitaba. Se hizo fan de la comida peruana. La vieron muchas veces en el lindo local La Mar de Miami y también en el de Lima, ciudad de la que era asidua visitante, donde el chef Gastón Acurio le regaló algunos libros de cocina.

Una vez, comiendo en un buen restaurante de Buenos Aires, conoció a alguien que la ayudó a conocer a un hombre al que ella admiraba: Carlos Menem, el expresidente de Argentina. Lo veía con buenos ojos por su posición crítica con respecto a Cuba. Se conocieron poco después. Se hicieron amigos y hasta bailaron un vals en el cumpleaños número 50 de Iliana, en diciembre de 2006. Semanas más tarde él la invitó a su famosa cabaña en Anillaco, La Rioja, Argentina, para celebrar el Año Nuevo. Ahí, con una gran fiesta, recibieron el 2007.

El 14 de febrero de 2021 Iliana recibió la noticia de la muerte de Menem y publicó una foto en la que ella, vestida de gala, le da un gran beso en la mejilla al expresidente. Dos días después se puso la segunda dosis de la vacuna Pfizer. Un año atrás, en medio de lo más duro de la pandemia, había dicho que, dadas las circunstancias, el único reto de 2020 era llegar con vida al año siguiente.

* * *

—¡Jehová bendito, ayúdame! ¡Padre santo, ayúdame!

Iliana continuó bajando las escaleras. Era la única persona que había escapado de su departamento justo antes de que este terminara en escombros (y no lo sabía). Los primeros sobrevivientes, que serían presentados como tales en los medios horas más tarde, eran personas que habían estado en el ala del edificio que no se derrumbó (la que daba a la avenida Collins). Algunos de esos residentes se despertaron con el ruido del colapso y, sin entender qué pasaba, buscaron la escalera que Iliana había encontrado minutos antes, y que se destruyó parcialmente por el remezón.

En el mismo piso de la señora Monteagudo, en el 609, Alfredo López se levantó de golpe, salió temblando, y se lanzó con su esposa a la travesía incierta de bajar las escaleras. En el camino vio a Esther Gorfinkel, del piso 5, una mujer de 88 años que no creía ser capaz de bajar. López la alzó en peso y siguieron.

Raysa Rodríguez, en el piso 9, despertó por el estruendo y dio un brinco de la cama al suelo. Salió de su departamento y también buscó las escaleras. Moshe Candiotti, del piso 4, salió a toda velocidad en ropa interior. Pasaría mucho tiempo antes de que todos ellos entendieran lo que había pasado. «La destrucción terminó justo en la puerta de mi departamento», dijo al *Miami Herald* Steve Rosenthal, del piso 7, imaginando una progresión horizontal que no existió. Agradeció a sus padres, «que están en el cielo», por el milagro.

En ese mismo piso, el séptimo, la dueña del departamento que estaba justo encima del de Iliana Monteagudo no se encontraba en casa, pero tenía instalada una cámara de seguridad. En las imágenes se ve un departamento muy parecido al de su vecina de abajo: vista desde la mampara del balcón, aparece la puerta de entrada al fondo, a la izquierda y, a la derecha, la cocina, separada de la sala por una ventana interior. La vibración es sutil al principio. Luego se ve caer una lluvia de polvo. No se distinguen grietas, pero sí algo más inquietante: el momento brevísimo en el que la columna empieza a doblarse y a hacerse curva, una imagen imposible, que solo podría visualizarse en un cuadro de Dalí, o en un súbito lente angular que distorsiona las formas. Inmediatamente después, la imagen desaparece y lo único que queda es una pantalla negra.

Para entonces, doña Iliana ya estaba en las escaleras gritándole a Dios que la dejara vivir. Temía que todo se le cayera encima, que, al llegar al primer piso, la puerta estuviera atrancada.

Siguió bajando y, felizmente, pudo abrirla sin problemas cuando llegó al nivel del *lobby*. Pero todo estaba borroso por una densa nube de polvo. La mujer en el turno de portería —a quien no reconoció debido a la escasa visibilidad— se acercó a ayudarla. Iliana caminó hacia la zona del estacionamiento de invitados, cuyo piso estaba destruido por el derrumbe. De pronto, se dio cuenta de que el agua le llegaba a los tobillos. Había unos cables en el agua. ¿Se electrocutaría si seguía andando? Pero no quedaba de otra, tuvo que seguir. Agua. Caminó como pudo. Agua. La fuerza de la corriente le arrancó las sandalias de playa, y quedó descalza. Agua. La mujer le tendió una mano. Al tomarla, a Iliana se le cayó el celular, que se sumergió para siempre con la luz encendida.

* * *

El agua no es un asunto menor en Miami. No solo por las tormentas y huracanes, con sus lluvias interminables, sino también por una razón más perturbadora: es un hecho que, como el nivel del agua crecerá, tarde o temprano parte de la ciudad quedará sumergida. Lo que hace unas décadas era una profecía alarmista, hoy es una realidad científica de la que se habla más y más, un evento lento e insidioso, pero que se ve cada vez más cerca por el cambio climático. Es la imagen temible del agua llenándolo todo sin necesidad de precipitaciones, agua abriendo las tapas de alcantarillas como corchos en botellas de champaña, que salen disparados, agua en días de sol, que convierte en ríos las pistas de Miami.

Hay documentales y reportes donde se repite que el nivel del agua crece 30 centímetros (un pie) cada veinte años, y en ellos suele aparecer una figura recurrente: Bruce Mowry, un ingeniero que trabaja para la ciudad y que se ha propuesto enfrentar la situación como todo un *Homo sapiens* constructor ante la naturaleza. Como en un cuento fantástico, el hombre va por la ciudad identificando los muros costeros que se están quedando cortos, y manda a un ejército de obreros para elevarlos y evitar que el agua pase. Su cruzada ha llegado a extremos nunca antes vistos: ha elevado pistas enteras allí donde las inundaciones eran demasiado frecuentes.

Así ocurre en la Calle 20 de Sunset Harbor, al sur de Miami Beach. Como la pista ha sido elevada, las terrazas de los restaurantes, que antes estaban al nivel de la vereda, se han convertido en semisótanos al aire libre. Estar ahí es raro. En el Barceloneta, restaurante de tapas deliciosas y pulpos a la brasa exquisitos, estás sentado y las llantas de los autos pasan a la altura de tus hombros. Lo mismo ocurre en los locales contiguos. Las rejas, vistas desde adentro, ahora dejan ver un colchón de pista, como un corte geológico expuesto. Los accesos a los parques y edificios de la calle son escaleras hacia abajo, con barandas. Es un asomo distópico: perturba, porque tal vez se trata de un barrio piloto, una pequeña muestra de lo que vendrá.

En Miami, la tierra donde se hizo famoso Walter Mercado, hay creyentes en los astros que están pendientes de sus efectos, y que le tienen respeto a la luna llena. Pero la luna, la verdadera, sí es un motivo de zozobra. La NASA ha revelado que, en la próxima década, el satélite empezará un movimiento oscilante y que eso provocará mareas altas. Esto no tendría nada de grave —es parte del ciclo natural— si no fuera porque el fenómeno coincide con el calentamiento global, que cada vez causa tormentas más fuertes. El resultado: inundaciones extremas como no se han visto nunca antes. Una de las zonas más afectadas será la costa de Florida.

En un documental de HBO, Mowry dice que cree que el hombre, una vez más, se las ingeniará para prevalecer al aumento de las aguas, así sea elevando todo y erigiendo una ciudad aérea que descanse sobre columnas altas como zancos. Sin embargo, también ha sido claro: todos sus esfuerzos lo tienen muy orgulloso, pero solo servirán por 50 años. Después de eso, ya tendrá que vérselas quien esté a cargo.

A Iliana Monteagudo siempre le inquietaron las inundaciones (aunque le gusta desear que Dios nos cubra a todos con la sangre de Cristo). Creía que la casa donde estaba antes, en la bahía de Biscayne, se podía inundar con demasiada facilidad. Por eso quiso salir de ahí. Lo que no sabía era que en el condominio al que llegó, en Surfside —donde estar en un sexto piso supuestamente la mantendría alejada de esa preocupación—, el estacionamiento del sótano tenía filtraciones desde hacía más de treinta años. Un antiguo jefe de mantenimiento le dijo a Telemundo que ya en los noventa había que lidiar con ese problema, a tal punto que los automóviles no podían salir por el agua empozada.

Monteagudo no lo sabía, pero un anterior dueño del departamento donde ella vivía, Gustavo Tames Jr. —que también solía disfrutar la vista desde el balcón con un trago, en su caso un escocés con hielos—, vendió la propiedad y se fue de ahí en 1994: ya entonces los charcos en el garaje eran frecuentes y molestos para él. La nueva propietaria del 611 tampoco sabía que, seis meses antes que ella, una mujer italiana había estado interesada en comprar el mismo departamento, pero desistió rotundamente al ver las abundantes filtraciones del garaje.

El agua se había estado acumulando en la terraza de la piscina. Como esa superficie estaba justo arriba del estacionamiento del sótano, la filtración había llegado a las columnas que separaban los espacios de parqueo. Era un problema en el condominio. Cuando una pieza de concreto tiene fisuras y el agua entra constantemente, en algún momento el líquido llega a las varillas de acero, que se corroen, se hinchan y van quebrando la estructura desde adentro.

Las fallas de impermeabilización [en la terraza que bordea la piscina, el camino de entrada y las jardineras] están causando gran daño estructural en las losas de concreto debajo de estas áreas. Si no se reemplaza el impermeabilizante en un futuro cercano, el concreto seguirá deteriorándose a un ritmo exponencial.

El informe del contratista Morabito, que evaluó el edificio en 2018, ya tenía dos años de enviado cuando Iliana Monteagudo se mudó al edificio. El documento incluía fotos del estacionamiento del sótano donde aparecían columnas que tenían grietas y desconchados (trozos de concreto salidos). En algunos casos, el daño del concreto era tal que la estructura de acero estaba expuesta.

El agua destruye con violencia, escandalosamente, bíblicamente. Pero también lo hace en cámara lenta, colándose por donde no debe, como en aquella historia del niño que tapa con el dedo el pequeño orificio de un dique, y se queda inmóvil ahí porque sabe que, si se cansa, la ciudad completa quedará inundada.

* * *

Iliana Monteagudo siguió caminando en el agua de la mano de su rescatista. Pero en un momento se detuvo. En la zona en la que estaban se había abierto una grieta muy grande y a ella, una mujer de 64 años, le pareció imposible saltarla. Hasta que vio, en medio, en el vacío, lo que quedaba de una columna —una de las columnas del garaje-sótano que, por efecto del punzonamiento, permaneció en pie luego del derrumbe—, y puso allí su pie izquierdo y saltó con todas sus fuerzas a tierra firme. La calle estaba a un paso.

Iliana, temerosa de Dios, no quiso mirar atrás porque recordó la historia de Lot: voltear y volverse estatua de sal.

Pero había razones más terrenales para no voltear. A sus espaldas, decenas de personas habían quedado sepultadas bajo el edificio hecho pedazos. Los ingenieros estructurales lo denominan «colapso de panqueque», porque cada plano cae encima del otro. En esas circunstancias, el espacio se comprime y el peso destruye todo, incluidos los cuerpos, los huesos y los cráneos, en segundos. El daño es devastador. Casi no hay posibilidad de sobrevivir. El único milagro esperable es que, tras el derrumbe, haya quedado algún hueco, o que alguna «cámara» se haya formado en plena destrucción, un vacío salvador en donde parapetarse.

—Mi testimonio es para las personas que no creen en Dios o tienen la fe tibia —dice ahora doña Iliana, una soleada tarde de sábado en Miami, semanas después de la tragedia.

De hecho, después del colapso, en las entrevistas, dijo una y otra vez que fue una voz súbita la que la despertó y guio sus pasos; así lo mencionó ante las cámaras, en español y en inglés, y las televisoras más grandes de Florida contaron su historia usando el detalle de la «voz de Dios» como la prueba indubitable de un milagro. Telemundo la invitó a un programa especial por el día de la Virgen de Guadalupe. «Un hecho sorprendente y maravilloso», dijo la conductora al presentar la increíble historia.

Monteagudo comparte su relato con ímpetu, un poco abrumada, un poco triste, y habla de Dios. ¿Qué otra voz sino la del

Todopoderoso estaría allí para alertarla? Siempre lleva la medalla de la Virgen, en altorrelieve, que cuelga de una cadena y sobresale en su cuello: una escultura compacta y poderosa, un escudo protector. Esa noche le dejó encendida una velita a la Virgen. Dios le habló mientras dormía, insiste. Solo así se explica el hecho de haberse despertado de pronto.

Si la fe mueve montañas, puede salvarte de una montaña de concreto. Pero también es cierto que en el edificio hubo ruidos por lo menos media hora antes del colapso. Ruidos como golpes de construcción. Crujidos inexplicables que provenían de las entrañas de la estructura. De hecho, en el 111, cinco pisos debajo de donde estaba Iliana, exactamente en la misma posición, la señora Sara Nir oyó esos ruidos —absurdos a esa hora— y decidió salir con su hijo mucho antes, cerca de la una de la mañana. Cuando habló con la prensa dijo algo similar a lo de Iliana, pero en la versión de su propia fe judía:

—Fue Hashem quien me mostró la señal y me salvó de la destrucción.

De todos modos, en favor de la señora Monteagudo y su fe está un hecho concreto: aparte de ella, nadie que estuviera durmiendo en las secciones que colapsaron despertó justo a tiempo para salir caminando e ilesa.

* * *

Según su propio relato, Iliana Monteagudo cometió dos errores al escapar.

Uno de ellos le salvó la vida.

Como llevaba muy poco viviendo en el edificio, no le había dado tiempo de saber que la torre Champlain Sur tenía, además de la que estaba cerca del ascensor, otra escalera de emergencia, que se ubicaba a solo cinco metros saliendo de su departamento, detrás de una puerta cerrada entre el departamento 602 de su vecina Hilda y el 601. Esa escalera, que le correspondía como escape, quedó enterrada con el colapso. Bendita ignorancia: Iliana Monteagudo eligió el camino largo: 40 metros en vez de cinco, y se pudo salvar.

El otro error fue pensar que su vecina Hilda Noriega había salido a visitar a su hijo policía. En realidad, no escuchó el llamado de Iliana justamente porque no oía bien: más de 90 años, un poco sorda. Pero estaba allí. Doña Hilda también era una mujer temerosa de Dios. Cuando la encontraron sin vida, los rescatistas descubrieron que tenía en las manos seis rosarios.

Al día siguiente del colapso, Iliana recibió de su amiga Pilar Sordo un mensaje de aliento. De hecho, siguió recibiendo un mensaje así todas las mañanas; un consuelo que era un lujo: la gurú latinoamericana de la autoayuda y la motivación le enviaba una reflexión diaria, vía WhatsApp, en el peor momento de su vida.

Iliana Monteagudo había sobrevivido a una catástrofe fatal. Pero no podía sentirse afortunada. Ni en el momento en que supo que ya estaba a salvo, descalza en el pavimento, al borde de la avenida Collins, esperando que algún conductor se detuviera y la sacara de allí, ni los días y las semanas que siguieron. Había comprado su departamento en diciembre del año anterior y, además de enterarse de que debía pagar más de 100 mil dólares en trabajos de mantenimiento —entre otras cosas, para solucionar las filtraciones de agua debajo de la terraza de la piscina—, resultó que una noche vio aparecer en su pared una grieta que crecía veloz hacia abajo. «Una serpiente malévola, vaya, el mismísimo diablo», repite en las entrevistas (y cómo negarlo: es una metáfora insuperable). Se sintió estafada. Sí, despertó con vida al día siguiente, y se sintió estafada. Pero no había lugar para quejarse, porque su historia era la de un milagro. Era tan afortunada. Sintió la paradoja casi inconfesable, absurda pero real: tenía celos por la atención que les prestaban a los muertos.

—Me quedé sin nada, me quedé sin recuerdos, todo lo que acumulé durante toda mi vida en Estados Unidos lo perdí, incluyendo los recuerdos de mis padres, de mi infancia en Cuba. Me quedé sin pasado.

El pasado: como en todo edificio o calle o barrio de Miami, la torre Champlain Sur estaba llena de historias cubanas. Objetos y fotografías que relataban esas épicas de migración, exilio, supervivencia y progreso. Cuatro pisos encima de Monteagudo, en el 1011, vivía Juan Mora, cubano de 81 años, radioperador en la invasión de Bahía de Cochinos —se había entrenado en Guatemala—, que llegó en bote a las costas de Cuba para luchar contra Castro, pero fracasó y estuvo preso por meses. Eventualmente, llegó a Miami, donde, entre otras cosas, tuvo un negocio rentable: venta de puertas y ventanas a prueba de huracanes.

No, mejor no mirar atrás. Cuando la señora Monteagudo logró finalmente salir a la calle, se detuvo a observar a una joven madre que se había quedado afuera del edificio justo antes del colapso. Les decía: «*I am sorry, I am sorry*» a sus niños, que lloraban sin consuelo. Las luces de los patrulleros ya iluminaban la escena. Miembros de los cuerpos de rescate, con sus cascos y trajes, empezaban a llegar.

†

4

EL RESCATISTA DE LA TELE Y LA VOZ EN LOS ESCOMBROS

Aún no amanecía. Las sirenas y las luces rojas y azules de las patrullas y ambulancias daban una sensación de caos, aunque desde la avenida Collins el edificio se veía igual que siempre: el ala derrumbada estaba atrás, en la playa; la fachada permanecía intacta. Las voces de auxilio hicieron pensar en un escenario de rescate convencional: seguramente eran sobrevivientes que habían quedado atrapados bajo los bloques de concreto. Sin embargo, la realidad era otra. Esos gritos provenían de los residentes que se habían quedado en el ala del edificio que no colapsó, los que no pudieron salir porque al abrir sus puertas se toparon con la destrucción: escombros apilados que interrumpían la salida o, en los pisos más altos, la inesperada imagen del mar y el cielo. En la zona colapsada lo que había era un silencio casi total.

Reinaba el desconcierto. Ninguno de los residentes de la parte de la torre Champlain Sur que quedó en pie —ni los vecinos cercanos— entendía bien lo que acababa de suceder ni la razón del estruendo. De hecho, en las llamadas de emergencia de esos instantes iniciales el susto se mezcló con la incredulidad, la urgencia con la confusión.

¿Un terremoto? En Miami no hay terremotos. Era difícil explicar lo que pasaba. Cuando el señor Michael Stratton, quien estaba de viaje pero cuya esposa Cassondra vivía en el cuarto piso, llamó para reportar la emergencia, la operadora le comentó que estaba recibiendo varias llamadas refiriéndose al edificio. Pero del mismo modo en que él no sabía qué había pasado después del grito de su mujer y el corte de la llamada, todos los que se comunicaban tenían información parcial. Describían la catástrofe a retazos y a ciegas.

Sergio Lozano tuvo, por desgracia, una mejor perspectiva. Vivía en la torre Champlain Este. Como entre ese edificio y la torre Champlain Sur se encontraba el hotel Bluegreen Solara, que es considerablemente más pequeño, desde su vivienda podía ver el departamento donde residían sus padres, en el piso 9 de la torre Sur. Acababan de cenar juntos allí horas antes. Alertado por el ruido de lo que creyó que era un tornado, Lozano fue a mirar por la ventana y descubrió algo que lo petrificó.

«Dios, el edificio no está», dijo en voz alta. «Mi esposa empezó a gritar», contaría luego Lozano, con lágrimas en los ojos, en el programa de Gloria Estefan.

¿Cómo que ya no estaba? Era imposible pero cierto. «Era como si la tierra se hubiera abierto, tragándose la torre», recordaría un residente del cuarto piso.

—No entiendo —dijo una operadora del 911, al responder una de las primeras llamadas de emergencia—. ¿Se cayó un puente?

—No, un edificio. Se cayó un maldito edificio.

Entre los rescatistas también cundía esa incertidumbre al principio. El bombero Enrique Arango se enteró del hecho en su estación: su inquietud fue grande porque en ese edificio vivía su hija de siete años, pero lo extraño de la noticia lo dejó paralizado unos minutos, antes de salir corriendo al lugar del desastre. Conforme fueron llegando más rescatistas, y con las fotos que iban circulando en las redes sociales, el panorama se hizo claro. Era un colapso de panqueque. El peor derrumbe posible: una catástrofe.

* * *

Durante las dos temporadas de la serie *Kings of Pain*, en History Channel, el doctor Benjamin Abo apareció en bosques, pantanos y junglas al lado de dos aventureros. La misión del dúo: encontrar a las criaturas más venenosas y letales del mundo en lugares inhóspitos del planeta y dejarse morder. La misión de Abo: tener listo el equipo de emergencia portátil y los antídotos para que las estrellas del *show* no mueran. También debía explicarle a la audiencia qué pasa en el cuerpo cuando esas sustancias ingresan al torrente sanguíneo y hacen estragos: cuando el escorpión africano clava su aguijón, el escarabajo errante mete las mandíbulas o el lagarto varano hunde los colmillos. Es un programa muy gráfico, del tipo *1 000 maneras de morir*, con secuencias alucinantes, como la de la serpiente más larga del mundo clavando sus colmillos en el brazo de Adam, el intrépido conductor, en cámara lenta (y Abo al costado, con cara de espanto).

Desde la aparición del programa, el doctor Abo, que ya trabajaba en la Unidad de Envenenamiento de Miami, se volvió más conocido. Se hizo usual que la prensa lo llamara para cualquier tema relacionado con emergencias domésticas con animales. En Florida, estos encuentros inesperados son un tema recurrente. La subida del nivel del mar, las inundaciones y tormentas pueden sacar de su hábitat natural a criaturas peligrosas: escorpiones, cobras, medusas, viudas negras con la espalda roja. Ahí va Abo, comentándole a la audiencia cómo pedir ayuda, qué hacer y qué no. También lo llaman para explicar hechos insólitos como el de aquel hombre que sufrió la mordida de un tigre en el zoológico.

No le sientan mal las cámaras, al contrario. Abo, director médico del Equipo de Búsqueda y Rescate de Miami, es bastante telegénico: frente ancha, pelo largo y pelirrojo, de rulos, lentes gruesos redondos, corta estatura y una voz didáctica y delicada que explica las cosas como si tuviera un público imaginario. No sorprende saber que, hace unos años, dio una charla TED. El tema: «la importancia de reír».

Pero antes que nada —y sobre todas las cosas—, Abo es un rescatista. Empezó su carrera muy joven, a los dieciséis años. Se curtió en el huracán Katrina, en Nueva Orleans, en 2005, y en el terremoto de Haití de 2010. También hizo voluntariado en África, ayudando a médicos locales a reducir la mortalidad de madres y de recién nacidos.

En 2020 vio de cerca un horror local de otra naturaleza: el provocado por las emergencias de COVID-19 en Miami durante la pandemia. Y en Florida, eso significaba luchar no solo contra los contagios y los enfermos, sino también con una proporción asombrosa de negacionistas, y la resistencia de las autoridades a decretar el uso obligatorio de cubrebocas. Para 2021 Abo se había vuelto un gruñón. Era un crítico feroz de la irresponsabilidad. Porque, aunque la vacuna ya estaba disponible, llegaba a Emergencias gente que no se la había puesto debido a la ignorancia y a las teorías de conspiración. Eran hombres y mujeres que, enfermos de coronavirus y sin poder respirar, pedían que ahora sí se les aplicara para sentirse mejor. «No puedes retroceder el tiempo y vacunarte. No funciona así», repetía Abo, rescatista y paramédico, apenas ocultando su enojo.

La madrugada del jueves 24 de junio de 2021, Abo fue notificado sobre una emergencia en la avenida Collins.

Se puso la ropa de trabajo: camiseta de manga larga, pantalones de bombero, casco, coderas, rodilleras, espinilleras de futbolista que a veces provocan risas en sus compañeros (pero que él prefiere usar por seguridad extra), gafas protectoras y guantes de cuero. «Siempre listos, orgullosos de servir», es el lema de su unidad.

Pero esto —recordará luego—, esto era diferente. Nadie está listo para algo así.

* * *

Un mes antes, el 25 de mayo de 2021, la familia Barth había llegado a Miami para ponerse la vacuna contra el COVID-19. Valeria Barth, adolescente de catorce años, viajó desde Medellín con sus padres, Luis Barth y Catalina Gómez. El plan era pasar unos días de vacaciones y ponerse las dos dosis de Pfizer. Por entonces, en varios países de Latinoamérica, la vacuna aún tenía un tiempo de espera incierto para quienes no fueran de la tercera edad. Las noticias sobre la disponibilidad futura cambiaban todos los días. En el Perú alguien llegó a calcular que, al ritmo en que llegaba la vacuna, se terminaría de inmunizar a toda la población en 2026; en México una representante de la Sociedad de Salud Pública declaró: «No sé con qué dinero las vamos a comprar» cuando el gobierno anunció la llegada de la AstraZeneca. En Paraguay la ausencia de vacunas originó protestas que exigían la renuncia del presidente Mario Abdo. En Colombia, para marzo de 2020, había llegado solo medio millón de vacunas —en un país de 50 millones de habitantes—, lo que provocó escepticismo. Quienes tenían recursos para hacerlo —y visa vigente— empezaron a viajar a Estados Unidos para inmunizarse. En esos días todos habrían dado cualquier cosa por tener la jeringa de la esperanza. Los primeros médicos y enfermeras que accedieron a la vacuna lloraron al recibir el pinchazo. Si la ansiedad se podía acabar con un boleto de avión, ¿por qué no tomarlo?

Los Barth podían darse ese lujo. Irían a vacunarse a Miami y de paso, aprovechando las tres semanas de distancia que debía haber entre la primera y la segunda dosis, tomarían unas vacaciones en la bonita ciudad; podrían pasear, distraerse, visitar a la familia.

El hermano de Luis, Sergio Barth, vivía en Miami desde 2015. Siempre estaba dispuesto a recibir a su hermano mayor en su casa, en El Doral, cerca del aeropuerto internacional. Lo hubiera hecho más que encantado, pues por culpa de la pandemia Sergio no veía a su familia colombiana hacía más de un año y medio. Pero Luis Barth, abogado y experto en políticas públicas, siempre fue muy delicado, el tipo de persona a la que no le gusta causar molestias. No iba a incomodarlo con su esposa y su hija adolescente en un viaje que duraría varias semanas.

Además, Luis tenía un amigo que solía prestarle un departamento en Miami Beach. Era un segundo piso, con vista al mar, al lado derecho, y a la bahía de Biscayne, al lado izquierdo (y justo al frente, la vista agradable de un hotel tipo *art déco* de paredes celestes). El edificio tenía piscina y jacuzzi, y acceso a algo que a la joven Valeria le encantaría: la cancha de tenis, que estaba cruzando la pista. 8777 de la avenida Collins: la torre Champlain Sur.

* * *

Benjamin Abo había recibido fotos del colapso y ya tenía una idea de lo ocurrido. Pero solo al llegar al lugar, a la parte trasera del condominio, y ver el montón de escombros, supo los alcances reales de la destrucción y se quedó sin aliento. Como médico, sabía medir los índices de su propio cuerpo: sus latidos se aceleraron y las pocas luces encendidas lo cegaron por efecto de las pupilas dilatadas.

Ver en vivo ese montón de trozos de concreto y acero retorcido le confirmó su primera intuición: una tremenda pérdida de vidas. Fue lo mismo que pensó Fabiola Angulo, de Team Humanity Miami, cuando llegó a apoyar a los damnificados y se asombró al ver que un edificio alto pudiera entrar en una pila compacta de tres pisos. «Aquí no sobrevivió nadie», calculó Angulo inmediatamente, y así lo dijo en televisión. Los ingenieros lo llaman «colapso de panqueque» por una razón: todos los pisos caen unos sobre otros como tortillas.

Abo trató de conservar cierto optimismo. Quien trabaja cerca de catástrofes también es un coleccionista de milagros. Cuando estuvo en Haití, en 2010, su equipo encontró a un sobreviviente el séptimo día. Era un bebé de un año.

Pero en un colapso de panqueque como el de la torre Champlain Sur, a diferencia de un terremoto, la única esperanza es o estar muy arriba o que haya quedado un ángulo, una esquina, un hueco, donde una persona haya podido resguardarse. Eso y, con suerte, no haber recibido golpes contundentes de pedazos de concreto, muebles, acero, vidrios, todo en medio de una cascada vertiginosa.

Por eso, al principio los rescatistas se concentraron en los bordes de la construcción, donde había ángulos. Las zonas centrales, en las que estaban las capas superpuestas, que alguna vez habían sido los pisos (y que podían verse ahora con los bordes sucesivos, como naipes de una baraja en escalera), no eran lugares en los que se pudiera sobrevivir. Simplemente no había espacio para que la vida fuera posible. El médico Abo lo sabe muy bien. Fueron miles de toneladas. Los cuerpos se aplastan. Los huesos se quiebran, como pequeños crustáceos.

Con el equipo de rescate de Abo llegaron los perros de búsqueda: Stone y Cable. Dos golden retriever. Uno estaba entrenado para encontrar sobrevivientes. El otro, para detectar el olor de los muertos.

* * *

Valeria Barth acababa de cumplir años. La cuarentena en Medellín llegó con una inmovilización total y eso provocó que se suspendiera el colegio y también las clases de danza, a las que iba todos los sábados por dos horas. Había empezado en el baile tres años atrás, en la academia Be, de El Poblado, el barrio donde vivía. Al principio era una niña introvertida, de pocas palabras, una de las tantas que llegan a la escuela para complementar sus actividades académicas. «Poco a poco empezó a llamar la atención de todos», dice Mariana Tobón, la directora de la academia. El punto de inflexión fue el descubrimiento del hiphop y el jazz. Algo pasó cuando empezó a ensayar esos ritmos. No hubo vuelta atrás.

Valeria siempre sorprendió a quienes la conocían. «Era una niña superdotada, con una chispa diferente, la mejor estudiante en la escuela, sobresaliente en absolutamente todo», dice su tío Sergio. Desde los trece años tenía la costumbre de hablar con las personas que admiraba; no tenía fotos en sus redes sociales, pero sus interlocutores pensaban, por cómo escribía y cómo hablaba, que era una chica de veinte años. Siempre fue, como se dice en Medellín, una «tesa». Hábil y destacada en todo lo que se proponía hacer; era metódica, de las que busca inspiración para devolvérsela a los otros.

Buena dibujando. Buena en los deportes. Le gustaba el tenis, igual que a su padre; también el fútbol. En Miami, su tío Sergio había fundado la academia J10: extensos campos de juego —como brillosas alfombras de césped— entre palmeras. En Latinoamérica, apenas en los últimos años es normal algo que en Estados Unidos es la regla: el fútbol lo juegan las niñas.

Valeria era una de esas niñas. Su ídolo máximo, su mayor motivo de inspiración y modelo a seguir, era Lionel Messi, el astro argentino al que, de vez en cuando, le dedicaba palabras de cariño en las redes sociales.

En las clases de baile, lo que más le gustaba era la danza comercial: música moderna, de moda, de coreografías en grupo, onda Rosalía y sus ejércitos de chiquillos, jazz y dancehall. Siempre fue una adolescente de pocas palabras, menuda y flaquísima. Pero la música la transformaba —recuerda Tobón—, le permitía sacar la «belleza interior» que había en ella.

En 2020 Valeria decidió que se quería postular al grupo de competencia de la academia, conformado por los estudiantes más destacados. Fue a la audición y encontró que habían acudido más de cien chicos.

* * *

Cómo negarlo: tenían miedo.

Gajes del oficio. Lo normal en un trabajo como el de Abo. Estar poseído por la sensación de *fight or fly* (pelear o salir volando). Operar en el condominio colapsado era una misión de alto riesgo. No era un riesgo con banda sonora, como el de *Kings of Pain* cuando, en medio de la noche, en la selva, se acerca una serpiente y hay música de suspenso. Era real. Nadie sabía si la parte del edificio que daba a Collins, que había quedado en pie (con cincuenta departamentos que estaban siendo evacuados), se iba a desplomar también. Uno de los bomberos entró al lugar con el temor real de no volver y mandó un mensaje a su familia: «Los amo, chicos, siempre».

Ese miedo se hizo más palpable en el sótano: un estacionamiento con autos parqueados, sostenido por columnas. ¿Las columnas estaban firmes? ¿Cuánto durarían de pie?

Al lado de la sección destruida, lo que había sido el piso de la terraza de la piscina había caído hasta el sótano aplastando los autos, como un manto de losetas que incluía la jardinera con aralias amarillas y verdes —ahora rota— y la reja que separaba la zona de la piscina del estacionamiento de visitas. Quedaban en pie las columnas, que ya no estaban separadas por el plano del suelo sino por colores distintos: arriba beige, abajo blanco (al centro, la hendidura fantasma de la losa arrancada de su sitio). Esas columnas eran de las que sostenían la sección que todavía estaba en pie. Los rescatistas, entre quienes se contaban expertos estructurales, sabían que ese fenómeno había sido el preludio del colapso inicial. Las columnas sin apoyo que las fije son como listones delgados que están por arquearse.

Justo encima de esas columnas estaba el balcón del departamento 209, donde encontraron refugio las personas que bajaron las escaleras después de Iliana Monteagudo. Habían llegado ahí sin tener idea de la fragilidad del espacio.

Los rescatistas sí entendían el peligro. En esas primeras horas el sótano estaba inundado y el agua, oscura y contaminada, llegaba hasta las rodillas. Benjamin Abo recuerda que al entrar le dio pavor encontrarse con la inesperada presencia de un Tesla X azul.

El automóvil eléctrico pertenecía al músico David Epstein, del piso 9 (luego se supo que, en ese momento, el bonito auto tendría que haber estado recorriendo la autopista con dirección a Nueva York, pero la mascota de los Epstein, un perro al que acababan de adoptar, enfermó y cambió los planes). Solo la mitad del Tesla era visible por encima de la línea de agua. Abo temió que fueran a electrocutarse. Por experiencia, sabía que incluso en un auto híbrido la batería puede concentrar mucha energía. Pero el miedo es como el dolor: el más fuerte opaca a los otros. En el garaje, un solo temor hacía olvidar el resto: la posibilidad de que todo cayera encima.

La separación entre la sección que quedó en pie y la que había colapsado estaba claramente demarcada en el sótano. A partir de un punto, el techo bajaba como un tobogán visto desde abajo: era el peso de los escombros que había vencido la resistencia del suelo del primer piso. La imagen era un recordatorio de lo que podía ocurrir, en cualquier momento, con el resto del garaje.

En medio de la madrugada, los perros ladraron con insistencia. Un ingeniero rescatista llamó al resto del grupo. Acababa de oír una voz.

* * *

La audición no salió como Valeria esperaba. No la aceptaron. Pero lo que a casi todos los chicos los hace mirar para otro lado y desistir, a ella la hizo tener más ganas de intentarlo. «Se le metió en la cabeza que el siguiente año lo iba a lograr», dice Tobón.

Las clases pasaron a ser virtuales, pero siguió los ensayos al pie de la letra. La cuarentena la encerró en casa. Primero, en El Poblado, luego en una vivienda campestre de Río Negro. Su papá, Luis Barth, trabajaba en el Centro de Tecnología de

Antioquia. El señor Barth estudió Derecho, pero se podría decir que su verdadera vocación era cambiar el mundo. De adolescente se involucró en la política, como colaborador de la campaña presidencial de Álvaro Gómez Hurtado, en 1986. Gómez Hurtado no resultó elegido presidente y años después tuvo un final que, por desgracia, es común en la historia colombiana: murió asesinado en la vía pública.

Barth se hizo adulto en el momento de mayor violencia en Medellín, con asesinatos y atentados diarios. A pesar de eso, siguió en la política. Era un joven lúcido, con convicciones de derecha muy arraigadas. En 2002, ya como abogado, se unió como asesor jurídico de la primera campaña de un líder que entonces generaba cada vez más simpatía: Álvaro Uribe Vélez.

Estudió maestrías en Londres y en Washington (Política Económica), hizo una pasantía en el Banco Mundial. A inicios del siglo, Medellín era una ciudad estigmatizada y temida: los efectos de las guerras de los cárteles del narcotráfico persistían, como ruido de fondo, como un parque temático implícito e ineludible en el imaginario internacional. Barth quiso contribuir a cambiar eso. Creía en su ciudad.

Fue el primer director de Medellinnovation, una iniciativa que buscaba darle a la ciudad un distrito tecnológico, una suerte de Silicon Valley de Antioquia, con espacios para innovadores, oficinas para *start-ups* y centros culturales. Un espacio en el mapa que fuera una tierra prometida, donde los profesionales más creativos del país supieran que sus ideas serían bienvenidas.

La mamá de Valeria, Catalina Gómez, también había estudiado Derecho. «Era una mujer preparada, del mismo perfil de Luis», dice Sergio Barth. Pero cuando nació la hija de ambos dejó de lado su carrera para dedicarse a la niña. «Ellos la hicieron a su imagen y semejanza», recuerda Sergio. La niña salió estudiosa, inteligente, deportista.

Eran muy unidos los tres: Luis, Catalina y Valeria. Viajaron juntos a vacunarse a Miami, a encontrarse con su tío Checho.

Querían pasear por la ciudad, asistir a un evento de tenis, disfrutar del mar.

El sábado 19 de junio salieron juntos a comer. Dos días después, el lunes 21, se les unió, desde Colombia, la abuela: la madre de los Barth.

El miércoles en la noche Valeria y sus padres estaban en el departamento del segundo piso. A eso de las ocho, Luis habló por teléfono con su hermano y quedaron en que se encontrarían al día siguiente; Sergio pasaría por ellos.

El día se terminaba. La luna llena, una superluna de fresa, ya se había elevado desde el mar y estaba redondísima en el cielo, visible y luminosa, a pesar de la noche nublada. Se acercaba el 24 de junio. El año anterior Valeria había celebrado esa fecha con un entusiasmo especial. No era un día cualquiera. Era el cumpleaños de su ídolo, el más grande: Lionel Messi.

Si a la 1:20 de la madrugada Valeria se hubiera asomado a la ventana, o al balcón, al que tenía acceso desde el cuarto donde dormía (en el segundo piso), habría visto en la vereda de enfrente a una mujer joven, con camiseta blanca sin mangas, short y sandalias, que hacía señas con la mano. Esa mujer estaba viendo, a través de la rampa de acceso al sótano, cómo un chorro de agua caía continuamente en el estacionamiento, dos pisos abajo de donde se encontraban los Barth. Tenía miedo y sospechaba que algo malo estaba por ocurrir.

Cerca de la 1:24 el edificio empezó a moverse violentamente. En un parpadeo, la gravedad se tragó todo. Lo que vino después fue oscuridad.

* * *

Había una voz que venía del sótano.

¿Era posible? Para ese momento, los que habían sobrevivido a la caída estando dentro de sus departamentos ya estaban fuera del sitio. Solo eran cuatro. La psicóloga Angela González ha-

bía caído del piso 9 al 5 con su hija Deven, adolescente y juga-
dora de vóleibol, cuando ambas corrían por el pasillo hacia la
salida del departamento. Las dos se habían quedado dormidas en
la cama matrimonial después de ver *El conjuro 3*, junto a Edgar
González, padre y esposo, que permaneció en el cuarto y no pudo
salvarse. La señora Stacie Fang y su hijo de quince años, Jonah
Handler, que vivían en el piso 10, tuvieron la suerte de no resultar muy enterrados tras el colapso. Horas después del derrumbe,
Adler sacó la mano sobre la montaña de escombros cuando
todavía era de noche, como en una película siniestra. No lo
vieron los rescatistas. Un hombre que paseaba a su perro, por la
playa, notó los deditos del chico, y alertó a los guardias que estaban en la zona. Así sacaron al adolescente y a su madre. Ella
también fue rescatada con vida, sin embargo murió camino al
hospital.

Piso 10. Piso 9. Eran casos improbables, pero posibles por
la altura. Que alguien sobreviva a un colapso de panqueque
quedando por *debajo* de la montaña de escombros era un evento
impensable. Huesos aplastados. Huesos que crujen, como crustáceos pequeños.

Y, sin embargo, la voz estaba allí, podían oírla. Bajo el edificio
colapsado y en medio del caos, el polvo y los escombros, los rescatistas confirmaron que era cierto. Alguien pedía ayuda. «Una
voz femenina», dijeron los primeros reportes que circularon en
las redes sociales.

Llamaron desde la pared. Ella respondió.

Era esperanzador oírla. En medio de un desastre donde los
desaparecidos ya se contaban por decenas, era un rayo de optimismo. «Vamos por ti, *honey*, tranquila», dijo alguien del equipo.

Benjamin Abo lo recuerda bien. Empezó a hacer las preguntas de protocolo. Preguntas urgentes, como las que hace
en *Kings of Pain*, cuando un escorpión venenoso acaba de picar
el brazo del conductor. Ella respondió que no podía ver nada.
Todo era oscuridad.

Han pasado seis meses. La casa queda en Wynwood, el barrio bohemio de Miami. Es una mañana de sábado. Hace sol y calor, los pájaros cantan, los aviones zumban de rato en rato. Benjamin Abo está aquí solo por unos días, dando unas conferencias sobre rescates. La casa consiste en un gran espacio tipo *loft*, una cocina pequeña y una escalera sin barandales, que trepa al mezanine donde está la cama. Hay olor a café recién preparado. El rostro de Abo se extravía en el recuerdo de la voz.

—¿Estaba herida?

—No —responde, sentado en la mesa, con el café en una taza—. Había quedado en un espacio pequeño, como un capullo. No podía moverse.

Sí, era un milagro, uno de esos que a veces surgen en las catástrofes. Los rescatistas pusieron manos a la obra.

* * *

A Benjamin Abo todavía le vienen a la mente recuerdos de esos días, *flashes* súbitos lo asaltan. Todo es muy vívido aún; todo sigue fresco. Los escombros. El calor de fines de junio que golpeaba fuerte, y él con la camiseta de manga larga. La búsqueda extenuante. Los perros moviendo las colas (las colas que se mueven enérgicas como hélices cuando encuentran algo). Los perros: tan hábiles en detectar tu estrés y en consolarte.

En los días siguientes al colapso se instalaron en el sitio para buscar los restos y materiales que quedaran. En la piscina —intacta en medio de la terraza destruida—, Abo encontró flotando la foto en blanco y negro de una boda en una sinagoga. Encontró también una colección de cucharas de todas partes del mundo: eran más de cien, y cada una tenía al lado una bandera o foto que indicaba de dónde era: Perú, Argentina, España… Otros rescatistas encontraron laptops, Biblias, Torás, una vela junto a la imagen del Señor de los Milagros. Una botella de vino intacta. Una estatua de bronce con el cuerpo de una mujer. Un

Apple Watch en perfecto estado, con una alerta de caída, en la pantalla, y la fecha y hora del impacto: 01:24 a. m., del 24 de junio de 2021.

Y en algún momento aparecieron peluches, un camión Hess de colección, una pistola Nerf anaranjada y azul, de esas que algunos padres evitan comprar porque dejan de ser divertidas cuando el dardo de goma te impacta en el ojo. Juguetes. Muñecos. Una colección de libros con ilustraciones en color. Dibujos hechos con trazos torpes y cándidos. Indicios que uno nunca quisiera ver. Indicios de niños.

Enrique Arango, el bombero de Miami Dade cuya hija pequeña se encontraba en un departamento colapsado, llegó el primer día a sumarse a los trabajos. Pero no era un bombero especializado en búsqueda y rescate, así que sus superiores tuvieron que sacarlo de ahí. Literalmente, lo retiraron del lugar. Porque estaba decidido a buscar a su hija y ese ímpetu podía poner en riesgo a otros. «Es ese sentimiento de las películas multiplicado por mil», dice Abo. Y eso era peligroso porque apresurarse podía hacer que todo les cayera encima. Los restos del edificio eran como un juego de Jenga, en el que cada movimiento abajo podía romper el equilibrio de arriba y hacer caer toda la pila. Así que el señor Arango se quedó a un lado. Ahí lo vieron día tras día, sentado y expectante.

Los equipos de rescatistas se instalaron en el lugar. Para dormir ahí, levantaron sus carpas en la cancha de tenis de enfrente.

Todo sigue fresco para Abo: el olor de los peluches. El bombero que estaba ahí por su hija. Y los rostros. Sobre todo, un par de rostros que se fijaron en su mente y persistieron (persisten). Un hombre. Una mujer. Jóvenes. Sin vida. Vio las fotos en la prensa. Creyó reconocerlos. Eso fue al principio, porque después ya no hubo «cuerpos» propiamente hablando. El peso del concreto. Miles de toneladas. El efecto panqueque. El calor de finales de junio. El calor del comienzo de julio. La humedad. Los días. Las semanas. La presión inmensa.

Abo recuerda todo eso. Y, en pocos segundos, vuelve al instante en el que oyeron la voz. La voz femenina. Hasta el día de la entrevista, el último domingo de noviembre de 2021, aún no ha habido ninguna declaración oficial en la que se mencione el nombre de la persona que encontraron atrapada. La prensa tampoco lo ha dicho. Pero Abo decide contarlo: sí, encontraron a alguien, una adolescente de catorce años que cayó del segundo piso. Y como solo había una chica de esa edad, no es difícil atar cabos.

—¿Valeria, la chica de Colombia? —le pregunto.

Abo no está seguro del nombre. No es necesario. Sus palabras confirman lo que publicó en una revista de medicina un mes atrás: «Podíamos oír a una adolescente pidiendo ayuda, atrapada», escribió entonces. La adolescente del 204.

* * *

Una tarde en Miami, mirando el mar, Luis Barth le dijo a su hermano Sergio que se sentía tan a gusto con la vida que ya no quería buscar nada más. Que había encontrado su vocación, que ya el dinero había dejado de importarle. No necesitaba ningún trabajo grandioso en el sector privado (de esos que un hombre como él, con tres maestrías, podía obtener). Quería dar y servir.

Colombia ya no le gustaba. Colombia, pensaba, se está volviendo un lugar donde los ricos son cada vez más ricos y los pobres cada vez más pobres. Y eso le preocupaba. Sergio se sorprendió. ¿Su hermano Luis, el que había trabajado con Álvaro Uribe, se había vuelto un socialdemócrata? No, nunca tanto. Solo quería un punto medio. Equilibrar tanta desigualdad, «equilibrar un poquito». No se sentía representado con la polarización de su país.

Siempre discutían de política. Porque Sergio creía que la justicia se halla en la derecha más pura: que cada quien tenga lo que se gana honestamente. Es casi un lugar común de tantos latinos viviendo en Miami: ahí los ves con su botón del elefante en el pecho, pegados a la diestra del Partido Republicano. Una periodista que cubrió el colapso de Surfside escribió años atrás un artículo testimonial narrando la paradoja de que su padre, un refugiado cubano que tuvo que dejar todo lo que amaba, se convirtiera en un seguidor de Donald Trump, el enemigo número uno de los inmigrantes. Justo encima del departamento donde se alojaba Luis Barth, en la torre Champlain Sur, vivía el señor Julio César Velásquez, próspero compatriota colombiano, afiliado al Partido Republicano.

Julio César y su esposa Angela vivían en el edificio desde hacía casi una década. Su hija Theresa, de treinta y seis años y nacida en Miami, se había dedicado a la música. Desde joven fue una DJ muy activa en la comunidad LGBT. Tuvo una buena acogida; pinchó discos en Nueva York, Madrid y Barcelona. De las discotecas pasó a la industria musical. Estudió Music Business en New York University. Trabajó para Sony Music. En 2015 se mudó a Los Ángeles. Se había convertido en un referente de éxito. Un video de 2016 la muestra joven y feliz, en una azotea de Nueva York, besándose con su novia de entonces: Jessica.

Padre latino republicano, hija liberal. Como Ted Cruz. Casi un lugar común en esta ciudad.

Luis Barth pensaba cada vez más que Miami era un lugar ideal para Valeria. Le parecía buena la idea de que estudiara el bachillerato ahí, tal vez podía ir a un internado. Además de haber mostrado un enorme talento desde pequeña, la chica jugaba bien al tenis y eso abría muchas posibilidades.

Valeria había heredado de él la capacidad de emprender. En plena pandemia hizo un miniprograma en Instagram. «He creado esta serie para mostrar cómo personas hermosas hacen cosas hermosas para alegrarle la vida a la gente», decía en los mensajes que enviaba a sus posibles invitados.

Poco después descubrió el *lettering*. El viejo arte de dibujar letras a mano ha vuelto con fuerza en estos tiempos digitales.

Valeria entró de lleno al *hobby*. Era buena dibujando. Luego de hacer unas pruebas con marcadores simples, encargó unos Karin Decobrush: capaces de plasmar asombrosos colores metálicos que brillan sobre el papel opalina.

Todo niño es un artista, el problema es seguir siéndolo una vez que se crece.

Letra script. Marcador negro fino. Sombra rosada. Alegre y elegante.

Su mamá no la dejaba mostrar su rostro en las redes, pero Valeria hizo tomas de sus hábiles manos dibujando letras. Aprendió rápido. Descubrió el marcador punta pincel: dependiendo de cuánta fuerza se le aplique, este marcador hace trazos gruesos o delgados. Valeria entendió que cuando la línea de una letra va de arriba abajo, el trazo debe hacerse grueso, y cuando se eleva, en cambio, debe hacerse muy fino. *Brush lettering*, se llama la técnica. También era divertido hacer sombras para que las letras parezcan en tercera dimensión. Sombras de colores.

Se le ocurrió el efecto «nébula»: una gasa tenue de color detrás del letrero:

Make it happen. Change the game.

Tal vez porque iba a ser una complicación, no llevó a Miami sus marcadores ni papeles especiales. Así que se dedicó a hacer *lettering* digital. Pero no era lo mismo. No tenía un Apple Pencil, y los letreros que hizo carecían del arte que ella conseguía en la versión manual. El 8 de junio hizo una composición con una foto de la playa: las olas del mar con *stickers* de estrellitas. Y el mensaje:

Not all the stars belong to the sky.

* * *

—Vine de vacaciones. Estoy con mis padres.

El punto de donde provenía la voz quedaba hacia el extremo norte del estacionamiento, a la izquierda mirando desde la fachada, sobre la segunda fila de autos. Ahí se juntaron al menos una docena de rescatistas. El colapso había destruido el techo en esa zona, y había quedado una abertura. En ella, un contenedor de basura metálico daba una idea de la destrucción: había caído desde el piso de arriba (primera planta, al nivel de la calle). Tenía pintada la dirección con letras blancas: «8777 Collins» y obstruía el acceso hacia el lugar de donde venía la voz. Los ingenieros rescatistas pusieron puntales metálicos como soporte, confiados en que serían suficientes para resistir un nuevo colapso. Pero nadie estaba seguro.

Abo hizo las preguntas de rigor y llegó a la conclusión de que la víctima no estaba herida, pues había quedado un espacio alrededor de ella. No encontraba ni oía a sus padres. No podía ver nada.

La voz llegaba en medio de un ruido intenso —máquinas, motores de las bombas—, pero los rescatistas lograban oírla. Según sus cálculos, el departamento debía estar en el segundo piso. De acuerdo con los planos que ya manejaban, tendría que ser el 204 (la cuarta unidad empezando desde el frente marino, la segunda empezando desde Collins). Una revisión de las listas los llevó a un nombre: Valeria Barth. Adolescente de catorce años que estaba de vacaciones, en compañía de sus padres colombianos, en el departamento.

¿Era posible? Esa misma mañana, en Medellín, un tío de Valeria había dicho en televisión que esperaban un milagro: «Pero somos conscientes de que es un suceso muy difícil, muy grave. Y que ellos estaban pues en un piso bastante bajo: es mucho lo que les cayó encima».

Los rescatistas trataron de figurarse qué había ocurrido. El departamento donde estaban los Barth era el 204. Esa unidad quedaba en el extremo norte, frente al hotel Bluegreen Solara. Todos los departamentos ubicados en esa posición —los terminados en 04— tuvieron un destino particular: fueron partidos a la mitad por el colapso. El dormitorio principal, con su baño, y casi completamente el dormitorio secundario (salvo una franja que se salvó) se vinieron abajo. La cocina, la sala y buena parte del balcón quedaron de pie. Pero es raro que alguien esté cocinando, o en la mesa del comedor, a la una de la mañana. Lo normal a esa hora es estar acostado.

Ese corte en los 04 hizo que el edificio quedara como los dibujos laterales de los arquitectos, o como ciertas casas de muñecas, con las habitaciones expuestas en cuadriláteros para la vista de los drones: los objetos y muebles estaban movidos por el remezón, pero seguían intactos. Piso 12: un camarote para niños expuesto al exterior. Piso 11: una hamaca colgante tipo lágrima, de ratán tejido y cojín anaranjado, quieta como en cualquier amanecer, en un balcón que tenía la mitad del barandal de hierro arrancado por la fuerza del derrumbe. Piso 9: la habitación de la adolescente Deven González, a quien su madre despertó para juntas salir corriendo: la cabecera de la cama de la chica y, encima, un afiche de Nueva York, la vista a Manhattan con el puente de Brooklyn y las Torres Gemelas, y un dinosaurio de peluche sobre el colchón. Piso 6: dos maletas *carry-on*. Una azul. Una roja.

El 204, donde estaban los Barth, no se divisa en las fotos de las primeras horas. Está tan abajo que la pila de escombros lo tapa. Lo mismo ocurre con el 304, justo arriba, donde vivían los Velásquez, padres de la joven DJ. Esa, justamente, era una de las imágenes desalentadoras: trece pisos reducidos a un montículo de tres pisos de altura.

Los hechos permitían sugerir una hipótesis: la víctima habría tenido que caer del segundo piso al primero, y de ahí quedar muy cerca al sótano. Estaría encapsulada en una especie de capullo de concreto, acero y muebles.

Ella continuó hablando. Confirmó a los rescatistas que no podía ver nada. No veía a sus padres (que probablemente dormían en la otra habitación en el momento del colapso), tampoco podía oírlos. Abo siguió el protocolo que ya conocía bien en estos casos.

—No puedo verla, no puedo revisarla con las manos, no puedo escuchar sus pulmones, pero puedo hacerle preguntas para darme una idea de sus lesiones.

Así lo hizo. Su impresión fue que no estaba herida.

Para llegar a donde estaba, los rescatistas debían atravesar las paredes bajas del edificio que acababa de colapsar. Era difícil y sumamente arriesgado. Los delgados puntales de soporte, entre el suelo del estacionamiento y el techo, eran un recordatorio de que arriba había una cantidad incalculable de escombros. ¿Resistirían? Nadie podía garantizarlo. Empezaron a trabajar con picos, palas, cortadoras eléctricas de concreto y pinzas para cortar la estructura metálica de construcción. Complicaba las cosas la escasa circulación de aire, la poca iluminación. La electricidad inestable. El agua empozada.

Solo había seis expertos en hacer ese tipo de trabajo: picar, destruir, romper el concreto, cortar el acero, el maldito acero, todo sin avanzar muy rápido porque arriba estaba suspendido el peso de doce pisos. La desesperación por llegar a donde estaba la joven se juntaba con la necesaria cautela y lentitud. Pasaron dos horas, tres. Eran como los enanos de Blanca Nieves bajo la mole, con sus picos afilados y diminutos. Pequeños en el interior de la gran estructura, en la semioscuridad; con sus trajes llamativos, sus cascos rojos y verdes, y el agua hasta las rodillas, con el calor del verano en su punto más alto.

La sobreviviente se encontraba en algún lugar detrás del hueco. «Aquí estamos, *honey*. Vamos por ti». Las palabras interiores se hicieron intermitentes. Se iban y volvían. Pero persistía el sonido de la respiración, o algo parecido.

¿Cuánto más faltaba? ¿Sigues con nosotros, *honey*?

A pesar de las condiciones, avanzaban y la voz de la chica era un estímulo para llegar. Pero, de pronto, un incendio se desató en el lugar.

Benjamin Abo dice que nunca supieron la causa del fuego, que simplemente surgió. El diario *USA Today*, que analizó los informes de los rescatistas, dijo en diciembre de 2021 que el si-niestro tal vez se debió a que las cortadoras de concreto no eran las adecuadas: no tenían contenedor de agua incorporado y, por lo tanto, podían provocar chispas incontenibles al rozar con el con-creto. El incendio tampoco se podía combatir con el agua empo-zada, porque se temía que esta contuviera químicos inflamables.

Tuvieron que interrumpir el trabajo hasta que el fuego disminuyera. Cuando volvieron, hablaron de nuevo hacia el hueco. Pero ya no respondía ninguna voz. Ya no se escuchaba nada. Decidieron llamar a los perros. Cómo olvidar esas colas, enérgicas como hélices.

* * *

Semanas después del inicio de la cuarentena, la academia de danza Be pasó a la modalidad virtual. Valeria seguía con su en-trenamiento, de cara a la audición de ese año. La escuela pidió que mandaran un video para contar en qué estaban. Un video bailando. Ella eligió *TKN* de Travis Scott y Rosalía.

Polo suelto de manga corta. Shorts. Zapatillas blancas. Un moño. Valeria es flaquísima y sus extremidades parecen las de una araña. Baila dancehall, esa danza en la que los hombros se van para atrás y los brazos y las piernas giran elásticos y velo-ces, como cortando el aire: el ritmo jamaiquino que influyó en Rihanna. El video de Valeria se centra en la parte de Scott, en español y en inglés:

> *Leche con azúcar*
> *Ella tiene medida' brazuca'*
> *Esa mami*
> *es una G (yeah).*

> *She got hips I gotta grip for (yeah)*
> *A lot of ass, don't need to have more*

I know it's sweet, I like that
Mmm-mmm (straight up).

Ahí va Valeria Barth. Muestra toda la extroversión contenida, esperable en alguien a quien su madre no la dejaba mostrar su cara en las redes. Quería seguir bailando. En 2021 era la nueva audición: la revancha.

«Estoy absolutamente convencida de que este año hubiera entrado a uno de los grupos de competencia», dice su maestra Mariana Tobón.

La toma se acaba y vuelve a empezar. Valeria baila en su condominio de Medellín. Maravilla de la civilización, un edificio como cualquiera: columnas y concreto y hierro y losas y vigas, un edificio venerable donde uno se va a dormir sin preocuparse de que la estructura vaya a fallar, sabiendo —sin necesidad de pensarlo— que los edificios no se desploman.

* * *

Conforme pasaron los días, llegaron numerosos implementos, máquinas y herramientas a la zona de rescate. Aparecieron retroexcavadoras —que iban sacando los bloques—, robots, drones, equipos de análisis rápido de ADN, tecnología sonar para detectar objetos sumergidos. Cuando habían pasado casi dos semanas del colapso, Abo recuerda que le avisaron que en la remoción de escombros habían encontrado algo: el hueco que daba al sótano. La cavidad donde habían estado comunicándose con la víctima, pero del otro lado.

Y muy cerca, unas horas después, hallaron los restos de quien identificaron como la persona a la que habían tratado de rescatar.

Fue devastador para todos, por supuesto. Significó revivir la tristeza y la frustración de esas horas larguísimas en las que dejaron de oírla, el instante en que los perros ya no daban señales, en que la respiración oscilante no se percibía. Fue terrible porque sabían que estuvo allí, hablándoles en la oscuridad, viva de milagro.

(Hay milagros que duran muy poco).

Los reportes —recogidos por *USA Today* y *Palm Beach Post*— sugieren que los rescatistas no tenían los equipos adecuados para trabajar. Sus luces funcionaban intermitentemente. La circulación de aire era mala. El equipamiento no estaba a la altura del heroísmo, que sí abundó. Cerca de las diez de la mañana del día del colapso los ingenieros estructurales vieron aparecer nuevas grietas en lo que quedaba en pie del edificio. Los policías ampliaron la zona de exclusión temiendo otro derrumbe. Pero los rescatistas siguieron trabajando. No importaba el riesgo. Importaba sacar de allí a la víctima.

Los bomberos rescatistas no contaron lo que pasó, no lo comunicaron formalmente. Los rumores de una sobreviviente y un intento fallido de rescate aparecieron en las redes sociales, pero oficialmente no se confirmó ningún nombre ni el hecho específico. El mismo día del colapso, una representante del cuerpo de bomberos de Miami dijo que habían percibido ruidos, pero no necesariamente voces. Una semana después, otro representante de la institución admitió que había una voz femenina. Los periodistas pidieron información sobre el hecho a las autoridades, pero no obtuvieron respuesta. Desde entonces, solo hubo conjeturas y oscuridad.

Hasta esta mañana de noviembre, en Wynwood, cuando Benjamin Abo, médico rescatista que estuvo en el grupo, se anima a contar lo ocurrido, confirmando que hubo una sobreviviente y dando sus señas: la adolescente de catorce años. La del 204. «Cayó del segundo piso al primero, y del primero al garaje», explica. Abo hace referencia a un video que circuló en los medios, donde los rescatistas están en el sótano, con el agua hasta arriba de las rodillas, con sus cascos y luces, cerca de un techo hundido, roto por un contenedor de basura que había caído. De uno de esos cascos sobresale el pelo largo y pelirrojo, con rulos y amarrado en una cola: el rescatista de la tele. «Eso es lo que estábamos haciendo en el video, la escuchábamos y tratábamos de llegar a ella».

—El plan era al menos encontrar un orificio para colocar una cámara y un micrófono, para tener una idea más clara del espacio… O para pasar una botella de agua por ahí.

El incendio precipitó el final.

En la conversación, queda claro que Abo no tenía dudas: la persona con la que hablaron era la adolescente del segundo piso, número 204. Los reportes del cuerpo de rescate apuntan en la misma dirección: la persona a quien trataron de rescatar había caído del segundo piso. La periodista Wendy Rhodes, de *USA Today*, se basó en esos documentos y, sin hablar con Abo, llegó a la misma conclusión. En diciembre de 2021 Rhodes publicaría el hallazgo: Valeria Barth era la voz dentro de los escombros, la chica que después del colapso sobrevivió unas horas, pero no pudo ser rescatada. El artículo incluiría detalles que acentuarían la sensación de tragedia: los bomberos, según su análisis, no tenían los equipos adecuados para hacer un rescate de esa naturaleza.

Pero esta mañana, el último domingo de noviembre de 2021, aún no ha aparecido ese artículo. Los aviones suenan mientras Abo recoge una taza de café que ya está vacía. A veces, las entrevistas terminan así, con un gran silencio que hace resaltar los ruidos de fondo.

Valeria. No es poca cosa tener un nombre. Un nombre es un rostro, un dolor con cuerpo y mirada.

Sin embargo, le quedaba una vuelta de tuerca a esta historia.

* * *

En abril de 2022 el cuerpo de bomberos de Miami Dade publicó una investigación interna realizada para responder al artículo de *USA Today*, que a su criterio faltaba a la verdad al insinuar que el trabajo de los rescatistas podría haber provocado un incendio que, a su vez, había acabado con la vida de la única sobreviviente del colapso. El documento no solo refuta que los rescatistas no hayan tenido el equipamiento necesario, también señala que la periodista no dijo la verdad en lo esencial: la persona que sobrevivió por unas horas atrapada en los escombros —señalaron— no era Valeria Barth.

Era verdad que la víctima había dicho que estaba de vacaciones. Que se encontraba con sus padres y que estos eran colombianos. Pero no era Valeria. Era otra persona con padres colombianos, que también estaba de vacaciones: la mujer que se encontraba justo en el piso de arriba, Theresa Velásquez, la DJ y exitosa ejecutiva, que esa misma noche de luna llena había llegado en avión desde Los Ángeles para una visita familiar.

De alguna manera, en términos espaciales, lo que pensaron que pasó con Valeria, en el 204, se podía aplicar a Theresa, en el 304. Incluso la ubicación dentro de los departamentos: ambas en el segundo dormitorio —asignado a la hija— y no en la habitación matrimonial. Fue el dormitorio que se partió en dos durante el colapso, más cercano a Collins, más lejano al mar.

El informe, de 11 páginas, admite que el cuerpo de bomberos no tiene manera objetiva de revisar certeramente con quién hablaron los rescatistas, y se dedica a analizar los testimonios de la conversación con la sobreviviente. Sus principales evidencias para señalar que fue Theresa y no Valeria son las siguientes: que la voz era de mujer y no de niña (el informe no menciona que entre ambas categorías pueda estar la de «adolescente»). Que hablaba inglés «sin acento», como lo haría una angloparlante nativa, y no «con acento», como lo haría una colombiana que habla inglés como segunda lengua. Que la víctima habló en inglés con los rescatistas, y en una situación extrema tendría que haber hablado en su lengua materna (lo cual calza más con Theresa, que se crio en Estados Unidos, pues Valeria, en un trance así, tendría que haber hablado en español).

El documento rectificaba la identidad de la víctima, y sus hallazgos fueron publicados por todos los grandes medios de televisión y prensa en Estados Unidos. Pero no convencen a la periodista Wendy Rhodes, quien sigue pensando que la persona con la que hablaron fue Valeria. Para ella, los reportes del rescate eran bastante claros. Rhodes duda de la transparencia de la unidad de bomberos que, según ella, ocultó el hecho de que hubo una sobreviviente y «enterró la historia» (una historia que, de no haber sido por su artículo, jamás se habría hecho pública).

Ni Rhodes ni *USA Today* publicaron una réplica ni defendieron su investigación. El caso parece cerrado. Pero cuando uno mira el informe, hay puntos problemáticos que generan preguntas.

Como sabe cualquier migrante, más que un criterio objetivo, el «acento» es la manera que existe en Estados Unidos para llamar al inglés que se sale de los estándares locales. Es un concepto que la lingüística moderna considera obsoleto por subjetivo y, a veces, discriminatorio. Valeria, chica sobresaliente, según todos los que la conocieron, hablaba inglés con la solvencia de una adolescente latinoamericana con dinero, de buen colegio privado, criada por padres con estudios realizados en inglés y experiencia laboral en inglés. No deja de llamar la atención que, en Miami, la ciudad de los González, los Pérez y los Rubio, se vuelva fácil sentenciar, para un grupo de bomberos, que el hablar de la víctima no tenía «acento» y poseía «buena sintaxis» y «excelente vocabulario», y que por eso no podría corresponder a una colombiana. Un detalle adicional: según el informe, los rescatistas mencionaron unánimemente que la voz tenía acento. Benjamin Abo, en cambio, dijo que algunos rescatistas percibieron el acento y otros no.

Decir que alguien tiene que hablar su lengua materna en una situación traumática de vida o muerte parece más una conjetura.

Pero hay algo más inexplicable. Abo dijo que la persona con la que habló no parecía estar herida ni lastimada: había quedado con un espacio alrededor a modo de capullo. El cuerpo de Theresa Velásquez, según la autopsia, tenía múltiples fracturas: en el hueso húmero derecho, en las costillas, en la columna, en la pelvis, en la caja torácica y en varios puntos de la mandíbula. De hecho, esas lesiones fueron la causa de su muerte. ¿Puede hablar alguien en ese estado, establecer una conversación, describir su condición, y además dar respuestas que lleven al médico del cuerpo de rescate a la conclusión: «no estaba herida»? Un experto forense con treinta años de experiencia analizando restos humanos en conflictos armados no cree probable algo así, si es que, como se ve en la autopsia, esas lesiones fueron la causa de muerte de Theresa Velásquez.

—Evidentemente —dice el experto—, alguien con esas lesiones no seguiría vivo.

De manera llamativa, el informe sostiene como evidencia que una chica de catorce años lloraría en una situación así —cosa que la víctima ubicada no hizo—, pero asume como algo normal que una mujer joven no llore teniendo un montón de huesos fracturados en el cuerpo y en la cara, y que sea capaz de hablar lo suficiente como para que su inglés pueda ser calificado como uno con «excelente vocabulario» y una «sintaxis nativa» por los bomberos.

El informe dice que los rescatistas declararon unánimemente que la voz femenina era de una mujer adulta. Esa unanimidad no se percibe en la conversación con Abo, quien dice que la víctima mencionó que tenía catorce años. De hecho, Abo había señalado por escrito que encontraron viva a «una adolescente» tras los escombros, en un artículo sobre la experiencia del rescate publicado en octubre de 2021, en un boletín de médicos. Theresa Velásquez tenía treinta y seis años.

Al ser consultado sobre el tema en abril de 2022, Benjamin Abo dijo que la investigación de su unidad le pareció interesante, pues arrojaba un resultado distinto a lo que él creía al principio. *«Mind boggling»* fue la expresión que usó (que puede traducirse como «alucinante y asombroso»). Pero no cuestionó los hallazgos ni quiso ahondar en el tema. Interpretó la contradicción como una confusión por los elementos en común: 204 versus 304, padres colombianos, de vacaciones.

Quizá, dijo Abo, debido a la información que obtuvieron en esas horas le pusieron un nombre y un rostro a la persona con la que hablaron, y alimentaron esa idea mental con las imágenes de la joven que aparecieron en los medios los siguientes días. Caso típico de memoria distorsionada: añadir, en el recuerdo de una persona y de lo que dijo, aquello que supiste después por información externa. De todos modos, catorce años contra treinta y seis no parece una diferencia que dé lugar a confusiones. No es posible ahondar más: Abo no quiere entrar en controversias. Al preguntarle sobre las otras contradicciones entre lo hallado y la versión que él dio en la entrevista, prefiere no responder.

Para cerrar el tema, Abo dijo que el hecho de que la persona tenga catorce años o treinta y seis no cambia el fondo de las cosas: él hizo su trabajo. Trató de calmarla, hablarle, darle esperanza y confortarla.

Valeria o Theresa. Theresa o Valeria. La víctima lo escuchó y sintió alivio al saber que no estaba sola y que venían por ella. Se puso a dormir en paz.

* * *

En todo caso, cuando encontraron los restos de la persona con quien creían haber hablado, hubo mucha desazón, pero también algo de tranquilidad. Porque Abo, trabajando con sus compañeros bajo la mole de concreto, no sabía algo que ahora uno puede notar mirando los planos de la torre Champlain Sur. Valeria (o Theresa) se encontraba en el 204 o el 304, posiblemente en su dormitorio, que quedaba justo en la zona de división entre la parte colapsada y la parte que quedó de pie. Eso estaba encima del pasillo del primer piso, entre el cuarto de electricidad y el baño de la zona de recreo: al menos a 12 metros de donde se ubicaba el hueco por el que miraban los rescatistas (debajo del cuarto de basura). Abo supo, mirando el espacio, que para llegar hasta ahí hubieran tenido que trabajar por al menos veinte o treinta horas seguidas. Y no había forma de acelerar el trabajo; si se apuraban, morían. Llamó a sus compañeros para explicarles y consolarlos: literalmente era una misión imposible.

El sol quema en Wynwood. El olor a café persiste. El médico no puede evitarlo: sabe qué pasa en el cuerpo. Y lo describe con rigurosidad impecable y respetuosa, la voz didáctica de quien conoce de audiencias, pero, a diferencia de la televisión, ahora habla lentamente y bajo. Dice que el cansancio, la debilidad por la deshidratación y el humo del monóxido de carbono y cianuro hicieron efecto.

—Se quedó dormida. Se quedó dormida sabiendo que no estaba sola, que estábamos yendo a buscarla. Solo que… no despertó.

No hubo dolor, dice el doctor telegénico que sale en *Kings of Pain*. Categórico y sensible.

No es un buen final, pero es lo más cercano a una especie de paz.

Y eso, encontrar paz, fue difícil en esos días. Dormían en carpas levantadas en el club de tenis. Ocurrió que, justo en la reja de la cancha de tenis contigua a la avenida, algunos familiares llegaron para poner fotos de los desaparecidos. Luego, a medida que se iban conociendo las víctimas, dejaban mensajes, homenajes, objetos, flores. Un hombre, empapado en lágrimas, dejó una enorme bandera uruguaya para homenajear a su hermana. Así nació el *memorial*, que creció rápidamente. Lo malo era que, como los rescatistas dormían muy cerca, tuvieron que escuchar llantos y gritos de quienes llegaban y se encontraban de súbito con la confirmación de la muerte. Familiares desconsolados. Lamentos en español, en inglés, en italiano, en ruso, en ucraniano, en portugués, en hebreo, en rumano. Se volvió intolerable estar ahí. Pidieron trasladar el campamento.

Todo sigue fresco para Abo. El calor intenso del verano en Miami. El olor de los peluches. El camión Hess. La pila de libros infantiles. La foto flotando en la piscina. Los rostros. Los cuerpos que bajo las capas de pisos ya no eran cuerpos. Pasadas las semanas, ¿qué se encuentra? Nada. Un hueso. Una prueba de ADN. Una llamada al familiar para que le hagan el examen. Y el bombero que seguía allí sentado mirando, día tras día, pendiente de su hija.

¿Qué pasó con él?

El jueves 1.º de julio Enrique Arango recibió el aviso que esperaba pero que no quería. No era necesario decir nada. Al verlo, todos se pusieron en fila, se quitaron el casco y agacharon la cabeza, recordó el rescatista Shane Sibert. Arango caminó hacia el lugar. Tomó su chaqueta y con ella envolvió a su hija, puso encima una pequeña bandera de Estados Unidos y alzó el cuerpo, un cuerpecito reducido a la mínima expresión que tan solo pesaba siete kilos, para llevarlo a donde estaba el médico del grupo.

La niña tenía siete años. Se llamaba Stella Cattarossi. Vivía en el 501, en el frente de los departamentos más deseados, con la vista más linda, los que estaban más cerca al mar. En el balcón de al lado, el del 512, vivía otro niño: Lorenzo de cinco años. Eran amigos. Algunas tardes, desde la playa, podía verse a los dos niños, allá arriba, jugando juntos.

†

5

EL PEQUEÑO LORENZO Y EL MISTERIO DE MICHAEL JACKSON

A veces, mamá lo recuerda así. En el balcón, pequeño, empinándose para abrazar a papá, que está sentado con las piernas estiradas. Al fondo están las palmeras y el mar color turquesa, y en el cielo aparece un inmenso arcoíris. Fue un momento bello. Hoy es solo una aglomeración de píxeles que ella misma capturó ese día: 24 de diciembre. Horas antes de Noche Buena. La última Navidad.

Es una imagen hermosa, pero tiene algo de premonición. De cuenta regresiva: tic, tac, tic, tac, tic, tac, tic, tac.

Raquel Oliveira siempre fue una mujer metódica y racional. Pero también alguien que daba mucha importancia a sus intuiciones. En diciembre de 2019 estuvo a punto de detener su mudanza por una razón que era, a la vez, poderosa e insustancial: un mal presentimiento. «Algo me daba miedo; no sé qué era, sentía que algo no estaba bien», dice ahora, evocando esos días con la mirada extraviada pero serena. Quiso echarse para atrás y pararlo todo.

Su esposo, Alfredo Leone, estaba entusiasmadísimo por el departamento en la playa, en el que ya tenían decidido instalarse junto a su pequeño hijo Lorenzo de tres años. Pero ella no pudo evitar contarle sus reparos. Presentimiento. Corazonada. ¿Cómo se explica eso? Sintió culpa por cortar así la ilusión de su marido. Incluso se lo comentó a la terapeuta. Ella le dijo que quizá tenía miedo al cambio. «No», respondió Raquel, «a mí me encanta el cambio, pero hay algo con este departamento, yo no sé».

El departamento quedaba en el quinto piso de la torre Champlain Sur. Al final, el señor Leone insistió mucho y se mudaron allí en diciembre de 2019, conforme a lo previsto.

Esta mañana Raquel Oliveira recolecta ese y otros recuerdos, y el relato se puebla de imágenes cargadas de una atmósfera profética. Es inevitable. ¿Cómo resistir el impulso a narrar los meses previos al horror sin detectar anuncios y señales? Cómo evitarlo si aparecen en todas partes: en la evocación de aquel presentimiento inicial, en los rumores de los vecinos, en la imagen del balcón, en las palabras de su hijo, el pequeño Lorenzo, Lollo. Hasta Michael Jackson bailando en la pantalla se ve ahora como una anunciación: *Beat it, beat it.*

* * *

Si la vida hubiera seguido normalmente, es probable que esos momentos que hoy parecen decirle cosas a Raquel se hubieran perdido en el completo olvido.

Pese a la duda inicial, el departamento del piso 5 era todo lo que habían deseado. Tenía una vista fantástica: además del mar y la arena, podían verse las copas de las palmeras, que daban un verdor sutil a la imagen azul de las olas y el cielo. La playa estaba cerca, tan cerca que, por regla municipal, las luces del departamento debían permanecer apagadas de noche, de mayo a octubre, para que las tortugas salieran a la orilla a poner sus huevos sin destellos que las desorienten.

El cuarto matrimonial daba a ese frente marino, y tenía una vista tan hermosa que Raquel prefería dejar las cortinas abiertas para ver el sol asomarse cada mañana. El pequeño Lorenzo solía caminar hacia esa habitación muy temprano, a las seis, y se trepaba a la cama. El niño y su papá rodeaban a mamá. La abrazaban fuerte. Lorenzo decía que era un «abrazo sándwich». Mamá era «la carne». Papá y él eran «el pan». Así, muy juntos, los tres veían el amanecer.

La habitación tenía salida al balcón. A Lorenzo le encantaba ir allí, aunque su madre le había dicho que no podía hacerlo solo. Siempre debía haber alguien junto a él. Al él no parecía interesarle el paisaje. Le gustaba ir para mirar al balcón de al lado, que estaba muy cerca, casi podía tocarse el otro barandal con la mano, pero cuidado, Lollo, no te acerques mucho, le repetía mamá. Él no iba a acercarse —siempre fue muy obediente—, solo quería mirar al balcón de al lado y ver si su amiguita estaba ahí.

Su amiguita era Stella, la vecina rubia, flaca. Un metro veinte de estatura. Media cabeza más alta que él, y los dientes de leche que ya habían empezado a caérsele.

Los Leone se habían mudado a finales de 2019. Desde el confinamiento de 2020 por la pandemia del COVID-19 se hizo costumbre que la niña del departamento de al lado fuera a visitar a Lorenzo. Iba con tanta frecuencia que tenía un par de zapatos suyos en el departamento. También peluches. Jugaban juntos. A Stella le gustaba tomar los libros que él tenía en su estante bajo (al ras del piso, como corresponde a los lineamientos del método Montessori). Sacaban *Pete the Cat* y ella leía en voz alta. Él no sabía leer, pero reconocía algunas palabras visualmente y las pronunciaba. Luego ponían las canciones de Pete. Cantaban.

Como la pasaba bien con su vecina rubia, cuando empezaba el día Lorenzo se asomaba al balcón esperando oír esa voz, o un ruido que le anunciara la presencia de la niña, pero cuidado, Lollo, no te acerques tanto. Es peligroso. Si caes abajo, *você morre.*

Mamá venía de Brasil y le hablaba en portugués y era muy dulce, pero también muy clara: la vida después de la muerte no existe.

Se lo dijo así, literalmente. Creyó conveniente decírselo porque Lorenzo empezó a hacer preguntas extrañas sobre Michael Jackson.

* * *

Lorenzo imitaba los pasos de baile de *Beat it, Thriller* y *Smooth Criminal* frente al televisor. Se volvió un completo fan a los cuatro años. Lo escuchaba en el departamento mientras imitaba la coreografía. Camino a la escuela, se hizo costumbre que le pidiera a su papá que pusiera al Rey del Pop en el reproductor del bonito Audi Q5 con techo panorámico. Cuando bajaba del vehículo (su padre siempre lo estacionaba unas cuadras antes para que caminaran juntos), se ponían a cantar en voz alta.

Un día, el niño le preguntó:

—¿Dónde está Michael Jackson, papá?

El señor Leone no supo bien qué responder. Papá había venido de Italia y, a diferencia de mamá, no era bueno para responder preguntas difíciles.

—En Los Ángeles —le dijo.

* * *

—No sé. Algo me da miedo.

—Ay, Raquel, tú estás con miedo porque la renta es cara.

Siempre era así. Alfredo, nacido en Roma con todas las comodidades, emprendedor, CEO, era el *bon vivant*. Ella, trabajadora de contenidos, mujer de libros, con Simone, Marisa Monte y Gal Costa en su *playlist*, era la voz de la conciencia. «Cuando no sigo mis instintos, las cosas no salen bien», dice ahora como una letanía perdida.

Pero tampoco era un gran motivo. ¿Como podría serlo? Un presentimiento no podía haber hecho a nadie descartar la oportunidad de vivir en un departamento así.

El día en que conocieron la torre Champlain Sur, en diciembre de 2019, Alfredo y Raquel llegaron al edificio hacia el final de la tarde. Con la puesta del sol a sus espaldas, el cielo se veía rosado y el mar de invierno en Miami era de un azul intenso. El departamento no tenía muebles y resaltaban, limpias, las paredes blancas, el piso de mármol pulido, claro y luminoso. Y al fondo, el océano, como en una pantalla líquida llena de magia. Un espejo en el falso cielo duplicaba el horizonte. Habían llegado a la avenida Collins con el pequeño Lorenzo, que entonces tenía tres años y medio. El niño se quedó dormido, así que sus padres tuvieron que turnarse para subir y que el agente inmobiliario les mostrara el interior de aquel departamento en el quinto piso (saliendo del ascensor a la derecha, y luego al fondo del largo corredor). Alfredo fue el que subió primero. Al volver, tenía los ojos abiertos como platos: ¡guau!

Raquel subió y pensó lo mismo; quería ese departamento.

Fue días después cuando vino la duda. Un miedo, una «*insegurança*», dice Raquel en portugués. Alfredo pensó que era lo de siempre: su mujer empeñada en poner los pies sobre la tierra, mientras él volaba alocado y feliz. «Estás con miedo porque la renta es cara», le dijo. De hecho, eran 4 700 dólares mensuales del alquiler. «No es eso», respondió ella. Pero tampoco sabía qué era.

¿Qué es un presentimiento? Nada con base racional, sin duda.

El lugar los había cautivado. De todos los que habían visto, era el departamento que tenía más luz. El pequeño Lorenzo tendría su propio cuarto, y ellos, además de la habitación matrimonial, dispondrían de una oficina con una amplia vista a las playas del sur de Miami Beach.

La aprensión y las dudas parecieron extinguirse, pero retornaron el día de la mudanza.

Cuando el conserje les hizo el recorrido por el edificio, Raquel comentó que habían elegido el lugar porque querían trabajar en casa y necesitaban mucho silencio y tranquilidad. Él respondió sorprendido: no solo iba a haber trabajos, se venía una extensa serie de obras. El edificio, construido en 1981, necesitaba muchísimas reparaciones. Pronto tendría que pasar la certificación de los 40 años. Iba a ser necesario trabajar en el techo, en el estacionamiento, en los balcones, en la piscina.

¿La piscina? Eso era terrible, porque ella había elegido el edificio, entre otras cosas, por su bonita piscina expuesta, donde Lorenzo podría recibir clases particulares de natación. Hablaron con la dueña. Ella les dijo que no se preocuparan, que nadie sabía cuándo iban a empezar esos trabajos. Raquel pidió que añadieran una cláusula que estableciera que ellos podían finalizar el contrato si empezaban las obras. La dueña dijo que no.

Eso dejó preocupada a Raquel. ¿Habría trabajos en el edificio? Ella calculaba todo, planificaba hasta el más mínimo detalle. El propio Lorenzo, que entonces tenía tres años, era resultado de esa personalidad que procuraba siempre tenerlo todo bajo control. Su llegada al mundo, de hecho, había sido un plan muy meticuloso.

* * *

Cuando mamá fue a recogerlo un día al colegio, Lorenzo puso *Smooth Criminal* e insistió con el tema.

—¿Sabías que Michael Jackson murió? —preguntó el niño.

—Sí, yo sé.

—Pero lo estamos escuchando. Él está vivo.

—Es una grabación. Como cuando hacemos un video y te ves después. No estás hablando tú; es tu voz en la grabación.

—Pero papá me dijo que Michael Jackson está en Los Ángeles.

Raquel detestaba que Alfredo diera ese tipo de respuestas ambiguas. A ella le gustaba ser clara. Es mejor ser franco con los niños.

—Mira, Lorenzo, nosotros podemos ir a Los Ángeles, pero tú no vas a poder ver a Michael Jackson porque él murió. Entonces, cuando una persona muere, nosotros podemos ver una piedra con su nombre, pero no se ve a la persona, ¿me entiendes? Para ver a la persona hay que ver una grabación porque él no existe más.

Para ese entonces, Lorenzo estaba por cumplir cinco años y sus maestras siempre lo consideraron extremadamente inteligente, pero no queda claro si a esa edad alguien puede entender bien el concepto de *existir*.

* * *

Para que Lorenzo existiera, sus padres planearon todo muy bien. Decidieron ir al Perú, al Valle Sagrado, la zona entre montañas que marca el camino de Cusco a Machu Picchu. Tenía que ser algo especial. Eligieron una noche de luna llena.

No quisieron ir a un hotel. Prefirieron unas habitaciones flotantes cerca de Machu Picchu, esas cápsulas de vidrio que cuelgan incrustadas en el cerro, a las que para llegar hay que trepar por unas barras de hierro, durante más de media hora. Viéndolas desde afuera, uno podría pensar que las cápsulas pueden caer al precipicio, pero, como menciona la empresa, las estructuras están hechas de la misma aleación de aluminio que usan los aviones ligeros y algunos misiles.

Todo está cubierto con vidrio, para tener la sensación de estar flotando en medio de la naturaleza, suspendidos en el vacío. Por la noche, el techo transparente permite ver, blanquísimos, todos los astros, las estrellas brillantes y la luna redonda, que Raquel y Alfredo calcularon encontrar. Invierno austral de 2015. Pasaron la noche en esa habitación aérea, sin temor a que se cayera.

Nueve meses después, el 27 de mayo de 2016, nació Lorenzo.

Por ese entonces vivían en Río de Janeiro. Alfredo Leone se había mudado a la ciudad con Raquel. Se conocían desde hacía más de diez años, cuando ella trabajaba en una *start-up* de contenidos de la que él era mentor financiero. Alfredo se había especializado en impulsar emprendimientos que daban soluciones educativas para empresas. Raquel acababa de separarse de su marido. Alfredo la invitó a salir («aprovechó mi momento de debilidad», se ríe ella). Él estaba casado. Pero tiempo después se separó.

Leone había vivido en Estados Unidos desde los dieciocho años, pero se adaptó rápido a Río de Janeiro, una ciudad que amó como si fuera suya. A Raquel también le encantaba la ciudad y el departamento con vista a la playa de Copacabana, en la avenida Atlántica, donde vivían en el momento en el que Lorenzo nació. Pero un día algo la detuvo. ¿Será que siempre fue sensible a las imágenes poderosas? En su calle, a la intemperie, vivía una indigente que estuvo embarazada al mismo tiempo que ella. Su bebé nació en la misma semana que Lorenzo, y allí seguía la mujer, en la calle, alimentando al niño como podía. Raquel no lo soportó. No soportaba vivir así, tener que enseñarle a su hijo la magia fea de hacer que esa señora se volviera invisible, fingir que no la veían, que esa madre y ese niño no existían.

Brasil, además, estaba polarizado por el proceso de destitución de la presidenta Dilma Rousseff. Los ánimos estaban caldeados. La violencia crecía. Quiso viajar a un lugar más seguro y pacífico, donde pudiera criar a Lorenzo sin temores. Sus instintos se lo indicaron, y ella obedeció.

Se mudaron a Miami.

Miami: la tierra prometida para tantos. El escape de los que tienen opciones y medios para meditar a dónde irse. Dicen que, si China se resfría, el mundo estornuda. Pues si Latinoamérica tiene una crisis política o un gobierno nacionalista, Miami se puebla. Son el tipo de inmigrantes que llegan en avión y visa estampada, a veces para convertir su lugar de veraneo en residencia permanente. Así llegó de Brasil a la torre Champlain Sur Deborah Soriano, del 1105, en 1981, buscando paz y nuevos horizontes. También Erick de Moura, que estudió en la Universidad Católica de Brasilia, se volvió experto en ventas en Estados Unidos y ocupaba el 1004. Los Leone llegaron a Estados Unidos en 2017. Una de las razones que tuvo Raquel para la decisión de mudarse fue que su madre vivía en Colorado y tenía la nacionalidad estadounidense. Pasaron dos años en North Beach Village, antes de encontrar el hogar perfecto en el 8777 de la avenida Collins, en Surfside.

Lorenzo tendría su propio cuarto. Le pondrían mueblería de acuerdo con el método Montessori, para el descubrimiento natural: repisas llenas de libros al ras del suelo, una cocina de mentira, a la escala del pequeño Lollo, para que jugara a preparar cosas. Una torre de aprendizaje para estar al mismo nivel que su mamá cuando ella le enseñaba a picar los ingredientes al cocinar, mientras le decía que nunca olvidara que lo que comían era fruto de la tierra.

Poco después de llegar, Raquel conoció a su vecina del balcón de al lado: la argentina Graciela Cattarossi, una fotógrafa *freelance* que había publicado en revistas como *Condé Nast* y *Vanity Fair*, y que vivía con sus padres (su madre era tía de la primera dama de Uruguay, Lorena Ponce de León) y con Stella, su pequeña hija. Por Graciela, Raquel supo un poco más del edificio, y de esos trabajos que estaban por hacerse.

De hecho, esas obras eran motivo de discusiones cada vez más acaloradas. Los propietarios no se ponían de acuerdo. Graciela se encontraba en la facción rebelde: la de quienes no querían pagar la cuota extraordinaria que el *board* había aprobado. ¿Cómo era posible que alguien no quisiera pagar la cuota que implicaba reparaciones y mejoras? Era algo difícil de entender, parte de esas cosas de la torre Champlain Sur que uno no veía a simple vista.

Pero había una explicación, por supuesto.

* * *

Lorenzo insistía con las preguntas existenciales. Era demasiado pequeño para entender algunas cosas, pero demasiado listo para conformarse con respuestas simples.

—¿Qué pasa cuando morimos? ¿Nacemos de nuevo? —le preguntó a su papá.

El señor Leone volvió a titubear.

—Depende. Algunas personas creen que sí, otras que no. Cuando crezcas, tú vas a decidir qué crees.

Raquel se enteró del diálogo y puso el grito en el cielo. «¿Cómo le vas a decir eso a un niño?». Ella tenía una hipótesis: lo que pasaba es que Lorenzo les preguntaba eso porque había empezado a jugar videojuegos con sus amiguitos, y en esos mundos uno tiene vidas extras.

Tuvo que aclararle las cosas.

—La vida es una sola. Por eso tienes que cuidar mucho tu vida, tu cuerpito. Si mueres, se terminó… Si mueres, tú nunca más vas a ver a papá y mamá.

El verano de 2021 se aproximaba. A finales de mayo, celebraron el cumpleaños de Lorenzo: cinco años. Hicieron una fiesta que fue especial porque de algún modo marcó el fin de la pandemia (al menos el primer final, un respiro antes de la segunda ola). Se reunieron en el jardín que estaba entre la playa y la piscina. Hubo cerca de 50 niños. Stella acudió, por supuesto. Se puso una playera rosa que tenía estampado un enorme corazón.

* * *

Raquel Oliveira dice que había discusiones entre propietarios, aunque nunca supo bien de qué se trataba el conflicto. Eso no le incumbía, ella solo rentaba y se dedicaba a criar a su hijo, pero, con el tiempo, se volvió algo notorio. Ahora, de algún modo, lo evoca como una de esas señales que van cobrando sentido. Pero entonces era solo un ruido de fondo. Lo poco que se enteró, lo supo por Graciela, su vecina. Lo demás sería de dominio público gracias a la prensa, los días y las semanas que siguieron a la noche fatal.

Raquel afirma que, a pesar de esos conflictos, el edificio era un lugar tranquilo.

En la torre Champlain Sur coexistían dos realidades paralelas. O como se dice ahora, dos multiversos, determinados por las percepciones de sus residentes. Por un lado, los jóvenes como Raquel, que llegaban con sus hijos y sus familias recién fundadas, estaban «redescubriendo» el edificio ya cuarentón, dándole un impulso nuevo, gozándolo, llenando sus pasillos con la velocidad de los tiempos. Traían su ímpetu, sus autos modernos, sus vidas orgullosas. Hablar de un renacimiento es subjetivo, por supuesto: lo que no es subjetivo son las cifras del mercado inmobiliario. En los últimos años el edificio había roto todos los récords en precio de venta, y era una opción atractiva y exclusiva; un edificio con estilo, de los que ya no abundan.

Y junto a esas familias nuevas, estaban los inquilinos antiguos. No necesariamente viejos (aunque varios sí lo eran). Aquellos que habían estado más tiempo y tenían una idea real de dónde se encontraban.

Como los Lares y los Penates, esos dioses que protegían la tierra en aquel relato de «Las ciudades invisibles» de Italo Calvino. Los Lares, que estaban allí hacía mucho, conocían los recovecos, estructuras y tuberías internas, y sabían cosas que los Penates, fascinados por el impulso de llegar y poblar, no podían ver.

Los nuevos disfrutaban la piscina y la salida a la playa, de la arquitectura bonita, tan distinta al exceso de cristal y color blanco en las construcciones del siglo XXI. Los antiguos sabían que esa onda *vintage* no era tan *cool*. Sabían, por ejemplo, que a principios de los ochenta se reportó el primer anuncio de una filtración de agua desde la terraza de la piscina al sótano. Recordaban cómo, para mitigar el problema, debieron poner canaletas que desviaran el curso del agua hacia el espacio entre los autos.

Los nuevos encontraban pintorescos esos balcones amplios con barandales de hierro forjado y bases tan delgadas que a lo lejos parecían láminas de cartón. Los antiguos sabían que, si se miraba desde la piscina con atención, varios de esos balcones tenían grietas y que eso no era algo nuevo: en 2001 hubo una cuota extraordinaria (*special assessment)* para repararlos. El trabajo fue intenso. En algunos casos sacaron entero el piso de los balcones para ver el estado de las varillas. No era la primera vez que los propietarios gastaban una suma considerable en la reparación de grietas y filtraciones. Ya lo habían hecho antes, en 1994.

En el mismo piso —el sexto—, convivían propietarias como Susie Rodríguez —quien compró su departamento en 1999 y era consciente del deterioro de la construcción— e Iliana Monteagudo, quien compró en 2020 y vivía feliz en la ignorancia, con la algarabía de haber encontrado un lugar perfecto para su vejez: más tarde, Monteagudo recordaría esa ingenuidad suya con voz amarga: «A mí nadie me dijo que este edificio tenía problemas y que había que pagar un dineral».

Con lo del dineral, Monteagudo se refería a los 15 millones que el edificio necesitaba juntar para hacer las obras de reparación (a ella le tocaba pagar 100 mil). El monto —para muchos excesivo— era el principal motivo de controversia.

La mamá de Stella estaba decidida a no pagar ni un centavo más.

* * *

¿Dónde estaba Lorenzo? ¿Se fue al balcón? Pero ya te he dicho que nunca vayas solo allí, Lollo. ¿Lollo? Raquel se acercó rápidamente para mirarlo. Al asomarse vio que estaba acompañado, felizmente. Papá se había sentado en la silla de madera y descansaba las piernas en la mesita. Escribía cosas en el celular. El niño, descalzo y con los pies en punta, trataba de llamar su atención.

Los balcones estaban entre los grandes atractivos de la torre Champlain Sur. Sobre todo los de las unidades que daban a la playa, mucho más amplios que los de los departamentos laterales. Tenían trece metros de largo (todo el frente del departamento, con acceso desde el cuarto matrimonial, la sala y la cocina) y dos metros de profundidad, con barandales de hierro forjado.

Raquel vio cómo Alfredo dejaba su celular a un lado y atendía a Lollo, que se empinaba para abrazarlo. El día estaba despejado. Desde el mar color turquesa hacia el cielo azul apareció un inmenso arcoíris que por la fecha tenía algo de mágico. Era 24 de diciembre. Mamá tomó una foto.

* * *

Alfredo y Lorenzo iban todas las tardes a la piscina. A Stella también le gustaba ir allí. Susie Rodríguez dice que se la encontró más de una vez en traje de baño, en el ascensor, y al ver a la niña le sonreía y le preguntaba cómo estaba el agua. Susie había retornado al edificio en 2018, después de dejar rentado su departamento por cinco años. Ella era una de las que creía que la nueva cuota extraordinaria debía pagarse sí o sí, y lo antes posible. En la piscina también se encontraba de vez en cuando con Raymond Urgelles, del 211, cuyo balcón, en el segundo piso, literalmente daba a las tumbonas de la terraza, cerca de la jardinera con bonitas aralias amarillas y verdes. Él tenía reparos con el pago. «¿Cómo van a hacer los viejitos para conseguir ese dinero?», cuestionaba.

Susie le respondía: «Que paguen los que heredan».

Ella creía que era muy importante pagar la cuota extraordinaria. ¿La razón? Era una suma grande de dinero, pero sabía por experiencia propia que la inversión multiplicaba el valor de la propiedad. Había también otro motivo más apremiante: los resultados del informe de la firma Morabito, en 2018. Aunque ella no estuvo de acuerdo con la elección del profesional encargado del diagnóstico, las conclusiones fueron preocupantes. El problema de la filtración de agua no se había reparado con los trabajos realizados quince años atrás. Al contrario, esa impermeabilización mal realizada había hecho que el agua, en lugar de drenar, ingresara al concreto durante más de una década. Como resultado, había un enorme daño estructural en la losa, un problema que, según el informe Morabito, podía deteriorar el concreto «a un ritmo exponencial». De hecho, varias columnas del garaje estaban agrietadas.

El problema era que el anterior *special assessment* había sido solo unos años antes, en 2016. Desconocedores de los problemas subyacentes, los miembros de la directiva pidieron dinero para reparaciones cosméticas y superficiales: reemplazar las alfombras, los zócalos, las cornisas interiores, la mueblería interna del ascensor y las cerraduras de las puertas de los departamentos. También renovar el *lobby* de entrada (que así, intacto, parecía el de un hotel de lujo de los ochenta). En total, los propietarios pagaron un millón de dólares. Pero los trabajos —que se tornaron inútiles cuando se supo de los problemas estructurales— nunca se completaron. Después de eso cundió la desconfianza. Hubo por lo menos tres cambios de mesa directiva de propietarios en cuatro años. Con el tiempo, las discusiones se intensificaron. Hubo peleas, gritos, renuncias.

Unos vecinos recorrían el edificio tocando puertas, buscando convencer a otros de no pagar la nueva cuota extraordinaria. Graciela Cattarossi les dio la razón. Steve Rosenthal, del piso 7, también estuvo de acuerdo con la negativa. Conseguir tanto dinero —diría luego— era como tener una segunda hipoteca.

Los nuevos residentes encontraban paz y vistas hermosas. Los antiguos vivían en guerra y algunos simplemente claudicaban de la forma más sencilla: saliendo de ahí. Total, por fuera, la torre Champlain Sur se veía hermosa y elegante, igual que siempre. Entre 2019 y 2021 se vendieron dieciséis departamentos —trece en los últimos ocho meses antes de junio—, dos de ellos por cerca de un millón de dólares y otro, en el *penthouse*, por casi tres millones. No había mala fe en el asunto, pero se podría decir que eran transacciones que se realizaban entre quienes creían descubrir el paraíso y quienes sabían que lo estaban perdiendo.

Elena Blasser, de 64 años, maestra jubilada que siempre llevaba un Apple Watch en la muñeca, vivía en el piso 12 y tenía que lidiar con goteras interminables. Ya había hablado con un corredor inmobiliario para iniciar la venta. Hilda Noriega, de 92 años, un poco sorda por la edad, había puesto en venta el suyo, en el piso 6, el 31 de mayo de 2021, 24 días antes de la madrugada fatal. Pedía 650 mil dólares y era muy probable que se los dieran. Su nueva vecina del 611 —la de la puerta justo al frente de su departamento, cruzando el corredor—, una mujer llamada Iliana Monteagudo, acababa de pagar 600 mil dólares y estaba feliz.

Los antiguos veían la decadencia que los nuevos no podían notar. Eran personas como Nancy Levin, quien había vivido toda su vida en el edificio —dos pisos arriba de Raquel Oliveira, en el extremo del corredor que se oponía al de Steve Rosenthal—, y que en su carta de renuncia al *board* dijo que la torre Champlain Sur había pasado de ser la joya de Surfside a convertirse en un edificio tomado por las guerras de egos y de poder. O como Abraham Topp, que vivió ahí dos décadas y, luego de ver cómo persistía la filtración desde la terraza de la piscina hacia el garaje, vendió su departamento. Lo hizo en 2019, el mismo año en el que llegaron los Leone: el italiano y la brasileña guapos que traían con ellos a un niño pequeño.

Raquel no estaba al tanto de esos intríngulis, pero siempre fue una persona que seguía sus intuiciones, y algo no le gustaba en el ambiente del edificio. Por eso, cuando su esposo Alfredo, el *bon vivant*, el niño grande, le dijo emocionado que, según la dueña, existía la posibilidad de comprar el hermoso departamento en el que vivían, ella fue clara:

—De ninguna manera.

El miércoles 23 de junio por la mañana Raquel viajó a Colorado a ver a su madre. La tarde anterior canceló sus reuniones para pasarla con Lollo. Fueron a la playa. Pusieron a Michael Jackson en el parlante *bluetooth*.

La noche de ese mismo miércoles Lorenzo se acostó en la cama con su papá. No era posible hacer el «abrazo sándwich», porque mamá no estaba. Se pusieron a ver televisión. Luego se durmieron en el cuarto, en la estructura de concreto, como siempre. No tenían ningún temor. Silencioso, el miércoles 24 llegó. La luna llena iluminaba los balcones.

* * *

—¿Cuándo murió Michael Jackson?

Lorenzo ya era todo un jovencito de cinco años. Qué maravilla para los padres de estos tiempos que exista Google. Raquel y el niño hicieron la búsqueda juntos.

—A ver: 25 de junio de 2009.

Faltaban menos de dos semanas para esa fecha.

Esta mañana, Raquel piensa una vez más en las casualidades, en las imágenes poderosas. Michael Jackson murió el 25 de junio. Y todo pasó el 24. «¿No es una coincidencia increíble?», se pregunta ahora Raquel Olivera, la mujer que perdió a su esposo y su hijo bajo los escombros. Dice también que, luego de ver las noticias, no quiso ir al edificio y tampoco tuvo esperanzas. Siempre fue sensible, pero también racional y realista.

* * *

Colapsó primero la parte central. La sección de los departamentos que daban al mar, como el de los Leone, quedó en pie por cinco segundos como una torre equilibrista. Luego, también cayó. Quien ve las imágenes intuye que, a diferencia de las víctimas del primer derrumbe, allí la gente se despertó y fue consciente. A veces Raquel piensa en ese momento. No puede evitarlo. El horror. El miedo enorme por el ruido, la oscuridad, la caída, los escombros. El despertar súbito que interrumpe el profundo sueño de un niño.

Meses antes del colapso la abuela de Lorenzo fue a visitarlos y le llevó de regalo una cometa. Alfredo, nacido en cuna de oro, nunca había volado una. Raquel sí lo había hecho en las playas de Río, y emprendió el no tan sencillo trabajo de desenrollar el hilo y poner la cometa en el cielo para enseñarle a su hijo cómo se hacía. Debió de ser en pandemia, porque los tres estaban con mascarillas. Raquel recuerda el instante: su familia abajo, en la arena; y arriba, en el cielo azul, una cometa con forma de mariposa.

En uno de los videos que Raquel subió a las redes sociales el pequeño Lorenzo apaga las velitas por sus cinco años. Está en la mesa del comedor de su departamento. No tiene un pastel, sino un panqueque con fresas.

Lorenzo mira a la vela encendida. No era inusual, en el edificio, oír el *Happy Birthday* en diferentes idiomas. Hoy tocaba el portugués:

> *Parabéns pra você,*
> *nesta data querida.*
> *Muitas felicidades,*
> *muitos anos de vida.*

Detrás de Lorenzo, en la ventana, aparece una imagen imponente e ineludible obstruyendo el cielo: el Eighty Seven Park, el segundo proyecto residencial del arquitecto Renzo Piano en el hemisferio occidental.

Es una construcción impresionante y futurista.

—Ese edificio —dirá Susie Rodríguez, lamentándose después de la tragedia—. La torre Champlain era una belleza, y nunca fue la misma desde que llegó esa construcción. Cambió todo.

†

6

CLAUDIO Y MARÍA EN *MIAMI VICE*

PARTE I

En diciembre de 1973 el abogado Claudio Bonnefoy fue detenido en el aeropuerto Arturo Benítez, en Santiago de Chile, cuando regresaba de Washington D. C. Eran los primeros meses de la dictadura de Augusto Pinochet. Bonnefoy llamó la atención de los guardias al instante, no solo porque había sido asesor legal en el gobierno del presidente Salvador Allende —quien había muerto trágicamente en el golpe de Estado—, sino también porque su pasaporte tenía un detalle que no podía pasar desapercibido: el nombre completo.

Claudio Bonnefoy Bachelet.

Primo hermano de Alberto Bachelet Martínez, general de la Fuerza Aérea que se había opuesto públicamente al golpe y que, en ese momento, estaba preso (las torturas a las que lo sometieron lo terminarían matando). La hija del general, una veinteañera llamada Michelle Bachelet, había pasado a vivir en la clandestinidad.

Felizmente para Bonnefoy, además del nombre y el parentesco, no había nada más. Estaba limpio. Había trabajado para Allende, pero también para Eduardo Frei y Jorge Alessandri, los mandatarios anteriores. No era comunista. Solía usar el mismo modelo de anteojos gruesos de carey que se volvió inmortal el 11 de septiembre de 1973, pero salvo ese detalle de época, no tenía vínculo con los vencidos. Lo dejaron ir.

Santiago de Chile nunca sería la misma. Las imágenes del golpe habían dado la vuelta al mundo: las bombas, el humo, los aviones Hawker Hunter sobrevolando La Moneda.

Cuarenta y cuatro años después, ya jubilado y viviendo en la ciudad de Miami, Claudio Bonnefoy podía ver en el cielo el dron de su esposa, María Obias. Vivían en el piso 10 de la torre Champlain Sur, en la avenida Collins. Maricoy —como la llamaban de cariño los más cercanos— se había comprado el dron para hacer tomas áreas y aprender a grabar videos desde el cielo. Era una estupenda fotógrafa aficionada.

La mañana del miércoles 6 septiembre de 2017 el dron de Maricoy se elevó por los aires, llegó a la altura del balcón de su propio departamento, siguió subiendo y sobrevoló los techos del condominio, la playa, el mar.

Había una razón especial por la que el dron hacía ese recorrido: una catástrofe por venir.

Las noticias anunciaban la llegada de Irma —un poderoso huracán de categoría 5— para el día siguiente. Horas antes, los vientos habían reducido Barbuda a escombros. El huracán amenazaba a Miami y los Bonnefoy tomaron precauciones. Ya habían comprado un pasaje para Londres y viajaban esa misma noche. Fue una buena decisión adelantarse. En las siguientes horas, las autopistas del sur de Florida se llenarían con embotellamientos: miles de residentes que buscaban escapar.

María hizo las tomas aéreas del edificio con algo de ansiedad y una idea fija: esas imágenes podían ser las últimas de su hogar antes de la destrucción. El día era tan lindo, tan soleado, tan despejado: literalmente —pensó—, era la calma antes de la tempestad.

En su vuelo, el dron capturó con su cámara el mar, la arena, el jardín entre la torre Champlain Sur y la playa —que tenía zona de parrillas y mesitas para eventos—, la piscina y su respectiva terraza circundante, con palmeras encima de los maceteros, el follaje de aralias en la jardinera del borde.

Claudio y María lograron subir al avión y huir de Miami y del huracán Irma. Dos días después ya estaban en un crucero recorriendo Europa. Y aunque las noticias decían que los vientos no habían provocado grandes daños, don Claudio temía por su departamento.

Por suerte, el huracán no pasó de ser un susto. Cuando volvieron, todo estaba en su lugar.

Pero otro tipo de catástrofe llegaría tres años después y cambiaría de golpe el estilo de vida de los Bonnefoy, y su afición por los viajes: el COVID-19.

Claudio tenía más de 80 años y sufría del corazón —una causa de muerte común en su familia—, así que decidieron encerrarse completamente en su departamento durante la cuarentena. El lugar era tan alto y estaba tan cerca del océano que sentarse en la sala y mirar por la ventana era como estar en un barco: solo el mar, el cielo —las palmeras estaban demasiado abajo para notarlas—, y la nítida línea del horizonte como imagen de fondo. A pesar del tiempo transcurrido, el espacio estaba bien cotizado. De hecho, un mes antes de la pandemia, el departamento de al lado —el del balcón contiguo, con vista similar y casi la misma área— había sido vendido por más de un millón de dólares.

La catástrofe del coronavirus también pasó. El 2021 llegó con la vacuna y, poco a poco, la vida fue volviendo a la normalidad. En mayo, el niño brasileño que vivía en el balcón del mismo frente, unos pisos abajo, tuvo una fiesta en el jardín, entre la piscina y la playa (la primera fiesta desde la cuarentena). Cumplía cinco años. Hubo música y pastel. Decenas de niños asistieron.

Lo peor iba quedando atrás.

Por desgracia, a los Bonnefoy aún les esperaba un cataclismo distinto, más privado, que no había forma de prever.

La madrugada del 24 de junio de 2021 un remezón fuertísimo los tomó por sorpresa en el dormitorio.

* * *

Mirar. No mirar. Acercarse o alejarse. ¿Cómo imaginar un dilema así?

Mucho antes de que lo anunciaran oficialmente, se sabía que el rescate no iba a ser de sobrevivientes, sino de cadáveres y restos. Los familiares que esperaban noticias en el Community Center, a unas cuadras de la torre Champlain Sur, fueron invitados a una terraza habilitada por los rescatistas para ver los trabajos en la zona del derrumbe. Raquel Oliveira, quien tenía a su esposo y a su hijo de cinco años bajo los escombros, no quiso acercarse al edificio. Bernardo Camou, quien llegó de Uruguay porque tenía a su hermana en el piso 7, acudió con un grupo para ver la pila que había quedado tras las destrucción. Era raro para quienes venían de viaje: toda esa belleza en una playa al lado de tanto horror. El bombero Enrique Arango pidió que le permitieran sacar personalmente el cuerpo de su hija Stella, de siete años, y se quedó varios días sentado, esperando el momento del hallazgo. Sergio Lozano, quien vivía en un edificio de al lado y vio la torre desaparecer con sus padres en el piso 9, insistió hasta el final para ver sus cuerpos. No todos quisieron hacerlo. No todos pudieron. Martin Langesfeld se quejaría en los medios de haber recibido solo 33 % de los restos de su hermana Nicole, que vivía en el octavo piso.

Una residente del cuarto piso estaba decidida a entrar a la parte del edificio que no había colapsado. No le importaba el peligro. Coco, su gato, un simpático tuxedo de ojos amarillos, se había quedado allí porque el rescatista la obligó a abandonarlo antes de subir a la grúa que se aproximó a su balcón para sacarla.

Eran días amargos, jornadas llenas de pruebas de ADN, listas con nombres y cajas selladas.

La periodista Pascale Bonnefoy llegó desde Chile, luego de enterarse de la noticia. Su padre vivía en el piso 10 del edificio. A una cuadra de distancia, Pascale pudo ver claramente el espacio vacío donde antes estaba la estructura, y rompió en llanto. Pero prefirió no acercarse más.

—No quería más tortura —diría luego a la prensa chilena.

Para ella, era suficiente con saber lo que había pasado. Otros rogaban para poder aproximarse. Al amanecer del primer día después de la tragedia, un hombre gritaba el nombre de su hija desde la vereda. Se supo también de alguien que, buscando desesperadamente a su hermano, traspasó la barrera y tuvo problemas con la policía.

Seis meses después, en el terreno de la torre Champlain Sur, casi no hay restos de la construcción. Han pasado varias semanas desde que demolieron la parte del edificio que quedó de pie después del colapso. Hace tiempo que terminaron de llevarse los escombros.

El gato Coco nunca apareció.

* * *

El video grabado desde el dron, en 2017, es el último registro audiovisual del edificio en buen estado. Dulce Obias dice que a su hermana María le encantaba volar el pequeño avión y había aprendido todos los detalles técnicos, pero se sentía frustrada por las regulaciones. De hecho, en Miami no se puede invadir el espacio aéreo de una propiedad privada, y tal vez por eso no solían verse drones por la zona y, en el vuelo sobre las torres Champlain, María se cuidó de no cruzar hacia el terreno vecino, donde poco tiempo atrás había empezado la construcción de un nuevo edificio.

Los días que siguieron al colapso, en cambio, llegó una cantidad impresionante de drones: eran como moscas dando vueltas sobre las montañas de escombros.

Claudio Bonnefoy y María Obias se habían conocido en la cafetería del Fondo Monetario Internacional, en Washington D. C., donde ambos trabajaban en los ochenta. Se casaron en junio de 1991. Se jubilaron años después —ella optó por un retiro anticipado— y eligieron Florida para vivir, porque desde ahí podían viajar a todas partes del mundo —cosa que les encantaba— y hacer visitas a sus países de origen. Ella podía ir a Filipinas. Él iba a Chile a ver a su familia.

Esa fue la única razón por la que se mudaron a Miami y se quedaron allí. Porque, a decir verdad, a ellos nunca terminó de gustarles la ciudad. Sobre todo al señor Bonnefoy. Él, que había vivido en Washington D. C., en Nueva York y en París, creía que Miami era poco interesante y culturalmente atrasada. De hecho, cuando empezó la pandemia uno de los motivos que forzó su encierro extremo fue la idiosincrasia local: gente sin cubrebocas, sin interés por cuidarse, con ese culto idiota a la libertad individual.

Había otra razón por la cual al señor Bonnefoy no le gustaba Miami, recuerda su hija Pascale, en su casa de Santiago de Chile. Algo subjetivo pero profundo que su papá sentía cada vez que llamaba a un «maestro», un contratista, para que le arreglara algo en casa, y terminaba pagando un dineral por un trabajo mal hecho que no resolvía el problema. Era una sensación de gato por liebre.

—Mi padre —dice Pascale— siempre hablaba de Miami como una ciudad muy corrupta.

* * *

El gato Coco nunca apareció, pero la dueña no pierde la fe. En los postes que están en el camino que bordea la playa, a la altura del edificio desaparecido, hay volantes con fotos suyas. Coco. Gato negro salpicado de blanco en el pecho (y a un lado del hocico), un tuxedo elegante, de ojos amarillos. Recompensa: 3 500 dólares. La dueña renueva los volantes y los vuelve a pegar. Lleva meses así.

Hace calor en la calle 87 con avenida Collins. Aquí, en el sitio del desastre, no queda casi nada: bases de columnas, una pared solitaria de lo que fue el estacionamiento y los contornos intactos de la piscina.

El cielo sobre la playa es de un azul hermoso, a la altura de los mejores remansos del Caribe. Es el mismo cielo donde María Obias volaba su dron hace cuatro años, y donde el niño Lorenzo y su madre brasileña, del quinto piso, elevaron una cometa con forma de mariposa. El cielo donde Cassondra Stratton, la modelo del piso 4, pasó en un avión, imperceptible a esa distancia, y se puso a mirar justamente hacia aquí, el lugar que entonces no era un terreno vacío, sino su hogar.

Ahora en el cielo no hay drones ni cometas. Solo una avioneta promocional que lleva una bandera publicitaria de Lock & Load, un local donde uno puede vivir la experiencia de disparar una ametralladora de verdad. «*Shoot machine guns*» (dispare ametralladoras), dice el anuncio amarillo en el cielo, con la foto de una modelo sosteniendo el rifle. Lock & Load queda en Wynwood, el barrio bohemio. Es parte de la oferta turística de la ciudad y muchos lo consideran un entretenimiento sano.

También podría verse como una rara forma de nostalgia por tiempos más violentos: la época de los tiroteos y las persecuciones, de la Miami que conocimos por el cine y la televisión y que es parte de la memoria sentimental de América Latina. De *Scarface* a *Miami Vice*: la metrópoli de Tony Montana y sus cerros de cocaína. De Don Johnson en el papel del detective Sonny Crockett, perseguidor de narcos y rufianes. Mocasines sin calcetas y saco blanco encima de la camiseta oscura, el *outfit* masculino más copiado de todos los tiempos.

Esa ciudad de los yates y los bikinis, del narcotráfico y la corrupción, sigue teniendo un poderoso encanto.

Una sesión de disparos de metralletas en Lock & Load cuesta entre 175 y 600 dólares. El paquete «el jefe», uno de los más caros, permite disparar una AK-47 y un rifle Barrett de francotirador. Para una ligera y elegante Uzi se puede elegir el paquete «Scarface». El local suele llenarse.

* * *

Para Claudio Bonnefoy, Miami siempre fue impresionante por sus bellos paisajes, pero tan incomprensible que a veces lo impacientaba. En pleno 2020 la ciudad le dio una nueva sorpresa: sus habitantes no querían tomarse en serio la pandemia.

Claudio y María decidieron ir a contramano. Un lugar donde la gente no se cuida es doblemente peligroso. Organizaron su vida para una cuarentena extrema que minimizara cualquier riesgo.

No fue tan difícil. Aunque amaban viajar, estar en el departamento les encantaba. Era uno de los 01, que daba al mar en primera fila y también al norte. Las dos mamparas en vértice formaban una esquina llena de luz, que iluminaba la mesa de vidrio, el comedor duplicado por efecto de un espejo en el techo.

El balcón daba la vuelta por ese vértice haciendo una L, y era lindo sentarse a almorzar allí —un enrollado de verduras o un atún, nunca una carne roja—, el lugar perfecto para acomodar a los invitados, aunque Pascale, la hija de Claudio, recuerda que le daba vértigo mirar hacia abajo desde tan arriba.

María, dieciséis años menor que el señor Bonnefoy, era una mujer encantadora, dicen los que la conocieron. Dicen también que sabía cómo hacer que te sintieras especial: a algunos les regalaba un retrato en acrílico pintado por ella misma; a otros, una selección de fotografías de diversos instantes de su vida. De hecho, cada vez le gustaba menos Facebook, donde se lanzan imágenes para acribillarlas con *likes* y desecharlas después como residuos que van a un río. Ella no solo tomaba fotos notables, las seleccionaba y editaba como la curadora de un museo.

Era una mujer de espíritu renacentista. Tocaba el piano, pintaba, había llevado algunos talleres de escritura creativa. En pandemia, combinó el yoga y el ejercicio con el ocio convencional: veía televisión con Claudio. Fueron felices cuando descubrieron *The Queen's Gambit*.

La serie de Netflix —*Gambito de dama* en español— que cuenta la historia de una niña genio del ajedrez, ha sido un éxito en todo el mundo, pero solo los que saben del juego disfrutan al máximo sus cuidadas referencias a estrategias, defensas y movimientos. Claudio Bonnefoy era uno de esos expertos. Era ajedrecista aficionado desde la juventud, les había enseñado a jugar a sus hijas y, años más tarde, a sus nietas, que vivían en China. Tenía libros de ajedrez y en el departamento de Surfside, cerca del balcón, había siempre una mesa de vidrio con un tablero abierto y sillones rojos, listos para los contrincantes.

El ajedrez combinaba bien con su personalidad meticulosa, la de quien analiza cada paso por dar. Abogado de profesión, leía todas las cláusulas de cualquier documento que llegaba a sus manos. El ajedrez y el derecho, tal vez, eran manifestaciones de un rasgo más general de su personalidad: lo suyo era visualizar con nitidez escenarios futuros.

Hasta en los viajes de placer se le podía ver concentradísimo, estudiando su itinerario del día siguiente, como si le fueran a aplicar un examen.

Con esa misma rigurosidad implacable calculó que, dada su historia familiar de afecciones cardiacas, moriría más o menos a los 75 años de un ataque fulminante. Su primo Alberto había muerto en el cuarto de torturas por obra y gracia de Pinochet y sus esbirros, pero también por el corazón, que no soportó esos tormentos.

Claudio se equivocó en aquel pronóstico de vida. Tal vez no consideró el factor Maricoy: sus ensaladas frescas, su disciplina en proscribir ciertos alimentos, su inagotable buena vibra, su estampa fina al hacer ejercicio en la sala, a los 69 años. Su sonrisa.

Las cláusulas, como los códigos genéticos, permiten echar un vistazo al porvenir. Pero el futuro siempre insiste en ser algo distinto. La historia particular y las circunstancias cambian lo previsto. No solo la historia personal; también la de las naciones. El departamento de al lado, el 1012, que se acababa de vender antes de la pandemia, había pertenecido a los hijos de una mujer judía que sobrevivió al Holocausto, quien tuvo que huir de Europa y fue a parar a Canadá, y de ahí a la calurosa ciudad de Miami. Al costado, en el 1011, estaba el señor Juan Mora, quien en 1961 llegó a Cuba por mar, junto a la Brigada 2506, seguro de poder derrocar a Castro a balazos y, en cambio terminó capturado, y luego volvió a Florida a dedicarse a otra vida, una vida imprevista, vendiendo ventanas a prueba de huracanes.

Pero a veces, como ocurre en ciertas partidas de ajedrez, sí es posible ver el futuro con la claridad de una película. La llegada de Bonnefoy a Estados Unidos había sido resultado de esa habilidad suya.

Todo comenzó en 1970, con el triunfo en Chile del candidato de la Unidad Popular: Salvador Allende.

* * *

Si la ciudad irresistible del crimen y las armas ha dejado huellas en todas partes, es porque estuvo en todas partes. También en la torre Champlain Sur.

En el departamento 501, en cuyo balcón, desde la playa, podía verse a la niña Stella Cattarossi saludando a su amiguito de al lado, vivió a inicios de los ochenta una joven mujer llamada Marely Fuquen. Era la propietaria y sus hijos vivían con ella. Lo que no se sabía era que el padre de esos niños era José Santacruz Londoño, alias Chepe, tal vez el más sanguinario de los líderes del Cártel de Cali. Santacruz era amante de Fuquen. Asociado con Pablo Escobar, controló el ingreso de la cocaína sudamericana en Miami, Los Ángeles y Nueva York. El departamento que tenía en la torre Champlain Sur era de los que estaban más cerca al mar (uno con balcón en el vértice iluminado, al norte y al este). Años más tarde, también en el quinto piso, llegó a vivir un joven llamado Pedro Roselló. Era uno de los Cocaine Cowboys, esos bandidos cubanos guapos que controlaron la distribución de la coca en Miami. Chepe y Roselló se volvieron famosos, celebridades de la historia universal del narcotráfico. Están retratados en Wikipedia y también en Netflix.

El origen de la torre Champlain Sur nos lleva a esa ciudad del pasado. No hay una fecha exacta que delimite ese periodo oscuro, pero varios cronistas de la ciudad —como Nicholas Griffin, Edna Buchanan y Joan Didion— coinciden en que 1980 marcó una suerte de comienzo, con un crecimiento inusual de muertes a balazos, tiroteos y ejecuciones en las calles delante de transeúntes que aprendieron rápido a mirar para el otro lado.

El año 1980 fue, justamente, cuando los obreros terminaron de construir el casco de la torre Champlain Sur.

Para entender la historia de este edificio hay que retroceder algunas décadas. Es un viaje fascinante, pero puede crear confusiones: uno se encuentra con hoteles y condominios enormes que hoy no existen más.

Si los edificios son hitos en la memoria de una ciudad, en Miami la voracidad constructora trastoca los recuerdos demoliendo y reemplazando como quien escribe y reescribe encima, todo el tiempo: llega un momento en el que la gente duda si alguno de los edificios existió de verdad. Los memoriosos sirven como ayuda, pero también a ellos los edificios superpuestos —cambiados por otros en cosa de meses— los confunden. Y Miami es una ciudad de viejos y de nómadas, de gente que llega y se está yendo, lo cual ya es una desventaja para la disciplina esquiva de fijar recuerdos.

En Miami no es común que las torres colapsen de pronto en una noche de horror, pero sí que desaparezcan con ayuda de dinamita e ingenieros. Aquí mismo, en Collins, por ejemplo: quien no estuvo atento puede creer que el espectacular Sheraton

Bal Harbor —antes Americana— todavía está si uno camina nueve cuadras al norte, desde las torres Champlain. Pero el gigantesco Marriot St. Regis de 27 pisos lo reemplazó por completo, y quien tenga al Americana de referencia se pasará de largo rascándose la cabeza.

La ciudad está llena de estos quiebres visuales.

La torre Champlain Sur no es el único edificio por aquí que tuvo una gran vida y luego desapareció del mapa. Miami tumba y construye, y vuelve a tumbar. Y esa saga de intervenciones, a veces agresivas, es parte de esta triste historia.

* * *

En noviembre de 1970 Chile estaba en los ojos del mundo. Salvador Allende acababa de ganar las elecciones y prometía hacer un gobierno socialista sudamericano en plena Guerra Fría. Unos meses después el Congreso chileno aprobó la nacionalización de las empresas estadounidenses que explotaban el cobre. El joven Bonnefoy, que ya entonces había sido profesor de Derecho Internacional en la Universidad de Chile, vio claramente el futuro.

Escribió una carta urgente al ministro de Relaciones Exteriores, Clodomiro Almeyda, y a otras autoridades del gobierno chileno. Bonnefoy había pasado años estudiando las reacciones de Estados Unidos ante casos de nacionalizaciones y creía que lo que tenía que decirles era urgente.

Chile estaba nacionalizando las empresas de explotación de cobre emblemáticas: Kennecott Copper y Anaconda Company. Y quería hacerlo sin pagar indemnizaciones. Las indemnizaciones se reconocían, pero podía descontarse de ellas las utilidades excesivas que habían tenido antes las empresas mineras, con lo que prácticamente el monto quedaba en cero.

Bonnefoy sabía que eso no le iba a gustar nada a Estados Unidos, y así lo advirtió. ¿Expropiación sin indemnizaciones? Olvídenlo. Logró una reunión con el ministro Almeyda. Bonnefoy fue enfático al decir lo que Estados Unidos podía hacer: para empezar, congelar todos los activos de Chile. El país tenía cuentas bancarias en Nueva York y el dinero del cobre pasaba por allí. En un tronar de dedos todo se congelaba.

En esa reunión, Bonnefoy conoció al embajador de Chile en Estados Unidos, Orlando Letelier, que lo escuchó atento. Letelier decidió solicitar la contratación del abogado como asesor jurídico de la sede diplomática.

Así llegó a Washington D. C., en un viaje que creyó corto, pero que terminaría haciendo que se mudara con su familia y que definiría, de algún modo, su devenir.

Era una misión importante. Era —luego lo supo— parte de la historia. El propio Salvador Allende puso su firma en el decreto para su designación.

* * *

Por esa naturaleza constructora voraz, en Miami uno tropieza todo el tiempo con modificaciones que no dejan rastro. Son casi mágicas. No solo los edificios, reemplazados con demoliciones quirúrgicas que minimizan el ruido y el polvo; también ciertas avenidas aparecen, un día, un metro y medio más altas, para enfrentar mejor las inundaciones, y los locales que están a los lados se ven súbitamente hundidos.

Al lado de donde estuvo la torre Champlain Sur, en la calle 87, hay un pasaje de cemento que llega hasta la playa. Es tan angosto y sin gracia que pasa desapercibido. Quien no ha visto fotos antiguas no podría adivinar que en otros tiempos este corredor fue una vía ancha, con lugar para vehículos y palmeras, un espacio vivo. De hecho, tenía nombre: la 87ᵗʰ Terrace. En términos de espacio público, era un punto resaltante porque dividía la costa entre un estilo de vida y otro. Al sur, Miami Beach, con su ímpetu de *resorts* y ventanas altísimas, diversión, turismo en masa. Al norte, el tranquilo pueblo de Surfside.

La 87th Terrace era una suerte de frontera alegre entre dos mundos.

Esa separación existía porque Surfside nació con una idea clara: no ser como Miami Beach. De hecho, su creación oficial, en 1935, se aceleró porque los residentes del naciente vecindario en torno al Club de Surf, al norte de la isla, se enteraron de que las autoridades del sur querían extender sus dominios administrativos hasta la calle 96. Esos residentes «surfianos» no eran más de cuarenta, pero tenían dinero, influencias y abogados. Eran el resultado de un impulso inmobiliario que tuvo como protagonista a Henri Levy, un francés que salió de Europa para llegar a Cincinnati, hizo fortuna en el floreciente negocio de las salas de cine y terminó en Miami por la misma razón que tantos otros: el clima era mejor para su familia. Allí empezó, en los años veinte, a concebir su proyecto de vida, Normandy Beach, una urbanización sosegada en el aún lejano norte de la isla.

El Club de Surf, en la avenida Collins, fue el epicentro y burbuja que delineó las pretensiones del distrito. En sus mejores tiempos, el club recibió la visita de personalidades como Elizabeth Taylor y Wallis Simpson, la mujer que hizo al rey Eduardo VIII abdicar a su corona. Winston Churchill era otro asiduo visitante: iba allí con sus lienzos para pintar paisajes marinos. El norte de la isla era un lugar diferente, aislado, tranquilo. Los propietarios estaban orgullosos de esa singularidad.

Miami Beach era el cemento imparable que rozaba el cielo con arrogancia. En Surfside también proliferaban edificios, pero eran de tres o cuatro pisos y ventanas redondas, como de barco. Joyitas arquitectónicas *art déco* creadas para combinar con el mar.

Justo al norte de aquella terraza divisoria de la calle 87 se construyó, en 1942, el hotel Arnold, que poco después pasó a llamarse hotel Coronado: cinco pisos. Con vértices redondeados, sin esquinas. Una torre central que sobresalía, pintoresca. Arbustos. Un toldo largo marcaba el camino de la entrada. Fue el primer hotel de Surfside y sus folletos son dibujos del edificio, coloreados a mano, y con letreros promocionales: «Directo en el océano». «Ultramoderno».

Al frente, al lado sur de la 87th Terrace, se construyó el hotel Biltmore, en 1951. Fue una joya de su tiempo, hecha por los arquitectos Albert Anis, Melvin Grossman y el gran Morris Lapidus, quien diseñó el famoso Fontainebleau (ese hotel blanco y curvo inmortalizado en *Scarface*). Con diez pisos, el Biltmore hizo ver pequeñito al Coronado. Ubicados uno al lado del otro, eran un emblema del paso del tiempo y de dos épocas distintas, el presente y el pasado: el MiMo con su cristal templado, sus líneas rectas, sus ventanas con voladuras afiladas que parecen repisas gigantes; y el *art déco* con apariencia de maqueta de pastel.

El hotel Biltmore Terrace se volvió una suerte de hito. Era el punto culminante de Miami Beach, un edificio sólido y admirado. Un hotel elegante, con estilo y salida a una playa paradisíaca. El lugar donde, a inicios de los sesenta, la hermana de Fulgencio Batista entregó maletines repletos de dinero para invadir Cuba con armas y derrocar a Castro. La presencia del Biltmore marcaba una frontera: hasta el hotel llegaba la isla de la diversión y los excesos. Más allá del hotel empezaba la calma característica de Surfside.

Con los años, el Biltmore fue envejeciendo, su modernidad se hizo antigua, casi una postal de época en medio de la pujante avenida Collins. A inicios de los setenta ya tenía apariencia de reliquia.

Si el Biltmore ya se veía pasado de moda, el simpático hotel Coronado había quedado obsoleto. Era absurdamente pequeño, diseñado con ventanas amplias y expuestas para una ventilación que había sido reemplazada, en las construcciones modernas, por el aire acondicionado. A mediados de los setenta lo demolieron.

Fue miel para inversionistas inmobiliarios, que llegaron como moscas a hacer consultas y cálculos. Cómo no mirar con codicia ese sector vacío en el lado norte de la 87th Terrace: Surfside y su playa tranquila, virgen de edificios de lujo. En esos años, la playa, todavía angosta, sería ensanchada artificialmente multiplicando por diez su extensión hasta el mar. Los granos añadidos eran más claros, lo que elevó el valor de ese sector de la costa.

Pero había un problema: las insuficiencias en el drenaje y el sistema de agua hacían que cualquier idea ambiciosa de proyecto residencial terminara costando una fortuna. Eso disuadía a las constructoras de invertir ahí. Por esas dificultades, el terreno se volvió durante algunos años un espacio abandonado donde los jóvenes iban a pasar el rato.

Sin embargo, a finales de los setenta algo cambió. De pronto, el dinero ya no era problema. Corría mucha plata en Miami; la ciudad experimentaba el paso de la marihuana a la cocaína, con ganancias inverosímiles que cambiaron para siempre la economía local. La ciudad de *Miami Vice* estaba a la vuelta de la esquina.

El crimen por el narcotráfico se elevó a niveles nunca vistos, lo que provocó desconcierto y caos. Para empeorar la situación, 1980 fue un año marcado por la llegada de decenas de miles de inmigrantes cubanos con antecedentes penales —por el Mariel— y haitianos paupérrimos. La alejada Surfside estaba protegida de todo eso. Pero no de unos canadienses que aparecieron en el pueblo con ganas de hacer dinero rápido en la construcción.

El terreno donde había estado el Coronado, ese hotelito que quedó insignificante cuando llegó el asombroso Biltmore, ahora iba a ser el sitio de un proyecto que haría que el propio Biltmore quedara, en comparación, pequeño y viejo. Un condominio residencial más alto y moderno. El nombre: las torres Champlain.

Ocurrió aquí mismo, en la 87 con Collins, 40 años atrás. Cuatro décadas fueron necesarias para volver al mismo punto: el vacío en los cimientos, la ausencia de sombras.

Todos los planos y documentos presentados por los inversionistas canadienses señalaban inequívocamente que iban a ser doce pisos, pero construyeron trece. ¿Por qué? Por una razón que en Miami, sobre todo en esos años, era habitual cuando había dinero de por medio: porque podían.

* * *

Tras la estatización del cobre en Chile, Estados Unidos hizo exactamente lo que Bonnefoy pronosticó que iba a hacer. Embargó los activos chilenos y paralizó cuentas bancarias estratégicas. El Chile de Allende había nacionalizado el cobre con aplausos unánimes, pero en la práctica las represalias hacían imposible su comercialización.

La presión fue efectiva. El gobierno chileno, que tenía como bandera la imagen clásica del socialismo expulsando a explotadores imperialistas, tuvo que bajar el tono y buscar, sin que se supiera, una negociación con ellos.

Bonnefoy fue parte de la delegación chilena durante las conversaciones que tuvieron lugar en el Departamento de Estado, en Washington D. C. Los emisarios norteamericanos respondían a la política señalada por Richard Nixon. Se sabía que Nixon era crítico de Allende, pero solo muchos años después se haría de conocimiento público lo que le dijo a su asesor de Seguridad cuando se enteró de las expropiaciones: «Es hora de pegarle a Chile en el culo».

El asesor de Nixon era Henry Kissinger. Letelier, embajador de Chile, tuvo oportunidad de conversar con él. La delegación chilena también habló con el representante de Estados Unidos ante la ONU, el señor George Bush (al que todavía no tenían que ponerle «padre» para distinguirlo de su hijo).

Pero no sirvió de mucho. Las reuniones tenían poco de negociación: Estados Unidos no estaba dispuesto a que se sentara el precedente de aceptar una expropiación sin una indemnización real. Si querían levantar embargos, Chile era el que debía resolver el entuerto causado por nacionalizar. Para los emisarios estadounidenses, el marco legal que permitía descontar «ganancias excesivas» de las indemnizaciones era un sinsenti-do, una ficción poco seria.

La ofensiva de las empresas se multiplicó. Kennecott Copper Co. interpuso una demanda en los tribunales franceses. Bonnefoy tuvo que viajar a Francia para ayudar en la preparación de la defensa. Todas las noches reportaba lo hecho durante el día al embajador chileno en París.

El embajador era Pablo Neruda.

El poeta y Premio Nobel se volvió un defensor de la causa de la nacionalización —en una carta personal enviada a una amiga poe-ta dijo: «Aquí peleamos por el cobre de noche y de día»—, pero no tenía la menor idea técnica del tema. De hecho, los reportes que Bonnefoy le daba mientras salían a caminar en las noches le aburrían profundamente. Lo suyo era un romanticismo ingenuo:

—Si estas fuerzas tenebrosas llegan a apoderarse del cobre chileno, los niños chilenos no tendrán ni pan ni leche, ni libros de lectura, ni escuelas —dijo en un discurso, en 1972.

Neruda, Letelier, Kissinger, Bush. Bonnefoy, sin haberlo pre-visto, estaba en el ojo de un huracán silencioso: la Guerra Fría.

Cuando, en sus últimos años, el señor Bonnefoy hablaba de esos días, algunos amigos lo animaban a escribir sus memorias.

No era la primera vez que Claudio Bonnefoy tenía la opor-tunidad de ser espectador privilegiado de un hecho que luego quedaría en la historia.

A los veinte años fue a cenar al hotel Crillón, del centro de Santiago, y vio cómo una mujer de la mesa vecina sacó un revólver, apuntó y disparó cinco veces contra su acompañante. Luego, la mujer se dirigió al hombre tumbado, lo abrazó y le dijo: «Eras lo que más amaba en la Tierra».

El joven Claudio, que estaba allí porque su madre era amiga del dueño del hotel, acababa de presenciar el crimen «pasional» más famoso de la historia chilena. La homicida era escritora y el hombre, que había sido su amante, acababa de anunciarle que iba a dejarla. El caso conmovió a Chile. La escritora Gabriela Mistral, Premio Nobel de Literatura, intercedió para que le dieran un indulto presidencial a la mujer.

Bonnefoy, presumiblemente, quedó atónito. Era solo un muchacho. Faltaba todavía algún tiempo para que el joven estudiante encontrara la pasión de su vida: el derecho internacional. Esa vocación tan bien representada en la escultura del revólver gigante con el cañón atado en un nudo, en la entrada de las Naciones Unidas (que luego Bonnefoy visitaría por trabajo), como si la fuerza de la razón y los acuerdos internacionales y tratados pudieran contener las agresiones al punto de doblar el metal de las armas de fuego.

Sin embargo, como entendió rápidamente la delegación chilena, hay algo innegable en todo conflicto. Bajo las leyes y tratados subyace una fuerza mayor: la asimetría de las partes. En las negociaciones de Washington D. C., fue claro para Bonnefoy que la intransigencia de la parte estadounidense estaba respaldada por su enorme poder. Los abogados chilenos se esforzaban en encontrar cláusulas en tratados bilaterales antiguos, antecedentes, acuerdos a los que ambas partes pudieran someterse para aceptar que Chile cumpliera su propósito de nacionalizar el cobre sin recibir sanciones por ello. Pero se estrellaban contra un muro.

Cuando hay asimetría de fuerzas, la discusión legal termina siendo una gran farsa. Mientras las conversaciones entre emisarios de Estados Unidos y Chile se entrampaban, crecían las denuncias y reportes de una intervención de la CIA en la desestabilización política del país sudamericano, que financiaba protestas y paros para asfixiar al gobierno de Allende.

Las últimas conversaciones entre delegaciones se dieron en agosto de 1973. El entrampamiento continuó, sin mejoría. Menos de un mes más tarde, las imágenes de los aviones Hunter Hawker bombardeando Santiago mostraron lo inútil que había sido todo ese esfuerzo diplomático.

Allende había muerto. Una de las primeras acciones de la Junta Militar fue conseguir nuevos acuerdos de indemnización con las empresas mineras.

Luego de un breve viaje a Chile para entregar los documentos oficiales —ahí fue cuando lo detuvieron en el aeropuerto—, Bonnefoy regresó a D. C. y permaneció en esa ciudad. Se separó. Su exesposa y sus hijas volvieron a Santiago. Años después conoció a María Obias y se casó con ella. Con la llegada del nuevo siglo decidieron asentar su residencia en Miami. Encontraron un departamento tan lindo que no dudaron en tomarlo. María le escribió a Pascale sus impresiones sobre esos primeros días. Eran los comienzos de los 2000 y ya entonces el edificio estaba en trabajos de reparación y mantenimiento. Pero era solo un detalle menor. Surfside —así se llamaba el barrio— era un lugar hermoso.

* * *

Como descubrieron hace mucho productores y guionistas, las historias de narcos son épicas y emocionantes. Pero terminan mal. La señora Fuquen, que vivió en el 501 con una hermosa vista frente al mar de Surfside, gracias al dinero del Chepe, fue asesinada por él mismo, en 1991. Unas semanas después del colapso Pedro Roselló dio entrevistas en las que recordaba sus años gloriosos de Cocaine Cowboy en el jacuzzi de su departamento en la torre Champlain Sur. Lo hizo desde el futuro: o sea, la cárcel.

En 1979 el narcotráfico ya se había instalado en Miami, con lo que se generó una economía paralela y floreciente. La ciudad comenzaba a experimentar una corrupción oficial nunca antes vista, que incluía a autoridades de todo tipo: desde funcionarios y policías hasta guardias costeros e inspectores de todo nivel.

La ciudad retratada en *Miami Vice* se precipitaba, imparable.

Una ciudad llena de muertes por armas de fuego. Según reporta Edna Buchanan en su clásico *The Corpse Had a Familiar Face*, sobre el auge del crimen en Miami, los asesinatos pasaron de 360 en 1979 a 569 en 1980 (y 622 en 1981). Hubo un récord de ciudadanos armados, disparos en defensa propia, tiroteos. En un contexto así, donde chicos imberbes veían cómo los clósets y gavetas de sus cuartos no bastaban para guardar tantos fajos de billetes, se hizo necesario blanquear millones de dólares. La operación suena lógica —algo hemos ganado en cultura general del narco con tantas series sobre los pioneros de la industria de la cocaína—, pero en esa época era solo una reacción espontánea de creatividad financiera: el lavado de activos no era un delito tipificado.

En esa ciudad convulsa, con forasteros de dudosa reputación —cubanos del Mariel, colombianos del cártel— el inversionista principal del proyecto de un condominio nunca antes visto en Surfside era un extranjero blanco de los bien vistos: el canadiense Nathan Reiber.

Resultó ser todo un personaje. Abogado de profesión metido en el negocio de bienes raíces, tenía antecedentes en Canadá por evasión tributaria (se declaró culpable) y por participar en un esquema de lavado tan literal que parece una parodia: usaba máquinas de lavandería de condominios para pasar grandes sumas de dinero y evadir impuestos. Declaró proyectos que no existían, con el mismo fin.

En Surfside, dispuesto a invertir mucho dinero y recuperarlo con creces, Reiber se consiguió a un abogado y a un arquitecto acordes con su perfil. El abogado era Stanley Levine y sus antecedentes incluían ser denunciado por pedir un soborno de 8 mil dólares a una mujer a cambio de ayudarla, coludido con un funcionario municipal de Miami Beach, a fin de variar la zonificación para poder construir un edificio residencial.

El arquitecto elegido para el diseño de las torres Champlain no era precisamente un ejemplo de profesional. William Friedman había perdido su licencia por «incompetencia grave» (*gross incompetence*) luego de que el letrero comercial de un edificio que diseñó saliera volando en un huracán. Su historial registraba suspensiones, amonestaciones, intentos fallidos de aprobar el examen para ejercer.

Esa fue la figura, más o menos: un grupo de empresarios de dudosa reputación llega para construir edificios de una envergadura nunca antes vista, en un pueblo de 5 mil habitantes, que ni siquiera tenía inspectores de obras (debía compartirlos con otros distritos). Negociantes agresivos llegaron a construir y ganar dinero rápido en un ayuntamiento que siempre se empeñó en proteger el carácter sosegado del pueblo, pero en donde las autoridades sabían también que la sola construcción de un complejo residencial de 135 unidades por torre subiría asombrosamente la recaudación de impuestos. Todo esto sucedía en un ambiente de corrupción nunca antes visto.

En un contexto así, pasó lo previsible: una cadena de ofertas irrechazables y muchas presiones. Se sabe que, a falta de inspectores de obra disponibles, la municipalidad de Surfside aceptó que el propio ingeniero estructural a cargo de la construcción del proyecto de las torres Champlain fuera contratado para dar su aprobación a la torre sur. Por cierto, ese ingeniero también tenía su historial: cinco años atrás había dado el visto bueno a un estacionamiento en Coral Gables, cuyas paredes resultaron tener fallas elementales que pudieron provocar una tragedia.

Cerca de iniciar la construcción, Surfside decretó una moratoria para detener todas las obras debido a problemas de alcantarillado. Sin tiempo que perder, los inversionistas de las torres Champlain resolvieron el asunto: pagaron ellos mismos 200 mil dólares para los trabajos requeridos. Así, consiguieron la luz verde para seguir operando.

Eran irrespetuosos. Invitaban a almorzar a los funcionarios municipales de mediano rango para preguntar por qué tardaba tanto un permiso. Descaradamente, entregaron donativos a candidatos en campaña. Dejaron claro que no tenían ganas de que las regulaciones se interpusieran en su camino cuando decidieron, contra lo que figuraba en sus propios planos y bocetos, construir un piso adicional de *penthouses*. El argumento, en líneas generales, fue que un *penthouse* «no es un piso». Cuando las autoridades trataron de revertir la evidente falta al código de Surfside, los constructores amenazaron con hacer una demanda millonaria si se atrevían a demoler su propiedad (sí, ya las habían construido). Un oficial de Surfside de esos tiempos dijo al *New York Times*: «Nos trataban como a provincianos».

* * *

El diario *USA Today* publicó una investigación en la que sugiere una realidad aún más turbia. Más de sesenta transacciones de compra de departamentos en las torres Champlain, en esos primeros años, corresponden a esquemas típicos del lavado de dinero: precios inflados, triangulaciones, préstamos de compañías asociadas a los inversionistas constructores, que eran pagados en cortísimo plazo por los propietarios, usando compañías *offshore* y cuentas en paraísos fiscales.

Cuando un socio de la constructora te presta dinero para comprar un departamento y lo pagas, con todo e intereses, solo unos meses más tarde, es porque el dinero no era el problema, sino hacer la cadena del dinero más larga y más indetectable.

Ninguna investigación ha determinado que la torre Champlain Sur fuera construida con el objetivo expreso de blanquear dinero sucio. Es difícil ahondar en el tema después de 40 años. La compañía que construyó las torres ya no existe. El arquitecto murió y el inversionista principal también. Reiber dejó este mundo en 2018. En su obituario, se resaltaron sus probadas cualidades de filántropo.

Pero hay hechos que brillan de manera inquietante. En el departamento 501 vivió Marely Fuquen, la amante de José Santacruz Londoño, alias Chepe, uno de los jefes del Cártel de Cali. Una investigación policial de esos años determinó que el dinero para la compra —hecha a un precio sobrevalorado para la época: 230 mil dólares— pasó de Luxemburgo a Panamá y se originó gracias a las actividades del cártel.

USA Today y otros diarios en Estados Unidos han resaltado de manera sensacionalista estas conexiones, y otras que vinieron después, como el hecho de que Pedro Roselló, el chico maravilla de los Cocaine Cowboys —en el negocio desde los quince años—, se mudó al edificio en 1988. También al quinto piso, con vista al mar.

¿Es relevante que un edificio tenga propietarios asociados al crimen? ¿Es singular que eso ocurra en la época en la que proliferan los traficantes con mucho dinero?

No necesariamente. Pero ciertas prácticas, típicas del lavado de activos, hacen pensar que la torre Champlain Sur fue un condominio cuyos dueños consintieron la venta fácil, en un contexto donde había demasiados rufianes dispuestos a blanquear dinero. Lo relevante para su destino, dado el perfil de sus inversionistas, es que hubo un impulso por terminar el edificio lo más pronto posible para vender muy rápido. Y quien tiene esos fines no se detiene en seguir estrictamente las normas de construcción.

La hipótesis es esta: la falta de escrúpulos implicó decisiones para construir velozmente, saltando requisitos y reglamentos, y esas decisiones implicaron fallas y descuidos que tendrían consecuencias en los siguientes años y décadas.

Errores de origen que suenan probables dadas las circunstancias: Un arquitecto de dudosa reputación. Un constructor impetuoso. Una ciudad muy corrupta, como la calificaría Claudio Bonnefoy años más tarde.

Meses antes de que el equipo del arquitecto Friedman se pusiera a hacer el primer dibujo de la futura torre Champlain Sur, un tiroteo en Miami Beach había puesto al descubierto una camioneta que parecía un vehículo de guerra (adentro tenía ametralladoras, pistolas y hasta chalecos antibalas). Pertenecía a la narcotraficante colombiana Griselda Blanco, y fue el inicio de cacerías sangrientas en las calles, y persecuciones entre autos de lujo.

La edición del domingo 20 de julio de 1980 del *Miami Herald* daba cuenta del asesinato número 280 del año (un joven llegado de Cuba, siete meses antes, muerto a balazos), de la crisis de los refugiados cubanos (un yate con 160 inmigrantes estuvo a punto de hundirse), del *boom* de la venta de armas (que continuaba en ascenso). En los avisos del periódico, se promocionaban la nueva computadora personal Apple II Plus de 4K, a solo 2 995 dólares, y el último Ferrari, «recién llegado», un GTSi sin capota. Un automóvil como el que usaba Don Johnson en *Miami Vice*. Pero en esta ciudad nada es lo que parece: el de la serie era un Corvette que había sido modificado para que pareciera un Ferrari; o sea, una falsificación.

En el suplemento «Home & Design» de ese domingo, un aviso a tres columnas anunciaba la venta de departamentos nuevos con una vista sobrecogedora, baño con jacuzzi en el cuarto matrimonial, piscina templada, sauna, gimnasio y circuito cerrado de cámaras. Llama a apurarse, pues solo quedaban 27 unidades.

El aviso tiene un dibujo de la futura torre Champlain Sur, justo al norte de la 87th Terrace, en Surfside. El texto dice «12 pisos», pero si uno cuenta con el dedo son trece.

* * *

Miami era una ciudad llena de viejos. Claudio Bonnefoy, que no era joven, pero tampoco había llegado a la tercera edad, tomó el choque cultural con humor. Siempre le gustó escribir, y por esos años empezó una serie de crónicas de Miami, que nunca publicó:

Entré a una peluquería de mi barrio. Todos los asientos estaban ocupados y una ojeada rápida me permitió comprobar que el promedio de edad de los clientes era algo así como «ya fallecidos» y el de los peluqueros solo ligeramente inferior. Navegando por ese océano de arrugas, llegué al sillón del fondo, el único desocupado. Mi peluquero resultó ser un italiano decrépito, de manos temblorosas, quien apenas tenía fuerzas en los dedos para operar las tijeras. Veía a menudo cómo las temblorosas tijeras se dirigían directamente a una de mis orejas, pero milagrosamente se desviaban a última hora para encontrar la dirección general del cabello.

Dijo llamarse Giuseppe, pero agregó con voz trémula: *«Cui mi chiamano Joe»*. Creí ver una lágrima en su ojo bueno. Se emocionó profundamente cuando le hablé en ese idioma. Interrumpió de inmediato su trabajo, sacó de un cajón unas viejísimas postales de su Napoli natal, y yo cometí la ingenuidad de identificar el barrio de Santa Lucía, donde él se había criado. Dejó sus tijeras sobre el mesón y, con los ojos llenos de lágrimas, me cantó la canción Santa Lucía, con voz carraspienta. Como yo no reaccioné con la efusividad que él esperaba, pensó que no la había escuchado y me la cantó de nuevo, ¡pero más fuerte! Me consta que nadie en la sala se dio cuenta de lo sucedido, porque tanto peluqueros como clientes eran sordos como tapia. Hablamos del santo patrono de Napoli, san Genaro, y cada vez que veía acercarse las tijeras amenazantes, yo encomendaba mis orejas a san Genaro. El buen santito me escuchó porque al regresar a casa comprobé que no había habido derramamiento de sangre. La única víctima fue mi cabello.

A Bonnefoy no le gustaba mucho esa ciudad, pero trataba de pasarla bien. Al fin y al cabo, su refugio del décimo piso era perfecto. Allí podía encerrarse a leer o ver, por ejemplo, un DVD sobre el museo Hermitage. Ese departamento era una auténtica burbuja intelectual: su torre de marfil con un espejo en el techo que reflejaba el tablero de ajedrez (las fichas de cabeza, suspendidas en el aire). Y quedaba tan arriba que ni siquiera se asomaba una fracción mínima de las palmeras. Solo mar y cielo.

* * *

Surfside aparece en *Miami Vice*.

El detective Sonny Crockett, Don Johnson, llegó en dos ocasiones al barrio. La primera vez fue porque allí se escondía una mujer vinculada al pasado de su amigo y compañero, Martín Castillo. La mujer estaba en peligro por culpa de un espía de la KGB, y se escondía en la zona, en una casa con toldos rosas en las ventanas. La vivienda todavía sigue allí, en la 91 —la avenida que desemboca en el puente que conecta Surfside e Indian Creek, esa isla privada donde Julio Iglesias tiene una casa enorme—, aunque la fachada está casi cubierta por plantas trepadoras, a las que no les han dado mucho mantenimiento. Ahora, como entonces, desde el bonito balcón de la segunda planta de la casa se pueden ver los edificios que dan al mar, en Collins. Allí asoman, calmadísimas, las torres Champlain.

La siguiente vez que Crockett visitó Surfside fue cuando apareció en un bar con su novia, la estrella pop Caitlin Davies. El simpático bar tenía carrocerías de autos clásicos a modo de asientos y mesas —similar al de *Pulp Fiction*—; eran vehículos de los años cincuenta y sesenta. Había luces neón y meseras que andaban en patines, sobre el piso blanco y negro como tablero de ajedrez.

(*Spoiler alert:* Caitlin muere y *Miami Vice* llega a su fin en la siguiente temporada, el mismo año que, en la vida real, Don Johnson regresa con Melanie Griffith y tienen una bebé a la que llaman Dakota).

La locación de los autos antiguos era el bar del hotel Dezerland, de la calle 87. Ya en los ochenta era un local divertido pero venido a menos, fantasmal, fuera de tiempo. De hecho, muchos ya ni recordaban el nombre original del hotel: Biltmore Terrace.

Sí, el viejo Biltmore —que fue tan futurista— permaneció de pie, y siguió su destino como una postal de época que languidecía. Envejeció. En los ochenta, lo compró Michael Dezer a precio de remate: 7 millones de dólares. Así surgió el hotel Dezerland, que era casi un parque temático, cuyo principal atractivo era ese bar con carrocerías a modo de mesas. En los primeros años del siglo XXI la decadencia del lugar era evidente. Los comentarios de sus huéspedes eran terroríficos por el mal servicio, aunque hay un video en el que un turista la está pasando genial en la piscina, cerca de la playa. En un instante, la cámara gira a la derecha (al norte) y allí están: las ventanas espejadas y los barandales de hierro en los balcones de la inconfundible torre Champlain Sur, en todo su esplendor.

No le quedaba mucho tiempo a esa larga vecindad de edificios del siglo XX: el Biltmore Terrace y la torre Champlain Sur.

Miami demuele y construye encima. Miami eleva las pistas para que no queden sumergidas por las inundaciones. Miami trastoca los recuerdos, altera las imágenes de la memoria con una varita de Photoshop. A veces, esa reescritura ocurre en un parpadeo. A veces, ese acto de magia es en realidad un acto de fuerza.

El sol brilla en la 87 con Collins. No hay drones en el cielo. Solo un avioncito que invita a sentir la furia de disparar una metralleta de verdad, y creerse, tal vez, Tony Montana.

* * *

Esa mañana de septiembre de 2017 el dron de Maricoy capturó con su cámara la torre Champlain Sur, la piscina celeste con su terraza circundante, el follaje de aralias en las jardineras del borde, las palmeras medianas encima de varios maceteros. Esos maceteros habían permanecido ahí desde 1981 y pronto los sacarían para siempre: el peso de esas plantas era mucho mayor al recomendable, y el piso no parecía resistir. Además, las raíces estaban rompiendo el concreto y las tuberías, con lo que se agravaba el largo problema de filtración hacia el garaje. El suelo de la terraza estaba seriamente debilitado y no convenía que las palmeras siguieran allí.

Pero eso nadie lo sabía aún. Era la calma antes de la tormenta, los últimos días de prosperidad de un edificio que poco tiempo atrás había pagado un millón de dólares para cambiar alfombras, zócalos, cornisas interiores y otras cosas destinadas a estar más bello y no perder nivel.

†

7

CLAUDIO Y MARÍA EN *MIAMI VICE*

PARTE II

En mayo llegó Iman, la joven nieta de Claudio Bonnefoy. Se quedó en el departamento de su abuelo por un mes. Disfrutó esos días, aunque pasó algo que recordaría después: cuando estaba en el balcón, cayó un trozo del balcón de arriba. Lo que podría provocar alarma en otros, para los residentes antiguos de la torre Champlain Sur era parte de la vida cotidiana. Los reportes de balcones agrietados podían rastrearse desde veinte años atrás. Maricoy solía decir que el edificio se «caía a pedazos». Pero ni ella ni Claudio pensaron que la expresión era literal.

Iman iba a quedarse todo el verano, pero le surgió un trabajo fuera de la ciudad y se fue a inicios de junio. Por suerte.

* * *

A finales de 2013 los vecinos de Surfside se enteraron de un rumor que recibieron como una magnífica noticia. Un inversionista había llegado a un acuerdo con la familia Dezer, dueña de lo que había sido el Biltmore, para comprarle el edificio emblemático. El inversionista era David Martin, de la firma Terra Group. Todas las publicaciones de entonces mencionaron el proyecto como una restauración. «Como varios de los detalles están intactos bajo las sucesivas renovaciones, mucho del encanto y de la nostalgia puede retornar a este increíble hotel», dijo uno de los diseñadores al portal Curbed, especialista en actualidad inmobiliaria.

Todo sonaba muy bien. Pero había un problema: no era verdad.

No iban a renovar el Biltmore. No iban a hacer una torre adicional que acompañara al señorial edificio (como aparecía en las proyecciones que circularon). Querían demolerlo. Lo cual, visto en perspectiva, tiene sentido si se considera que pagaron 65 millones de dólares por él. No se sabe a ciencia cierta si la familia Dezer supo que la demolición era una posibilidad real. No parece haberles importado mucho. Fue el negocio de su vida: acababan de vender el hotel por una suma que era nueve veces el valor por el que lo habían comprado. «No vimos lo que ellos sí vieron», dijo Gil Dezer, hijo del magnate fundador Michael Dezer.

Lo que vio Terra Group fue la oportunidad de hacer una obra colosal con departamentos que pudieran venderse, en los pisos más altos, a más de 35 millones de dólares. El terreno está en Miami Beach, pero lo separa del sur un enorme parque. Era como estar en la calmada Surfside sin tener que seguir sus regulaciones anticuadas. La explicación que dieron para el cambio de planes fue que el hotel no se podía restaurar porque la altura del piso a techo de sus plantas era demasiado corta para los estándares hoteleros actuales. Pero era imposible que no hubieran sabido eso antes. Nadie creyó esa versión.

De hecho, los planes definitivos, una vez revelados, tenían mucho más sentido. Iban a reemplazar el viejo Biltmore por un edificio alucinante, diseñado por Renzo Piano, toda una celebridad de la arquitectura actual, ganador del Pritzker.

En noviembre de 2014 empezó la demolición del hotel Biltmore, a pesar de las protestas con pancartas de decenas de vecinos que se sentían tristes por la pérdida de un edificio histórico y, sobre todo, engañados por el repentino «cambio de planes». La supuesta restauración se había presentado incluso con planos y gráficos, en los que el hotel Biltmore restaurado convivía con un edificio nuevo y moderno. En esos dibujos, los dos edificios se ven demasiado juntos, la imagen es rara. ¿Se trató de un boceto para distraer la atención? ¿Un burdo engaño? Para los manifestantes la respuesta era obvia: «*Bait and switch*», se leía en las pancartas de las protestas.

Treinta y cuatro años después de la llegada de los canadienses que hicieron un condominio sin precedentes en el lado norte de la 87th Terrace llegaba al lado sur un inversionista con similares ínfulas: Terra Group, conocido por construir rascacielos como el 900 Biscayne Bay, de 63 pisos, al lado del One Thousand Museum de Zaha Hadid, en el Downtown de Miami. La compañía no solo obtuvo el permiso para demoler el viejo Biltmore (que al fin y al cabo no tenía una denominación histórica oficial), sino que también consiguió licencia para pasar de 18 a 60 metros de altura, con lo que saltaría de diez a casi veinte pisos.

Al final pasó lo de siempre: los opositores fueron bajando la voz, el presunto engaño quedó solo como una anécdota y el interés por el nuevo proyecto fue creciendo. En las primeras imágenes que empezaron a circular, el futuro edificio se veía hermoso.

Pero hubo algo que hizo que los residentes de Champlain Sur empezaran a preocuparse. Los impulsores del proyecto tenían entre sus planes adueñarse de la 87th Terrace, la franja que había separado durante décadas al hotel Biltmore del condominio (y a Surfside de Miami Beach). Querían más metros para construir. El espacio público no se puede vender, pero hay una figura legal que funciona de maravilla: el ayuntamiento lo puede «dejar vacante». Eso fue lo que hicieron. A cambio, los inversionistas entregaron una «contribución voluntaria» de 10.5 millones de dólares.

La 87th Terrace iba a pasar de tener 15 metros (50 pies) de ancho a tener tan solo 3 metros (10 pies). En la práctica, iba a desaparecer.

* * *

A veces, en el departamento del piso 10 de la torre Champlain Sur, Bonnefoy avanzaba con algunos apuntes de lo que empezaba a ver como sus memorias. En esos escritos mencionó que en la embajada de Chile desarrolló una relación estrecha con Orlando Letelier.

Si algo resume el espíritu de las negociaciones por el cobre es la impotencia de Letelier al tratar de dar argumentos. El embajador chileno pedía a los delegados estadounidenses hacer un «esfuerzo de imaginación» para aceptar la lógica expropiadora de Chile y sus leyes, y así superar un *impasse* que estaba provocando daños económicos a un país entero.

Pero quien tiene la sartén por el mango y siente que una ley le favorece, no se pone a «imaginar». No tiene por qué. Los tratados internacionales llevan implícita la interpretación del más fuerte; para la parte débil, «interpretar» es desacatar, cruzar la línea. O sea, una operación de alto riesgo.

El fuerte solo acepta «usar la imaginación legal» cuando se trata de sortear prohibiciones. Ahí se ve cómo la ley, que parecía tan clara, se vuelve flexible y ambigua. Como cuando una constructora millonaria que hace un edificio de trece pisos declarando doce (porque el último «no es un piso»). O como cuando una corporación no compra un terreno municipal (porque no se puede), pero consigue pagar para que lo dejen «vacante».

Con el golpe de Estado, detuvieron a Orlando Letelier, que había retornado a Chile cuando fue nombrado ministro de Defensa. Lo encarcelaron. Lo mandaron a un campo de concentración en la zona más austral y helada de Chile, junto a otros presos políticos. Salió al exilio a Venezuela y de ahí fue a vivir de nuevo a Washington D. C. En la capital de Estados Unidos se volvió un incansable activista contra la dictadura y denunció sus crímenes en todos los foros que pudo.

Como muchos, buscaba caminos para restaurar el Estado de derecho y devolver la democracia a su país. Lo persiguieron. Le quitaron la nacionalidad chilena. Pero eso no fue lo peor.

En septiembre de 1976 el auto de Letelier estalló afuera de su oficina por obra de la policía secreta de Pinochet. Murió en segundos.

Bonnefoy vivía en la misma ciudad. La noticia fue devastadora para él. El nuevo régimen *de facto* era capaz no solo de torturar hasta la muerte a su primo Alberto por oponerse al golpe, sino también de eliminar a un enemigo político incluso si este vivía a pocas cuadras de la Casa Blanca.

Para entonces, Bonnefoy había vuelto al derecho comercial en una empresa de telecomunicaciones. Luego, pasaría al Fondo Monetario Internacional. Estaba lejos de la Historia y sus ajetreos, pero tenía tranquilidad económica. Años más tarde, al decidir su retiro anticipado, vio claramente el futuro: una existencia calmada con vista al mar, llena de viajes por el mundo, con la mujer de su vida.

Un espejo en el techo, sobre la mesa de comedor, para mirar hacia arriba y reír juntos.

Un tablero de ajedrez siempre abierto junto al balcón, con sillones rojos listos para recibir a los contrincantes.

* * *

La noticia de la reducción del tamaño de la 87th Terrace afectaba directamente a la torre Champlain Sur. Porque implicaba que las obras del edificio nuevo se harían mucho más cerca, a solo 3 metros del muro de la piscina. La ciudad había vendido —aunque técnicamente no fuera una venta— el espacio que separaba y protegía la torre de esas máquinas gigantes.

Los ejecutivos de Terra actuaron con un ímpetu constructor propio de quien tiene suficiente para entregar 10.5 millones de dólares «voluntariamente» a la autoridad. Obraron con la urgencia de quien ve esa zona como una tierra prometida, con potencial. De hecho, lo era. Unas cuadras más allá, en Collins, en esa misma época se empezaba a construir el edificio Arte, una suerte de pirámide moderna donde se mudó Ivanka Trump, y donde, por primera vez en la ciudad, se abrió la posibilidad de comprar departamentos con criptomonedas.

No iban a guardar las formas ni ser sutiles. Según la demanda que luego interpusieron los propietarios de la torre Champlain Sur, de los métodos de instalación de pilotes (esas estructuras profundas que se insertan en el suelo y que asientan el terreno para una construcción), los constructores eligieron el más barato y nocivo. La construcción moderna permite colocar pilotes por medio de una estructura helicoidal (una suerte de tornillo gigante que entra, gira y va sacando tierra). Su principal ventaja es que produce vibraciones mínimas y, en consecuencia, hay menos ruido y menos riesgo de deterioro en los terrenos vecinos. Pero Terra prefirió la clásica tablestaca: enormes tejas de metal que para incrustarse en la tierra necesitan presión y martilleo con maquinaria pesada. El resultado de esta elección no fue sutil.

En 2016 toda la torre Champlain Sur empezó a sentir las vibraciones. En los pisos más altos, estas generaban un pequeño movimiento en las ventanas; pero en los pisos más bajos se sentían auténticos temblores que hacían caer objetos de mesas y repisas.

Con los remezones se confirmaron los temores de Alberto Manrara, que vivía en el piso 6 y cuyo balcón daba justo al lado del nuevo proyecto. Manrara había declarado en un consejo vecinal que con la reducción de la 87th Terrace perderían el «*buffer*» que hubiera reducido el impacto de una obra vecina de tal magnitud. Steve Rosenthal, del piso 7, estaba en el gimnasio del segundo piso cuando el suelo empezó a moverse, y por poco se cae de la máquina caminadora (tuvo que sujetarse con las manos).

Pero nadie se preocupó tanto como los residentes del 404, Mihai Radulescu y Maria Popa. Él, ingeniero retirado, había sido parte del Departamento de Energía de Long Island. Ella era profesora de ciencias. Ambos provenían de Rumania. Los Radulescu, él de 77 años y ella de 74, sentían los temblores todos los días: de pie, sentados, acostados en la cama. Mihai

Radulescu era el tipo de hombre que jamás sobornaría a un oficial, pero sí creaba muchos CD con música seleccionada para regalar a los trabajadores municipales. Cuando los Radulescu encontraron una grieta en la pared del balcón se alarmaron. En marzo de 2016 Maria le escribió una carta al jefe de construcción de Terra. Su inglés nunca dejó de ser imperfecto: «Estamos preocupados por los TEMBLORES diarios en nuestro departamento [...] No es justo: por hacer su trabajo nuestro edificio resultará dañado, y los residentes estarán en peligro de que las paredes de sus departamentos sean destruidas».

Los gerentes de la obra recibían los *e-mails*, pero no resolvían los problemas. Terra mandó a instalar medidores de vibración. Los usó solo en horas específicas y, aun así, según los documentos anexados a la demanda, los resultados arrojaron que la vibración excedía las 0.5 pulgadas por segundo (según estándares industriales, superar esa cifra aumenta la posibilidad de causar daños en áreas cercanas). La demanda de los propietarios sostiene que, a pesar de estos indicios, la empresa no hizo un monitoreo de los posibles efectos en la torre. A eso se sumaron algunos trabajos de afirmación del terreno y secado del subsuelo. La incomodidad por la obra se volvió un problema para el condominio: era el principal tema a tratar en las reuniones de propietarios.

Según el análisis de Morabito, las obras de reducción de la 87th Terrace, que se reemplazó por un corredor estrecho, afectaron también el muro adyacente de la torre Champlain Sur, que era justamente la de la piscina del edificio.

Para los residentes del edificio, era claro que la construcción de al lado estaba provocando inconvenientes. Lo que no se veía aún era un problema adicional: las posibles debilidades propias de la torre Champlain Sur. Las fallas de construcción y las consecuencias estructurales que esto pudo provocar a lo largo de más de treinta años.

Un edificio gigante y moderno se construía demasiado cerca de una estructura que se erigió demasiado rápido, con un piso de más y sin una verdadera inspección estructural, con el apuro del lucro y con la ausencia de escrúpulos propia de la Miami de 1980. *Bullies* del pasado. *Bullies* del presente.

* * *

La veinteañera que vivía en la clandestinidad cuando torturaron y mataron al primo Alberto era su hija Michelle, sobrina de Claudio Bonnefoy. Tiempo después la DINA —policía secreta de Pinochet— la detuvo. La sometieron a tortura psicológica y la encarcelaron. Logró salir al exilio. Volvió a Chile en 1979 e inició una carrera política que la llevó a apoyar el plebiscito por el fin de la dictadura y, años más tarde, a ser candidata a la presidencia, en 2006. Ganó las elecciones, convirtiéndose en la primera mujer presidenta de su país. Pascale dice que a Claudio pocas cosas lo hicieron tan feliz como la victoria de Bachelet. Hasta conservaba la camiseta y la taza de la campaña electoral.

Durante uno de sus viajes a Chile, Claudio y María estaban caminando por el centro de Santiago y él le señaló el hotel Crillón, que ahora estaba convertido en una tienda Ripley. Le había contado la historia del crimen del que fue testigo en su temprana juventud. Ese era el lugar: cinco disparos que sobresaltaron a todos.

A María le impactó mucho la anécdota que había acompañado a Claudio toda la vida. Por eso, cuando tomó un taller de escritura, el hecho la inspiró a escribir un relato desde el punto de vista de la mujer. «Busqué en mi cartera, saqué el revólver y disparé cinco veces al amor de mi vida», se lee en su texto. Empeñosa en todos los cursos en los que se metía, María redactó, además, otra versión de la historia: una desde el punto de vista del hombre que, esa tarde, no sabía que iba a morir.

Ponerse en el lugar de los otros era la especialidad de María. Pensar en otros puntos de vista y perspectivas. Luego de comprarse un dron, pudo ver las cosas desde el cielo, como los pájaros.

* * *

Hacía un sol espléndido desde el amanecer.

María Obias hizo volar su dron para tomar lo que podían ser las últimas imágenes de la torre Champlain Sur, su hogar, antes del huracán Irma. El dron capturó con su cámara el mar, la arena, el jardín del condominio, donde se celebraban las fiestas, la piscina y la terraza que la circundaba, la jardinera larga cerca a la reja, con aralias verdes y amarillas; seis palmeras medianas encima de sus respectivos maceteros. Esos maceteros habían permanecido ahí desde 1981. Constituían uno de los atractivos del espacio. ¿Quién no quiere tener palmeras en la piscina?

Pero sería necesario que las retiraran en poco tiempo.

En medio del problema de la construcción del Eighty Seven Park, que implicó el envío de *e-mails* con quejas e incluso conversaciones con abogados, apareció un asunto apremiante: la certificación por los 40 años. En Florida, al llegar a las cuatro décadas, todo edificio debe pasar por la inspección de un ingeniero estructural que corrobore la buena salud del inmueble. Si hay indicaciones sobre problemas o daños, deben hacerse las obras necesarias para solucionarlos. La torre Champlain Sur, inaugurada en 1981, se acercaba a ese momento. Los propietarios le encargaron el trabajo a la firma Morabito Consultores, que entregó su informe en 2018.

El informe Morabito resultaría una caja de sorpresas. Como un cuarentón descuidado que va a hacerse análisis luego de haber evadido controles de rutina por años, el diagnóstico arrojó una serie de problemas que requerían una acción rápida.

Y uno de los puntos críticos era la zona de la piscina.

La piscina donde la modelo Cassondra Stratton, del cuarto piso, tomaría el sol y se haría *selfies* al inicio de la cuarentena; donde Lorenzo, el niño del quinto piso, aprendería a nadar con su padre, Alfredo, y donde se juntaría con su amiga del balcón de al lado, la pequeña Stella. La piscina de los niños. Siempre había niños en el edificio.

El piso que rodeaba la piscina no se encontraba en buen estado. El agua había ingresado por entre las baldosas durante años. De las losetas pasó al concreto; del concreto a las varillas interiores, y de ahí a las columnas del estacionamiento (que estaba debajo), varias de las cuales aparecían agrietadas en las fotos del informe.

Las fallas de impermeabilización [en la terraza que bordea la piscina, el camino de entrada y las jardineras] están causando gran daño estructural en las losas de concreto debajo de estas áreas. Si no se reemplaza el impermeabilizante en un futuro cercano, el concreto seguirá deteriorándose a un ritmo exponencial.

El informe sugirió, como primera medida, retirar las palmeras: el peso era mayor al recomendable. La estructura, ya afectada por la filtración, estaba sufriendo esa carga. Además, las raíces estaban rompiendo el concreto y las tuberías, lo que empeoraba todo.

También se señalaba que esos problemas se habían generado, en parte, mucho tiempo atrás. No diez ni veinte años antes. Era una clamorosa falla del diseño original. El piso de la terraza se había construido plano cuando debió tener un ligero declive para que el agua corriera. Eso dejó empozar el líquido, que con el tiempo se traspasó hacia el concreto y las varillas, que formaron óxido, se hincharon y quebraron la estructura, produciendo fisuras por donde entró más agua, generando más óxido y daño. El informe Morabito señala la responsabilidad con nombre propio: William Friedman, el arquitecto gris, el de la licencia suspendida por el letrero que salió volando.

Por primera vez los propietarios tuvieron un diagnóstico que les permitía entender las causas estructurales de las goteras en el sótano, un problema que se registraba desde los primeros años del edificio, y que nunca pudo solucionarse satisfactoriamente.

Morabito había determinado el deterioro del concreto, pero sin encontrar en ello una razón de alarma. De hecho, era solo uno entre los problemas que recomendaba abordar (otros eran el estado crítico de los balcones y la impermeabilización deficiente del techo).

La intervención serviría también, justamente, para determinar la gravedad del daño estructural.

En un primer cálculo, Morabito estimó que los trabajos costarían 7 millones de dólares. Allí empezaron los problemas.

¿Por qué tantos propietarios se oponían a pagar? Por varias razones. Porque nada de lo que aparecía en el informe era enunciado como urgente o apremiante debido a algún peligro en la estructura. Porque ya habían pagado una cuota extraordinaria antes, en 2016. Fue un millón de dólares para remozar el *lobby*, cambiar alfombras y cornisas interiores, reemplazar las cerraduras de las puertas (el cuarentón, que no se había hecho análisis elementales del colesterol, se había gastado un dineral en una rinoplastia). Ese millón de dólares para trabajos que apenas empezaron —y que hablaban de la incompetencia de quienes estaban a cargo—, generó una gran desconfianza. Ese sentimiento que bien conocía Bonnefoy y que para él era muy característico en Miami: el de levantar una ceja cuando un contratista entrega una cotización con una suma enorme.

Elena Blasser, del piso 12, era de las que más había sentido ese malestar. Maestra jubilada, había pagado 60 mil dólares en esa primera e inútil cuota extraordinaria. Ahora se enteraba de que debía pagar 120 mil dólares más.

Claudio Bonnefoy tenía todos los comunicados que llegaban del *board*. Era consciente de los cobros elevadísimos que no parecían justificados (las obras nunca fueron descritas como medidas urgentes). Dulce Obias dice que, si hubo algún propietario que leyó todo lo que decía allí, era él. Pero tampoco pareció ver nada inquietante.

El bello edificio no era un buen lugar para pensar cosas malas. Hasta 2021, el mayor motivo de conflicto en toda la historia de Surfside había ocurrido en 2014, cuando la construcción de un hotel en el terreno del Club de Surf provocó que se culpara al club y a los inversionistas de contaminar la playa con partículas que oscurecieron la arena; los responsables tuvieron que traer toneladas de granitos beige —a un costo de 4 millones de dólares— y así apagar el escándalo que ya había llegado a la prensa. Surfside es un remanso. Lo normal es que un edificio en este lugar sea una especie de paraíso.

Pero cuando los gritos en las juntas de propietarios, en la sala de reuniones, en el primer piso, empezaron a ser tan fuertes y continuos que se oían desde el *lobby* de entrada, quedó claro que al menos esta parte del paraíso se había convertido en un pequeño infierno. Lo peor era que ahora había dos problemas: la construcción de enfrente y una recertificación que costaría una fortuna.

Los propietarios se dividieron en dos facciones, según su posición respecto a pagar o no la cuota extraordinaria: pro *special assessment* y contra *special assessment*.

Para aumentar el estrés, después de años de quejas por vibraciones, ruidos, caída de desechos plásticos en el área de la piscina, los directivos de la construcción de al lado decidieron dar una solución definitiva a los vecinos del «viejo» condominio. Lo hicieron muy a su estilo: ofrecieron 400 mil dólares para dar por terminado el tema.

Pero había un detalle: la forma en que se materializó ese arreglo fue un contrato secreto que se firmó con algunos miembros del *board*, sin revelarles el contenido a los demás propietarios. El acuerdo: les darían el dinero, pero a cambio los propietarios se comprometían a nunca decir nada contra la construcción. Cualquiera que filtrara información, tendría que pagar una penalización de 100 mil dólares. Eso provocó una nueva disputa interna. ¿Quién había decidido un acuerdo de esa naturaleza? ¿Se daban cuenta de lo que podía ocurrir? Había miedo, aprensión, propietarios que desconfiaban unos de otros. Había quienes querían aceptar, tomar el dinero y con eso ayudar a pagar las obras de refacción. Pero otros pedían no hacerlo de ninguna manera. «¡Ellos vienen por nuestra tierra, eso es lo que ellos quieren, han pagado 65 millones de dólares, nada los va a detener!», dijo a gritos Joseph Blasser del piso 12 —esposo de Elena Blasser— en una de las reuniones. Y aunque minutos después se disculpó, su voz resumía bien el sentir de muchos.

En desgobierno absoluto, algunos propietarios tuvieron una idea. Fueron a buscar ayuda de alguien que, por su personalidad y presencia, podría conseguir lo imposible: encontrar concordia, un punto medio y el consenso para tomar las decisiones necesarias. Una mujer juiciosa y cauta, a la que todos querían. La que sabía llegar a los demás, ponerse en el lugar de otros: María Obias, del piso 10.

Cierto. María, la generosa Maricoy, siempre estaba dispuesta a ayudar a los demás. Pero no era tonta. «Ese *board* era una bolsa de gatos», dice Pascale Bonnefoy. No aceptó.

El martes 15 de junio de 2021 Claudio y María cumplieron treinta años de casados. Lo peor de la pandemia había pasado. Salieron a cenar para celebrar su aniversario. Ella con un vestido rojo de verano, collar de piedras, los hombros descubiertos. Él con su pinta habitual de jubilado: camisa con el cuello abierto sin corbata, y una chaqueta ligera. Ese domingo, el señor Bonnefoy recibió una videollamada de Pascale y sus otras dos hijas. Era el Día del Padre.

La noche del martes 22 de junio Elena Blasser llamó a su hijo Pablo Rodríguez para contarle que acababa de oír ruidos en el edificio, como crujidos o golpes internos. Rodríguez le respondió que no se preocupara y tratara de dormir.

La madrugada del 24 de junio las resistencias se quebraron.

El piso que bordeaba la piscina —tras décadas de filtraciones, hinchazón de fierros y deterioro del concreto— finalmente colapsó y se hundió en pedazos en el estacionamiento. Sin esa parte del plano de concreto, algunas columnas de esa área del edificio quedaron más largas, más delgadas y enclenques, menos firmes; propensas a curvarse por la física elemental de la distribución de fuerzas. «Pandearse» es el término que usan los ingenieros. Las columnas se pandearon. Resistieron las del lado del estacionamiento de visitas, las que podían verse bajo los balcones de los departamentos terminados en 09, pero no las de la zona central.

Una vez quebradas esas columnas, trece pisos de concreto y acero perdieron el punto de apoyo.

Los Bonnefoy estaban en casa.

* * *

Varios tableros de ajedrez en las repisas. Uno abierto, en la mesita de vidrio junto al balcón, con sillones rojos a los lados, vacíos para cuando llegaran los contrincantes. La hora se acercaba.

Tic, tac, tic, tac, tic, tac, tic, tac.

Los departamentos terminados en 01, en el frente más cercano al mar, tenían la escalera de emergencia al lado, a menos de un metro de la puerta principal. Estas unidades (junto a las terminadas en 12, las del balcón de al lado) fueron las últimas en caer. Luego del desplome de la primera sección —la de en medio—, pasan seis segundos en los que esos departamentos, más cercanos a la playa, bailan como una torre de Jenga que no da para más. Uno se pregunta si alguien llegó a reaccionar en ese lapso y pensó en salir a la escalera de escape. ¿Cuánto toma levantarse y correr desde la habitación principal, avanzando hasta la salida por el pasillo que bordea el baño? Eran unos 5 metros. La pared del departamento, de hecho, era la pared de la escalera, solo había que salir y dar la vuelta. De todos modos, si alguien lo logró, no sirvió de nada. La escalera caería con todo lo demás.

Steve Rosenthal, cuyo departamento estaba en el frente opuesto (el de la avenida Collins), abrió su puerta, sobresaltado. Desde allí, por lo general podía ver los 30 metros del corredor —al fondo, la puerta de Nancy Levin, una de las residentes más antiguas—, pero ahora todo se había convertido en escombros. Se quedó atrapado en el departamento y tuvo que esperar a los bomberos para salir por el balcón, con ayuda de una grúa.

Alberto Manrara, el que advirtió que con la modificación de la 87th Terrace perdían un *«buffer»* de contención, no estaba en el edificio: había vendido su departamento del piso 6, justo dos meses antes, por 735 mil dólares. Según declaró a Univisión la corredora que vendió la unidad, nadie les informó ni a ella ni a su clienta sobre el enorme gasto del *special assessment* para las refacciones. «Nos dolió que nos engañaran», dijo.

Joseph Blasser, del piso 12, quien advertía a gritos sobre el peligro que representaba la construcción de enfrente, estaba en Panamá. Horas después del colapso contestó la llamada de Susie Rodríguez. «Gracias a Dios estás bien», le dijo ella. «No, no estoy bien», respondió él. Estaba de viaje, pero su esposa Elena se había quedado en el departamento. Ella tenía un Apple Watch con alerta de caída. Pero nadie había recibido la señal.

Los Radulescu, Mihai y Maria, el ingeniero y la maestra de ciencias, los jubilados racionales y sensatos que iban a la iglesia ortodoxa todos los domingos y que sintieron el peligro antes que nadie, se quedaron en casa esa noche. Su departamento era el 404, en el cuarto piso, justo encima del matrimonio de colombianos que tenía una hija DJ. Como ocurre en los 04 —de los que colapsó solo la mitad—, los Radulescu se hubieran salvado si en ese momento hubieran estado en la cocina, en la sala, o incluso en el segmento del balcón que da a Collins. Pero a esa hora la gente duerme.

En el departamento de al lado (el 405) estaba el gato Coco con su dueña. Salvo el susto, estuvieron bien luego del suceso, porque su unidad estaba en la parte que no colapsó, con vista a la avenida Collins. Cuando la grúa se acercó al balcón a rescatarlos, la dueña tomó al animal, pero el bombero le gritó que debía dejarlo. Ella tuvo que obedecer.

Dicen que vieron al felino los primeros días, desde la avenida, como un espectro de ojos amarillos deambulando entre los balcones. Vecinos de buen corazón le tiraron bolsas de comida a la terraza al elegante tuxedo. Pero no se supo más de él. La dueña quiso subir a buscarlo luego; al fin y al cabo, era la sección que no se había caído y parecía firme. Sin embargo, las autoridades no le permitieron que consumara esa locura de amor.

Desde entonces, la mujer coloca una y otra vez avisos con la fotografía de su gato.

* * *

La avioneta con la bandera promocional de Lock & Load se pierde hacia el norte; se vuelve pequeña. *Shoot machine guns*, dice en la tela que ondea. En ciertos postes de la playa hay más fotos del gato Coco. Recompensa: 3 500 dólares.

La 87th Terrace ya no existe y es como si nunca hubiera existido, tragada por el muro del impresionante Eighty Seven Park, al sur, que solo deja espacio para un corredor sin gracia, muy limpio. El otro muro del corredor está cercado. Pertenece a lo que fue la torre Champlain Sur y es parte del sitio del desastre: la pared de la piscina.

Nueve días después del colapso encontraron los restos de María Obias y Claudio Bonnefoy. Estaban juntos. Se presume que dormían en su habitación.

Para entonces, Pascale no guardaba esperanzas de que los encontraran con vida. Pero le tocó estar en las concentraciones de los familiares en el Community Center, donde la fe persistía. Escuchó preguntas de esas que uno no se puede sacar de la cabeza: ¿cuánto tiempo sobrevive alguien sin agua?

Examinando lo que quedó del edificio colapsado se pudo saber otras cosas sobre el diseño de la torre Champlain Sur, terminada en 1981. Había más fallas de origen además del diseño de la terraza. Las columnas que quedaron expuestas, con restos del metal interior, mostraron aspectos que los ingenieros estructurales consultados por el *Miami Herald* y el *New York Times* identificaron en su análisis. En ciertos puntos, el grosor de las varillas de construcción era menor al reglamentario. En otros, había muy poco concreto para la cantidad de varillas de acero. Se habló mucho y muy mal del arquitecto en esos días. Pero en los análisis se comprobó que varias cosas no eran culpa suya. Faltaban columnas que sí estaban en los planos. Faltaban vigas de refuerzo que debieron ponerse, pues estaban previstas.

Surgieron preguntas que persisten: ¿qué causó el colapso? ¿Fueron los constructores turbios y las negligencias cometidas en 1980? ¿Fue la construcción vecina y lo hecho entre 2016 y 2019? ¿Fue la fatal combinación de las dos cosas?

Para Susie Rodríguez, no hay ninguna duda de la responsabilidad de la gigantesca construcción de al lado.

—Ellos deben pagar por lo que hicieron. Noventa y ocho bellas personas murieron —dice.

Sus argumentos son parte de la demanda colectiva presentada en 2021 por los propietarios de la torre Champlain Sur contra Terra Group.

Dulce Obias dice que, además de la muerte de una hermana que era como una segunda madre, lamenta que se hayan perdido los discos duros donde María guardaba la colección de fotos de sus viajes por todo el mundo. Perdió toda esperanza de que se salvaran esas y otras pertenencias cuando supo que no habían podido recuperar la caja fuerte. Pensó: Claudio no hubiera comprado cualquier caja fuerte, y si esta no pudo resistir, entonces todo lo demás con seguridad se destruyó.

También los tableros de ajedrez con alfiles y torres y reinas, también los sillones rojos para los contrincantes, también el dron de Maricoy.

Solo una cosa quedó intacta del hombre que calculó que hace diez años ya estaría muerto por culpa de su corazón: el marcapasos de níquel, que llevaba dentro y le permitía sonreír,

analizar, calcular los finos saltos en L del caballo sobre el tablero. Ver el futuro, aunque el futuro insista en ser algo distinto.

En el piso 10 hubo lugar para eventos sobresalientes. En el
departamento de al lado de los Bonnefoy, justo pasando la puerta a la escalera de emergencia, el chico de quince años que
vivía ahí sobrevivió al desplome y horas más tarde pudo sacar
la mano por encima de los escombros. El brasileño Erick de
Moura, del 1004, iba a volver al edificio esa noche, pero se
quedó viendo el partido de Colombia contra Brasil por la Copa
América en la casa de su novia. Ganó Brasil, así que decidió
pasar la noche con ella.

El piso 10 tenía más gente que de costumbre aquel miércoles 23 de junio. La puerta del 1010, al lado de los Mora, un
departamento que recientemente había cambiado de dueños y
que solo estaba ocupado por temporadas, se abrió esa mañana.
Entraron seis personas con sus maletas: una pareja de esposos,
sus tres hijos pequeños (dos niñas y un niño) y la joven niñera
que los acompañaba. Venían de Paraguay.

†

8

LEIDY LUNA EN EL PARAÍSO (FISCAL)

Cansada por el viaje —su primer viaje en avión, que había durado más de nueve horas—, Leidy Luna se asomó a la ventana de la habitación en la que iba a dormir: a su izquierda, pudo ver el barandal de hierro del balcón que daba a la sala del departamento —y los de los balcones de los pisos de abajo, el edificio en perspectiva—, una fracción de la piscina de la primera planta y, al fondo, la playa inmensa, el sol que aún no estaba muy lejos de la línea del horizonte a esas horas de la mañana. Tenía suerte. La habitación secundaria donde estaba ella, con dos camas individuales tipo *twin* que se desplegaban enteras desde la pared, tenía mejor vista que la habitación principal con baño y jacuzzi, donde dormían los patrones.

El cuarto de Leidy, la niñera, estaba más cerca al mar. Y ella nunca había visto el mar.

—*Avy' aeterei aimehaguére ko'ápe* —exclamó en guaraní, en un mensaje de voz. Una frase común en Paraguay. Lo mismo dijo el futbolista Federico Santander cuando llegó a Italia para cumplir su sueño de jugar en la poderosa Serie A. Una traducción aproximada sería: «Estoy extremadamente feliz de estar aquí». Aunque el grado superlativo que contiene *aeterei* es tan grande que resulta intraducible.

Dicen que Leidy se la había pasado contando en voz alta los días que faltaban para el viaje —el viaje inesperado, un sueño, una fortuna—. Primero, tres. Luego, dos. Luego, uno. Y esa mañana, el día llegó.

Ahora miraba la playa de Surfside desde el décimo piso. Era miércoles 23 de junio de 2021.

* * *

Algunos edificios residenciales son como pequeños países problemáticos: tienen elecciones, crisis económicas, presidentes que renuncian antes de cumplir el mandato, deudas impagables, acusaciones de corrupción, contratos mal negociados… golpes de Estado.

Desde mediados de 2019, en la torre Champlain Sur existía una sensación de cuenta regresiva. La presión empezaba a sentirse. El conteo tenía como punto final el año 2021. Y no es que alguien haya presagiado el desenlace terrible, simplemente, ese año el edificio inaugurado en 1981 cumplía cuatro décadas. La recertificación de ley, que en algún momento se pensó como un simple trámite, iba a requerir obras de reparación invasivas y costosas. Había un problema serio: grietas en las columnas del sótano, que indicaban una posible corrosión de las varillas interiores, por culpa del empozamiento de agua en el piso que rodeaba la piscina. El presupuesto se incrementaba. Era demasiado dinero de golpe. ¿Cómo pagarían en tan poco tiempo? Sin esos trabajos, la recertificación iba a ser imposible.

Tic, tac, tic, tac, tic, tac, tic, tac.

A veces, frente a un problema demasiado grande, la respuesta es la parálisis total.

Graciela Escalante había llegado al edificio en 2018 y quiso ayudar. Tenía experiencia como corredora de bienes raíces y era funcionaria de construcción *(building official)* en Bal Harbour (un distrito ubicado al norte de Surfside). Empezó a sostener conversaciones con otros propietarios que coincidían con ella en la necesidad de actuar rápidamente. Por ejemplo, su vecino del departamento de al lado en el piso 10: Juan Mora, veterano de Bahía de Cochinos y expreso político cubano, y su esposa, Ana; Susie Rodríguez, del piso 7, quien había retornado al edificio después de años y no estaba de acuerdo con la forma en que se manejaban las cosas; y Elena Blasser, del piso 12, mujer enérgica que andaba siempre con un Apple Watch en la muñeca. Eran un grupo diverso y casi todos hablaban español. Empezaron a juntarse para conversar sobre lo que ocurría en la administración del edificio. Cuando llamaron a un abogado, ya estaba claro que lo suyo era una conspiración para tomar el poder.

La noche del jueves 3 de octubre de 2019 dieron el golpe.

La reunión, como siempre, tuvo lugar en el Salón de Recreo, que se encontraba en el primer piso, entrando por el *lobby* a la izquierda: una habitación con sillas, mesas, sofás largos y ventanas con vista a la piscina del hotel Bluegreen Solara. Escalante pidió la palabra ni bien empezó la sesión, y no se detuvo a pesar de las interrupciones. Irradiaba confianza por su claridad y decisión. Su mensaje se resumía así: el edificio estaba mal manejado, no se actuaba en beneficio de los propietarios, se ocultaban cosas, y ya era tiempo de un cambio de rumbo.

Escalante asumió la presidencia interina de la Asociación de Propietarios esa noche. El grupo al que ella representaba estaba convencido de que las juntas directivas anteriores habían cometido irregularidades. Lo más grave era una negociación secreta con los dueños del Eighty Seven Park, el flamante edificio vecino, para dejar atrás todos los conflictos causados durante la construcción, a cambio de un pago de 400 mil dólares. El acuerdo pactaba una suma irrisoria e incluía una cláusula de confidencialidad, en la que se aseguraba el silencio de los propietarios, quienes no podrían referirse públicamente a la construcción vecina (quien lo hiciera, tendría que pagar una multa de 100 mil dólares).

Además del asunto del edificio de al lado, la administración había fallado en dar los pasos necesarios para empezar los trabajos para la recertificación por los 40 años.

Habían sido años de inacción y caos. Nadie asumía la responsabilidad. Cuando Anette Goldstein, la anterior presidenta, renunció, lo hizo a través de una carta en la que exponía sus excusas: eran las disputas de egos las que impedían tomar decisiones vitales para el edificio, y las acciones ya decididas se trababan por raptos de desconfianza. El estrés era demasiado grande. La presión crecía. Era mejor dar un paso al costado. El vicepresidente, Raymond Urgüelles, del piso 2, no quiso tomar el lugar de la renunciante Goldstein. De ahí siguieron varias renuncias. Renunció Nancy Levin, del piso 7, quien había vivido en el edificio desde su inauguración, en 1981. Renunció la tesorera Maggie Manrara. Renunciaron tantos que ya nadie llevaba la cuenta.

Mientras tanto, los pasillos del edificio se llenaban de cuchicheos. Graciela Escalante, los Mora, Susie Rodríguez y Elena Blasser, quien prestaba su sala del piso 12, se juntaban a conversar.

Esa noche, el 3 de octubre de 2019, lograron su primer objetivo. Escalante fue elegida presidenta y dio un discurso cargado de realismo, pero también de optimismo, que fue aplaudido por la concurrencia. Sí, era posible hacer que la torre Champlain Sur recuperara su brillo pero había trabajo por hacer: las obras para la recertificación debían completarse —explicó Escalante— porque solo así podrían tener un edificio «estructuralmente sano» y una propiedad mucho más valiosa. Y había algo más. El enorme edificio de al lado había sido un dolor de cabeza y había asuntos pendientes con él, pero tenían que admitirlo: había quedado espectacular. El precio por un departamento simple allí llegaba a los 11 millones de dólares. Eso subiría automáticamente el valor de la zona, y de todos los departamentos de las torres.

El futuro de Champlain Sur se veía hermoso.

Pero el ímpetu no duró mucho o se estrelló de golpe con la realidad. Y la realidad era que a muchos propietarios no les hacía gracia pagar entre 80 mil y 200 mil dólares para seguir en su hogar de siempre; no todos tenían esa visión de agente inmobiliario o el espíritu de apostador que sí tenían personas como Graciela Escalante y Susie Rodríguez. Para empeorar las cosas, la cotización de los trabajos seguía subiendo (llegaría a 15 millones de dólares). ¿Qué ganas de pagar podrían tener los propietarios que superaban los 70 años? Hubo gritos en las reuniones, cuchicheos en los pasillos y una nueva facción: la de aquellos residentes que se negaban a pagar. En medio de ese trance, cada nueva inspección del consultor concluía que el daño estructural era más serio de lo previsto.

No, no duró mucho el entusiasmo. El 15 de diciembre de 2019 Graciela Escalante presentó su renuncia argumentando problemas de salud. El grupo de vecinos que tomó el poder con brío se había resquebrajado por diferencias en la elección de ciertos contratistas.

Marcelo Peña, otro renunciante, dijo al retirarse: *«This building is falling apart»* (Este edificio se está desmoronando). Se sabe que no lo decía literalmente, pero sí mostraba una preocupación por un informe estructural que llamaba a tomar acción con rapidez. ¿Hasta qué punto notaron el peligro? «Alguien puede resultar seriamente herido», añadió Peña. Desde el siglo anterior, en los delgadísimos pisos de los balcones del edificio habían aparecido grietas, y que se desprendieran trozos pequeños de concreto no era algo inusual. ¿Era esa la catástrofe imaginada? ¿Un balcón entero desplomándose?

Tic, tac, tic, tac, tic, tac, tic, tac.

La cuenta regresiva no tenía como final una tragedia prevista, pero sí un hecho catastrófico para los cálculos: la devaluación irremediable de la propiedad.

Escalante hizo algo previsible tratándose de una corredora inmobiliaria. Luego de renunciar a la junta directiva, puso su departamento del piso 10 a la venta.

No fue la única. El departamento que estaba justo debajo del suyo también se vendería tiempo después. La unidad del fondo del corredor, entre los Mora y los Bonnefoy, se había vendido ese año por más de un millón de dólares. Trece ventas se efectuaron en los ocho meses anteriores a junio de 2021 (antes de eso se vendían tres unidades al año). Otros propietarios ya habían decidido vender, pero no llegaron a publicar el aviso.

Tic, tac, tic, tac, tic, tac, tic, tac.

Graciela puso un precio: 649 mil dólares. A mediados de 2020 los interesados empezaron a llegar.

* * *

—Sos una privilegiada —le dijo Eliana a su prima Leidy Luna, medio en serio medio en broma, después de recibir las primeras fotos de Miami.

Leidy sí que tenía suerte. A sus veintitrés años nunca había salido de Paraguay, y la primera vez que lo hacía le tocaba llegar a hospedarse junto a una playa de ensueño, sin pagar pasaje ni alojamiento, con una estadía que iba a prolongarse más de un mes. Era cierto que iba a trabajar pero eso parecía solo un detalle: cuidar al hijo menor de los patrones era lo que hacía en Asunción todos los fines de semana, desde un año atrás. Era un niño rubio, bueno como un ángel, que nunca daba problemas y que a sus tres años le decía «mi Ledi».

Eliana pidió más fotos: El mar. La arena. ¡Todo!

El ambiente se veía muy lindo, aunque Leidy le confirmó que «*haku aeterei*». *Haku*, calor. Ese día la temperatura llegó a los 29 grados centígrados; la sensación térmica era de 35 grados. Tal vez iría a la playa, aunque seguía cansada por el viaje.

Eliana quería vivir cada detalle a través de su prima. No veía la hora en que Leidy entrara al mar —el mar que no conocían—. Habían nacido el mismo año, con apenas unos meses de diferencia, y crecieron juntas en los campos verdísimos de Eugenio Garay. Eran compañeras de fiestas, tomaban juntas el tereré —mate paraguayo—, vivían cerca y se visitaban.

La prima Leidy estaba más bonita que nunca. Le habían quitado los *brackets* (a los que Eliana se opuso, por miedo a que le arruinaran la sonrisa, que era linda) y había bajado de peso. Podría tomar el sol en la playa con tranquilidad y exhibir esos tatuajes que, de solo mencionarlos, a su madre le producían rubor: el de la medialuna con estrella, debajo de la espalda, donde nadie en la casa podía verlo.

Y el del costado derecho del abdomen: cinco pájaros volando.

* * *

La playa de Surfside es pública, pero durante años estuvo tan fuera de los radares, había tan poca gente y el agua era tan cristalina que parecía privada. Con el tiempo llegaron más bañistas, pero esa calma seguía siendo un atractivo no menor.

El primer edificio en el frente costero de Surfside era la torre Champlain Sur y, a pesar de su antigüedad, seguía atrayendo las miradas de quienes caminaban por la costa hacia el norte. La construcción marcaba el cambio de territorio con su carácter y sobriedad —con palmeras y áreas verdes—, distinguiéndose de los edificios altos del sur (fríos, impersonales, gigantescos). La torre tenía solo trece pisos, planos afilados y ventanas de espejo: futurismo a la antigua, hecho con lápiz, regla y compás. Ya no hacían los barandales de los balcones así: de hierro forjado en curvas. Ya no hacían piscinas abiertas con terrazas tan grandes.

Todos los días caminaban por ahí vecinos del barrio, como la italiana Fiorella Terenzi. Terenzi había sido la astrofísica más famosa del mundo a mediados de los noventa. La revista *Time* la definió como una mezcla «de Carl Sagan con Madonna», en 1995, aunque su apariencia recordaba más a Bonnie Tyler. Era una de esas escasas científicas con estampa de estrella pop. Pero lo suyo no era simple parafernalia para hacer la ciencia más popular. El proyecto que la hizo famosa era ambicioso y fascinante: Terenzi capturaba ondas de galaxias lejanas y las traducía en música electrónica, con ayuda de computadoras. Apareció en la televisión interpretando esas melodías cósmicas con su *keytar* (un teclado tipo guitarra como el que usa Lady Gaga), grabó discos. Fue una celebridad extravagante de dos mundos: la ciencia y la música.

Treinta años después, alejada de los escenarios, la doctora Terenzi mantenía el pelo larguísimo, ahora de color plateado, y la postura esbelta de siempre. Vivía en la avenida Collins 8855. La torre Champlain Este.

A mediados de 2020 Terenzi pensó que sería buena idea mudarse a un departamento con vista al mar. Una de sus opciones inmediatas era la torre Champlain Sur, la más bonita del complejo. Fue a visitar una unidad que estaba en venta. Se anunciaba con vista directa al océano.

El departamento quedaba en el piso 10. La dueña se llamaba Graciela Escalante. Vendía el inmueble solo tres años después de haberlo comprado.

Al igual que los agentes de modelos, los agentes inmobiliarios saben que el mercado es implacable: a los 40 años un edificio ya está «viejo».

Pero en el caso de la vivienda, hay dos factores que pueden contrarrestar ese detalle. Lo primero es la vista directa al mar, que es todo lo que mucha gente ha buscado en la vida; la vista al mar que embriaga y ablanda hasta al más duro. Lo segundo es la renovación interior.

Es increíble lo que algunos cambios puntuales adentro generan en el valor de una propiedad antigua. Es una combinación que no falla: renovación interior y afuera un edificio que mantiene su estampa de época; o sea, su vejez *cool*.

Los departamentos de la torre Champlain Sur, por dentro, tenían originalmente paredes color pastel y mueblería de madera labrada, que estuvo de moda en los ochenta y noventa, pero que en estos tiempos hace ver todo lúgubre y cargado. Susie Rodríguez recuerda que cuando compró su unidad en el piso 7, tuvo que emprender una remodelación interior. «Era horroroso, con las paredes verdes», dice.

Graciela Escalante invitó a pasar a Terenzi. Llevaba un pañuelo verde sobre el cubrebocas.

El interior del 1010 había sido remodelado totalmente. El piso de parqué marrón-rojizo brillante fue cambiado por un laminado beige mate. Las paredes, verde pastel, cambiaron al blanco. En el cuarto principal se retiraron los espejos que cubrían la pared del fondo (la pared que colindaba con la caja de ascensores). Los gabinetes de madera tallada, bajo los lavatorios de los baños, fueron reemplazados por otros de MDF blanco, liso y mate. Se colocó granito pulido en las paredes de los baños.

En el cuarto secundario, los módulos en donde se desdoblaban dos camas individuales tipo *twin*, que eran marrones, se pintaron de blanco, y las pesadas cortinas fueron reemplazadas por estores que se enrollaban hacia arriba.

Fiorella Terenzi miró por la ventana.

Vio los barandales curvos del balcón al lado izquierdo. La piscina abajo. El edificio en perspectiva. Y al fondo, el océano azul, una franja turquesa y cristalina en la orilla. Era el segundo cuarto pero tenía una mejor vista que el cuarto matrimonial, que era más grande y tenía *walk-in closet* pero quedaba encajonado por la otra ala del edificio.

No le convenció. Llegaba poca luz y eso haría el lugar muy húmedo (los deshumedecedores en los clósets confirmaron su hipótesis). Además, un amigo suyo que vivía en el edificio, para el lado de Collins, le contó algo que no le advirtieron en su visita: pronto se tendrían que hacer obras considerablemente costosas para obtener la recertificación. Ese amigo era Steve Rosenthal del piso 7, y estaba en la facción de los que se habían opuesto a hacer el gasto.

Pero lo que a Fiorella terminó de espantarla fue recorrer el estacionamiento en el sótano.

Ese interior del departamento todo blanco, renovado con granito pulido y luminarias colgantes tipo bombilla incandescente podía impresionar a otros, pero a ella no. Ya sea por su formación científica o por mera intuición, o las dos cosas, la doctora Terenzi sintió que algo andaba mal. En el departamento, además de la humedad, al asomarse a la terraza había notado que algunos balcones de otros pisos tenían pedazos desprendidos. Cuando bajó al garaje del sótano vio que la cosa estaba peor: la humedad era tal que había deformado la capa de pintura del techo. Había grietas y pedazos caídos. Había columnas con charcos de agua. Calcificación: disolución de sales en el concreto por efecto de la humedad. Corrosión: deterioro del acero interior debido al óxido, por el agua que entra. El hierro se hincha y el concreto se rompe. No quiso ni volver al *lobby* del piso de arriba, donde la esperaba su agente inmobiliaria para terminar la visita. Como si algo la repeliera, salió deprisa por la rampa de los coches. El hotel Bluegreen Solara, más grande a cada paso, quedó en su campo visual.

Mandó un mensaje claro como respuesta: «no estoy interesada».

Felizmente para Graciela Escalante, dos meses después alguien vería el mismo departamento y tendría una percepción totalmente distinta. O tal vez no se detendría en detalles. O quizá la vista al mar deslumbró a los interesados: una de las familias más ricas de Paraguay.

* * *

Miami en verano, sobre la arena al borde del mar. ¿Se imaginó Leidy un viaje así? Por supuesto que no. No tan pronto. Era claro que todo lo que hacía era para disfrutar después, pero primero tocaba trabajar mucho y esforzarse. Terminar la tesis. Encontrar una plaza de enfermera. Y, antes que nada, había que cumplir con todos en casa: su hermano quería ser policía y ella le pagó la escuela. Sus papás querían construir una nueva casa y ella tenía que apoyarlos. Papá y mamá sembraban y cosechaban, y vivían en un equilibro frágil, que podía romperse. Una sequía. Una baja mundial del precio del algodón.

Leidy partía desde abajo.

Sus días empezaban muy temprano. Todas las mañanas se levantaba a las 5:00 y tenía que recorrer 500 metros de un camino de tierra para llegar a la autopista y encontrar algún bus que la llevara a la ciudad. El viaje duraba dos horas. Su casa estaba en las laderas del Cerro Tres Kandú, uno de los principales atractivos del turismo interno de Paraguay, por las impresionantes vistas desde la cima. Pero para ella hacer el viaje largo no era problema ni motivo de molestia. Los que la conocieron la recuerdan llena de ganas, alegre y con una energía contagiosa.

Toda una luchadora: un emblema del esfuerzo.

Existen muchos libros —demasiados— dedicados a propagar la idea de que la felicidad depende de uno, no de las circunstancias o las dificultades del camino. Que la actitud positiva determina el destino. Esta prédica es casi una ofensa en América Latina, donde persisten desigualdades abismales —incluso en el cuerpo y la mente— que hacen que el punto de partida sea muy disparejo, y que la movilidad social sea casi imposible. La cháchara del éxito y el «cambio de chip» para triunfar, pronunciada en los arenales y cerros y favelas de esta parte del mundo, parece un discurso para mantener a los pobres soñando.

Pero hay almas que permiten, por un instante, creer en esa fábula. Cómo negarlo. Todos las hemos visto. Cenicientas convencidas de que mañana todo será mejor, de que la carrera depende de uno, de que no importan las estadísticas, sino la actitud.

Leidy Luna era una de esas personas.

La existencia podía ser dura y los días agotadores, pero ella prefería sonreír y aceptar lo que venía. La vida no era un calvario. A lo mucho, era como un videojuego. Como cuando trepaba ágil a la cima del Cerro Tres Kandú, que conocía de memoria, y miraba el paisaje hermoso desde allí: el punto más alto de Paraguay, el verdor a sus pies.

Metas. Desafíos. Niveles desbloqueados. Superpoderes temporales para escalar al siguiente estrato. Cajas botín que aparecen de súbito. Un videojuego a colores, paso a paso.

El objetivo de Leidy era comprarles una casa a sus padres. Pero para eso necesitaba tener una carrera. Eligió la enfermería. Pero estudiarla costaba dinero y sus padres, que sembraban algodón y yuca, no la podían pagar, así que tenía que trabajar los fines de semana. Leidy era niñera: lo descubrió naturalmente, los pequeños la amaban, era casi sobrenatural lo que provocaba en ellos (superpoder desbloqueado). Así, cuidando niños en ciudades cercanas, pudo estudiar.

Se graduó pero no bastaba; para trabajar como enfermera, necesitaba un título, solo así podía obtener un registro que le permitiría postularse a una plaza en un hospital. Y para conseguir el título tenía que presentar una tesis. Eligió un tema: EPOC (enfermedad pulmonar obstructiva crónica), porque su padre fumaba mucho y tosía, y ella quería ayudarlo. Pero no basta con sentarse a redactar; había que pagarle a un tutor. O sea, más dinero. O sea, trabajar más. Siguió de niñera, en una casa con dos pequeños, en Asunción.

En eso llegó el 2020 de la pandemia mundial, que redujo todos los juegos a uno solo: quedarse en casa y no morir.

Al principio todo parecía ir bien para ella. En marzo, Leidy pudo tramitar un pase especial por la naturaleza de su empleo. Pero en junio hubo malas noticias: le dijeron que ya no tenían para pagarle. Se quedó sin trabajo.

En ocasiones como esa, su prima Eliana, que vivía al lado en el caserío de Mbokaja Cerrito, en Eugenio Garay, podía verla más. Se quedaban hasta tarde sentadas, conversando y tomando tereré o una cerveza, y hablaban de la vida y el futuro. A veces se les unía Wendy, una perra sin raza que Leidy había adoptado cuando el animalito tenía apenas siete meses de nacido.

Leidy tuvo suerte. Poco después del descanso obligado una prima la llamó para hacerle una propuesta. Una familia de Asunción necesitaba una niñera los fines de semana.

Era una pareja de esposos con tres hijos. Leidy tendría que cuidar al último, un niño de dos años.

No era cualquier familia: eran personas con mucho dinero e influencia en Paraguay. La mamá de los niños era la hermana menor de la primera dama. Las dos hermanas eran lindas y elegantes. Salían en las páginas sociales. La primera dama tenía un programa de televisión y daba consejos a las mujeres emprendedoras; conocía a Ivanka, la hija de Donald Trump, y la había invitado a Paraguay. Conocía a la reina Letizia de España. Otra niñera cuidaba a las niñas más grandes, y alguien más se encargaba del servicio doméstico. Bastó una entrevista para que contrataran a Leidy. Algo bueno irradiaba esa chica. Tenía un don.

—¿Qué hacés acá, privilegiada? —le dijo su prima Eliana la primera vez que la vio después de enterarse de su nuevo trabajo, medio en serio y medio en broma.

Leidy estaba contenta, aunque también —y eso solo se lo decía a su prima— le daba un poco de lata seguir trabajando los fines de semana. Pero Eliana le recordó que el objetivo era comprarles una casa a sus padres. Y para eso faltaba la tesis.

—Ya vas a disfrutar después —le dijo. Era muy evidente la suerte de Leidy. Una puerta inesperada en el videojuego. No todos los días uno cae en una mansión como esa.

* * *

También para los ricos la vida puede ser un videojuego. Solo que diferente.

En ausencia de la necesidad de dinero, viene el no menos considerable desafío de cuidar el dinero, gastarlo discretamente, comprar propiedades sin que se note, perpetuar el patrimonio. Una operación bancaria convencional sería detectada por el sistema financiero. Invertir directamente es exponerse a los chismes y a los reporteros. Por eso, es necesario recurrir a algo más sofisticado, algo que podríamos llamar un «avatar». Un ente que actúe como uno (sin ser uno), que pueda navegar en el sistema con la armadura adecuada, con todo el reconocimiento legal. Porque ojo, todo debe ser legal.

Ese avatar se llama fideicomiso o *trust*. Un *trust* es un contrato que oficializa la voluntad de ceder una cantidad de dinero a un tercero que lo administre y use. Crear un *trust* es complejo, pero por suerte hay empresas muy competentes que se encargan de realizar todos los trámites. El *trust* que funciona mejor es el que se constituye fuera del país —un *offshore trust*—, por ejemplo, en las Islas Vírgenes Británicas o en Panamá.

Sí, paraísos fiscales, esos lugares donde nadie pregunta por el origen de los fondos.

El *trust*, una vez constituido, es una herramienta muy útil, un avatar con todos los poderes: puede usar el capital para fundar una empresa en cualquier parte sin comprometer al individuo que lo originó. Y cuando esa empresa es creada —por ejemplo, una sociedad de responsabilidad limitada—, puede comprar bienes, casas, departamentos, yates, aviones. Nadie sabe quién está detrás y nadie puede saberlo: la ley protege la privacidad de quien controla el *trust*-avatar. De hecho, la persona tampoco es responsable del dinero confiado. Si tiene una deuda con el fisco, no se les puede cobrar al *trust* ni a las empresas constituidas. Tampoco si debe dinero por asuntos de su identidad en el mundo real, como un juicio por alimentos.

El *offshore trust* es una suerte de evolución en el juego de mover grandes sumas de dinero con discreción y seguridad.

Durante décadas, quienes querían mover su dinero usaban testaferros y cuentas secretas en paraísos fiscales. Sin embargo, usar un *trust*, ese avatar poderoso, permite algo mejor: puede ser constituido en un paraíso fiscal y operar en un país que no es un paraíso fiscal, pero que acepta al avatar y lo reconoce como válido; digamos, un territorio compatible. Hay países que no se pueden permitir la vulgaridad de recibir depósitos gordos misteriosos en los bancos sin hacer preguntas. Pero lo que pueden hacer es crear leyes que flexibilicen el funcionamiento de firmas que gestionen *trust*, y quitar trabas legales para que esos *trust* operen, formen empresas, naveguen en el sistema financiero local y compren.

Es el caso de Estados Unidos, un país que siempre se ha jactado de que su sistema bancario vigila la procedencia de los fondos y rastrea dinero de dudosa procedencia, pero que gracias a un *boom* de firmas tramitadoras de fideicomisos se ha convertido en un nuevo tipo de paraíso fiscal.

El entramado de los *trust* es tan hermético que solo se ha conocido públicamente la identidad de algunos de sus usuarios por dos grandes filtraciones de documentos: los *Panama Papers* y los *Pandora Papers*.

Por esas filtraciones se supo que el uso de *trust offshore* era una práctica extendida entre empresarios, celebridades y políticos. Eso encendió las alarmas en varios países porque un *trust*, si bien no es ilegal, es una manera efectiva de poner fortunas familiares y personales fuera del radar. Aunque sus fines no son necesariamente ilícitos, es el método más oscuro para controlar bienes en el extranjero, y por eso es el favorito de empresarios que lavan dinero para el narcotráfico, funcionarios corruptos y receptores de sobornos.

En las filtraciones aparecieron nombres de personajes que ya tenían cuestionamientos y también ciudadanos con un bien ganado prestigio. Se confirmó, además, que una ciudad donde abundan esas transacciones es Miami.

El cantante Julio Iglesias, por ejemplo, compró propiedades en Indian Creek, la isla privada en la bahía de Biscayne, donde algunos famosos como Gisele Bündchen e Ivanka Trump tienen viviendas. Iglesias realizó las adquisiciones discretamente, usando el mismo *trust* con el que adquirió un avión privado.

La isla de Indian Creek tiene solo cuarenta terrenos de vivienda y un campo de golf propio. No aparece en las fotos de Google Maps, ni desde el aire ni al ras del piso. Su único puente de salida y acceso, vigilado por seguridad privada, da a la calle 91, y conecta la isla con otra zona muy recurrente para los compradores que usan *offshore trusts*: el barrio de Surfside, esa joya escondida al norte de Miami Beach.

El propio Julio Iglesias tiene propiedades en Surfside. También las tienen políticos y familias acaudaladas de América Latina.

Una de esas familias poderosas proviene de Paraguay y hubiera pasado desapercibida si no fuera por su vínculo con el entonces presidente de ese país, Mario Abdo. Se trata de los López Moreira Bó, cuya hija Silvana se casó con Abdo en 2007, y es una figura muy querida y popular en su país. Linda, carismática, conductora de un programa de televisión matutino y con estudios en *marketing*, fue pieza clave en la llegada de Abdo al poder. En plena pandemia, su familia usó un *trust* para constituir empresas *offshore*. A raíz de eso, los periodistas empezaron a seguirles la pista y a publicar cosas.

De hecho, la primera vez que la dirección «8777 Collins Ave» apareció en las noticias fuera de Miami no fue el fatídico 24 de junio de 2021. Fue un año antes, en julio de 2020, en varios diarios de Paraguay que daban cuenta de la existencia de *offshores* de la «familia presidencial», vinculados a esa dirección.

Tener *offshores* no es ilegal. Pero implica elegir un instrumento que es todo lo contrario a la transparencia. Y Paraguay ya había tenido una experiencia turbia con empresas *offshore* con el anterior presidente, Horacio Cartes, envuelto en serios escándalos de corrupción. Abdo entró con una imagen limpia en contraste con su antecesor, pero poco a poco se han conocido sus gustos. Versiones periodísticas afirman que, en plena pandemia, mientras el país entraba en crisis por ausencia de vacunas, gastó 3 millones de dólares para transformar su vieja casa de campo en una réplica exacta de Neverland, la famosa finca de Michael Jackson.

Pero eso se sabría después.

Cuando se conoció sobre las *offshores*, el abogado de la pareja presidencial se limitó a decir que las sociedades se habían creado solamente para asegurar la herencia de bienes de la familia de la primera dama y que no tenían intenciones de hacer «ningún movimiento económico» adicional.

Lo que no se dijo fue que existían otras sociedades. Ese mismo año, el año de la pandemia, la familia de la esposa del presidente iba a usar un *trust* creado en las Islas Vírgenes Británicas para comprar un nuevo departamento en Surfside, mediante una sociedad que tenía como accionistas a la primera dama, sus hermanos y sus padres. Esta vez, el departamento sería uno con vista al mar.

Estaba en el piso 10. En el frente que daba a la piscina. Pagaron 649 mil dólares.

Fue una buena noticia para Graciela Escalante, que logró vender su propiedad en octubre de 2020. El tumultuoso capítulo de la torre Champlain Sur —que la había llevado a una presidencia fugaz— se terminaba así para ella.

En marzo de 2021 los padres y las hermanas de la primera dama de Paraguay viajaron a Miami y visitaron su nueva propiedad en Surfside. Se dice que aprovecharon ese viaje para ponerse la vacuna. La prensa de su país no lo tomó bien. Era el momento del pico más alto de contagiados por coronavirus en Paraguay y solo habían llegado algunos miles de dosis para un país de casi siete millones de habitantes. En las calles se desataron protestas enérgicas que exigían la salida de Mario Abdo.

La familia de la primera dama no hizo caso a las críticas. De hecho, la hermana menor, Sophia López Moreira, y su esposo, Luis Pettengill, programaron un nuevo viaje, esta vez con sus tres hijos, para junio.

Iban a necesitar a alguien que les ayudara con los niños. La niñera de lunes a viernes dijo que no podía viajar, así que se lo propusieron a la de los fines de semana. Era una muchacha muy buena y carismática. El niño, se sabe, la adoraba.

* * *

No, no era cualquier familia. De hecho, se podía enumerar a cada uno de los parientes directos, como en aquel meme de la chica que te gusta.

La mamá del niño que cuidaba Leidy era Sophia López Moreira Bó, hija de Néstor López Moreira, un empresario poderoso que en el pasado dirigió uno de los grandes canales de televisión de Paraguay. La madre de Sophia era Rossana Bó, dueña de un patrimonio familiar heredado de su padre, Nicolás Bó, hombre de confianza y amigo del dictador Alfredo Stroesser, que hizo fortuna en la dictadura. La hermana mayor de Sophia era la primera dama de Paraguay. Su cuñado era el presidente de la república. Su prima, Gabriela Bó, era la exesposa del cantante Cristian Castro. Su esposo, Luis Pettengill Castillo, era un ingeniero y empresario constructor, hijo de Luis Pettengill Vacca, uno de los diez hombres más ricos de Paraguay, magnate de la carne, empresario constructor y conocido por sus años en la presidencia de uno de los equipos de fútbol más grandes del país: Cerro Porteño.

Luis Pettengill hijo estudió Ingeniería Civil en el Rose-Hulman Institute of Technology de Indiana, una escuela que está a la altura del MIT (sobre todo en programas pregraduados). La pasó bien. Fue miembro de la fraternidad universitaria Phi Gamma Delta y destacó en los deportes. Ganó medallas jugando tenis y era imbatible en el ping pong. Fue titular del equipo universitario de «soccer» en los años en los que Paraguay era una potencia sudamericana del balompié.

De regreso a su país, trabajó en el emporio familiar. Se convirtió en el brazo derecho de su padre y en uno de los empresarios con «más proyección» del país. En 2011 se casó con Sophia López Moreira, su novia de la adolescencia. La ceremonia tuvo lugar en la Catedral de Asunción y el Coro Paraguayo de Cámara entonó la Marcha nupcial.

Tuvo dos niñas primero, luego un niño. Siguiendo la tradición, le puso Luis a ese primer hijo varón. Para diferenciarlos, en casa le decían «Lui» al pequeño.

En junio de 2020 la señora Sophia contrató a una nueva niñera para el pequeño. Lui quiso instantáneamente a esa jovencita, llamada Leidy Luna. «Mi Ledi», empezó a decirle.

En abril de 2021 Luis Pettengill y su esposa planearon un viaje con los niños al nuevo departamento de la familia en Miami. Celebrarían juntos el cumpleaños número 36 de Sophia, que caía el 24 de junio. El mismo día que Messi.

Necesitaban una niñera para el viaje para ciudar a los tres niños. La señora Sophia le hizo el ofrecimiento a Leidy Luna. Viaje a Miami; cuarenta días, todo pagado. El sueldo regular más un bono extra. Al retornar, vacaciones. Leidy nunca había salido de Paraguay. Pero no tenía que preocuparse por la visa; ellos la tramitarían. La señora Sophia le dijo que lo pensara pero no mucho, porque necesitaban hacer la solicitud con anticipación.

Había algo más en el paquete: Leidy podría ponerse la vacuna contra el COVID-19 allá. La vacuna que, para entonces, aún no tenía fecha de llegada a su país.

Leidy no supo cómo reaccionar. Le parecía lejos. Le daba miedo el avión, estar tanto tiempo separada de los suyos. Papá. Mamá. Su novio. Wendy, la perrita a la que llenaba de besos y mimos en el TikTok. Su mamá también tenía aprensiones sobre el viaje. La señora Villalba es una mujer que habla solo guaraní y la gran ciudad siempre le despertó temores. Pero no la detuvo. «Tuve que dejarla abrir sus alas», diría después.

La siguiente vez que fue a tomarse un tereré con su prima Eliana, Leidy le comentó sus dudas sobre viajar.

—Qué tonta que sos, Leidy —respondió Eliana impaciente—. Qué tonta. ¡Tenés que aprovechar!

—Pero es muy lejos.

—Vas a conocer un país… ¡Un país del primer mundo! ¿Qué hacés acá? Además, ¿no quieres terminar tu tesis?

Eliana recuerda que eso era lo que más quería su prima. Porque como enfermera profesional se gana más que siendo solo niñera. Y faltaba poquito para eso. «Voy a vivir como quiero», decía Leidy al pensar en esa posibilidad.

En algún momento circuló en la prensa el monto que necesitaba para terminar el proceso de la defensa de la tesis: 300 dólares. Nadie del entorno de Leidy ha podido confirmar esa cifra. Lo que sí parece estar claro es que el dinero que le pagarían por el viaje iba a alcanzar para cubrir lo que faltaba. Eliana tenía razón: no había mucho que pensar. Veraneo. Dinero extra. Vacaciones al volver. Y se vacunaría en un momento en el que Paraguay se incendiaba por la falta de vacunas.

Leidy Luna pasó el Día del Padre en casa. Al día siguiente, el lunes, se despidió de papá y mamá, y también de Wendy, su perrita adorada. Hubo abrazos y besos. La miraron salir por el camino de tierra a la carretera, para ir a Asunción. Esa noche dormiría en casa de sus patrones. El martes subirían todos al avión rumbo a Miami.

* * *

Alfredo Stroessner fue dictador de Paraguay entre 1954 y 1989, treinta y cinco años que lo convierten en uno de los sátrapas que más tiempo estuvo en el poder en América Latina. Militar victorioso de la Guerra del Chaco contra Bolivia, fue sanguinario como otros dictadores de la región, implacable con los socialistas como le tocaría serlo a tantos, ejemplo temprano para Pinochet, Videla y Banzer en el arte de apaciguar a un país usando el terror. Pero a diferencia de otros golpistas, el reinado de Stroessner no acabó porque fuera derrotado ni superado por un manotazo del pueblo. Fue sucedido por una conspiración de las altas esferas, que no es lo mismo. El golpe de Estado, de hecho, lo dio su propio consuegro.

Tal vez por eso la sombra de su poder llega hasta ahora y está vigente, y dos elementos que caracterizaron la dictadura se resisten a desaparecer: la corrupción y el nepotismo. De hecho, hasta hoy, los colaboradores y aliados de Stroessner forman una suerte de casta que detenta poder y dinero, con privilegios que alcanzan a sus hijos y nietos. Hay una generación de «chicos» que apenas tienen recuerdos infantiles de Stroessner en el poder, pero que poseen todo gracias a la cercanía de sus padres con la dictadura.

Pocos eventos han sido tan representativos en esta persistencia fantasmal de Stroessner como el surgimiento público de la pareja Mario Abdo y Silvana López Moreira. Abdo es hijo del último secretario privado leal a Stroessner, Mario Abdo Benítez, imputado por enriquecimiento ilícito con la caída del dictador. López Moreira es nieta de Nicolás Bó, empresario tabacalero que se hizo rico en la dictadura, fundador de Teledifusora Paraguaya, el canal del que años más tarde sería presidente Néstor López Moreira, su yerno, esposo de Rossana Bó.

Los Bó son una de las familias más ricas de Paraguay.

Por eso la gente no tomó nada a la ligera cuando se supo que, luego de llegar al poder Mario Abdo, su esposa había hecho contratos con el Estado a través de una empresa familiar en la que también aparecía como socia la hermana, Sophia López Moreira.

Luis Pettengill, el empresario emergente, estaba al mando de la empresa constructora del emporio de su padre, una de las que más ha contratado con el Estado en los últimos años. Cuando Mario Abdo asumió la presidencia, nombró a Pettengill, su concuño, como asesor. Para evitar suspicacias, dijo que él no recibiría sueldo. Por supuesto, la prensa criticó el hecho de que el asesor, gracias al cargo, tendría la posibilidad de ir a los consejos de ministros, y contaría con información privilegiada.

Negocios. Amistad. Familia y compadrazgos. La gente los admira, los quiere, los envidia.

Es una suerte de realeza sólida, que seguirá allí, en alianza con el Partido Colorado (que gobierna desde 1947 con la sola excepción del presidente Fernando Lugo, expulsado por el Congreso en 2012). Eso no parece molestar demasiado a una sociedad conservadora donde, en general, los descontentos son bien neutralizados en las urnas y donde cada quien conoce su lugar y acepta las reglas del juego.

Sin embargo, también esos semidioses pueden generar molestia y recelo. Como cuando se supo sobre las empresas *off-shore* abiertas en paraísos fiscales para comprar propiedades en Miami, y la prensa empezó a hacer preguntas. El papá de la primera dama, Néstor López Moreira, abuelo de los niños que se fueron a veranear a Surfside, insultó al periodista que osó preguntarle acerca de los fideicomisos y le colgó el teléfono. Nunca más le consultaron sobre el asunto.

* * *

«Mandá fotos», le había dicho su prima Eliana. Y las mandó. Pero en un momento dejó de hacerlo. Ocurre siempre que uno conversa vía WhatsApp con otra persona que la está pasando bien. Que deje de mandar imágenes quiere decir que todo va de maravilla. Además, Leidy también le mandaba fotos a su mamá, al grupo de la familia, a su novio. Era su primer día, tenía mucho por ver. ¿Se habría metido al mar?

En una foto aparecían los niños Pettengill en traje de baño. Qué lindos eran, sobre todo Lui, el más pequeño. Pero Leidy, ¿qué hacía Leidy? Estaba feliz, seguramente. Privilegiada, la prima.

De ahí ya no hubo más fotos. Solo más tarde, cuando en Eugenio Garay ya se había hecho de noche —noche inmensa, negrísima, estrellada encima de los cerros—, Leidy le mandó un mensaje diciendo que en Miami aún no oscurecía, a pesar de que eran más de las 7:30. Oscurecía muy tarde en esa ciudad.

De hecho, ese miércoles, el sol se ocultó a las 8:16 de la noche en Miami Beach. Florida entraba en los días de las tardes más largas, los de más calor.

En ese momento, a punto de anochecer, la luna ya llevaba una hora sobre el océano. El cielo oscurecido la hacía más visible desde la playa de Surfside. Era una luna llena. Grande. Magnética. La última superluna del año.

Fue el último mensaje y lo último que supo Eliana. Al día siguiente —tal vez a la medianoche—, en el departamento 1010 de la torre Champlain Sur recibirían el cumpleaños de la señora Sophia. Se esperaba una jornada de celebración y fiesta.

Seguramente —pensó la prima— Leidy se había ido a dormir temprano.

* * *

La doctora Fiorella Terenzi se despertó de golpe por el ruido.

Era un ruido extraño, como un trueno tropical incesante, y un instante después le siguió un sonido que ella, especialista en ondas de la galaxia, no pudo explicarse: una seguidilla de golpes metálicos. A diferencia de Sergio Lozano, que estaba varios pisos más arriba en el mismo edificio y tuvo mejor perspectiva (y gritó aterrado al ver que había caído la torre donde vivían sus padres), ella, desde su balcón del tercer piso, solo pudo ver polvo. No entendió qué pasaba. Decidió bajar.

Salió a la avenida Collins. Entre su edificio y la torre Champlain Sur estaba el hotel Bluegreen Solara, que, como tiene su fachada un poco más retirada, deja ver una fracción de la parte lateral del edificio. Esa parte había quedado intacta, y así la veía Fiorella a medida que caminaba, lo que aumentaba el misterio y el desconcierto.

Solo al aproximarse a la esquina la realidad quedó expuesta. La parte del edificio que daba al mar había colapsado.

Fiorella, astrofísica y artista, siempre disfrutó de las lunas llenas: armonía en el cosmos, un evento especial y bello. «El objeto celeste más cercano a nosotros», resalta. Pero esta luna era hermosa y a la vez terrible, porque iluminaba el horror que la oscuridad de esas horas hubiera ocultado. Gracias a ella se veían los departamentos que habían quedado partidos y expuestos: los muebles, las camas, la cotidianidad interrumpida, detenida en el tiempo. Abajo, la zona de la piscina del hotel Bluegreen Solara estaba llena de polvo. Era polvo de escombros.

No durmió esa noche. Tampoco pudo dormir la siguiente. Ni la tercera. Al final decidió que tenía que mudarse por un tiempo.

Semanas después, cuando pasó el *shock* y el ajetreo del desastre, Terenzi revisó las fotos que había tomado el día que visitó la torre Champlain Sur buscando un departamento, un año atrás. Entonces se dio cuenta de que entre sus opciones estaba comprar el 1010. Que lo recorrió completo, que miró por la ventana del segundo cuarto, el de las camas tipo *twin* que se desplegaban desde la pared: el mar a lo lejos, los balcones a la izquierda, en perspectiva, la piscina allá abajo.

El departamento estaba en la sección que se desplomó primero. Seis segundos, eso fue todo. Terenzi no sabía que al final lograron venderlo y que esa noche había una familia entera allí, incluidos tres niños.

Sí, Graciela Escalante fue una de las trece propietarias de la torre Champlain Sur que logró vender su propiedad en esos últimos meses. Uno se pregunta qué sintió al enterarse de la catástrofe, qué pensamientos le vinieron a la mente. Pero ella, que sigue trabajando como agente inmobiliaria, prefiere no hablar sobre el edificio colapsado. Su respuesta es escueta:

«Perdona, pero no me interesa».

* * *

Es verano y en el caserío de Mbokaja Cerrito, en Eugenio Garay, el paisaje está dominado por el azul intenso del cielo, cortado por nubes blanquísimas que brillan, y un verde que cambia de tonos según donde llega la luz del sol. Donde no hay vegetación, hay tierra arcillosa, rojiza, como el camino que sale de la autopista hacia el cerro.

La señora Juana Villalba ha sacado una silla a la entrada de su casa. Lleva sandalias moradas tipo «flip flop», un short y una camiseta amarilla, sin mangas, con un estampado de flores y mariposas. Tiene una diadema y un moño. Sonríe cordialmente, sus gestos se perciben bien a pesar de la señal oscilante de internet.

Su hija Leidy: un orgullo para todos. Una chica generosa, alegre, de una gran energía.

—¿Qué pensaba usted mientras iba en el avión tras ella?

Doña Juana se detiene, enmudece. Subió a un avión para ir a Miami diez días después de que lo hiciera su hija Leidy. Tampoco conocía la ciudad. Estuvo sentada viajando nueve horas. Pero no puede evocar un solo detalle de esos momentos en el aire. Es como si estuviera en blanco. Parece que va a decir algo, pero se traba, prefiere abstenerse.

* * *

Con el amanecer, el horror quedó completamente al descubierto. Una montaña de escombros. Muebles expuestos en los departamentos que resultaron partidos. La misma foto en cadenas noticiosas de todo el planeta.

Primero se reportó como desaparecida la hermana de la primera dama. Eso alborotó las salas de redacción en Paraguay, y puso a todo el mundo a hablar del tema. El país vivió un ambiente de zozobra. Sophia López Moreira estaba allí, se leía en las noticias. Se encontraba en el edificio con su esposo y sus tres hijos pequeños, se decía en los noticieros. Los primeros reportes de las grandes cadenas de Estados Unidos también mencionaban a la cuñada del presidente de Paraguay y su familia entre los desaparecidos notables.

Nadie hablaba de la niñera que había ido con ellos. En esas primeras horas ya se estimaban 150 desaparecidos y nadie la mencionaba.

Pero entre los vecinos de Eugenio Garay, muy lejos de Miami, ya se comentaba la tragedia. El hermano de Leidy había reconocido el edificio en las fotografías. Una prima, que había trabajado con los Pettengill, confirmó que había razones para temer. Rossana Bó, la abuela del niño al que cuidaba Leidy, la había llamado desesperada para preguntar si sabía algo.

Pasaban las horas, seguía hablándose de la familia presidencial, pero no se mencionaba a Leidy en los medios. En Twitter aparecieron algunos indignados. «Leidy se llama la persona que estaba trabajando con la familia de la hermana de Silvana Abdo. Por favor mencionen su nombre. También está desaparecida y se le está buscando», dijo la periodista Claudia Colma. *Digan su nombre* fue una tendencia que creció rápidamente.

Sin embargo, no era cierto que la oficialidad la hubiera olvidado. El primer informe de la Cancillería de Paraguay incluyó los nombres de los seis compatriotas desaparecidos: la pareja, sus tres hijos y la mujer que trabajaba con ellos, Leidy Luna Villalba.

Lo que ocurrió fue que nadie le prestó atención al principio. Leidy solo empezó a concitar interés cuando las búsquedas en las redes empezaron a proveer las primeras fotos que salieron publicadas, cuando sus familiares comenzaron a contar la historia detrás del viaje. Leidy Luna: joven, bonita, sonriente, una chica sencilla. Trabajaba de niñera. Era bachiller de Enfermería, carrera heroica de la pandemia. Necesitaba el dinero para su tesis porque quería progresar. Quería comprar una casa a sus padres.

Tenía veintitrés años recién cumplidos.

Para la noche del jueves 24 la historia de Leidy Luna era una de las más emblemáticas y difundidas de la tragedia de la torre Champlain Sur. De las más comentadas y las más lloradas. La prestigiosa revista *The New Yorker* le dedicó un reportaje con elementos esperables: la pobreza de una villa rural sudamericana; una chica que vive en el campo y habla guaraní. Un escape de la pobreza que termina trágicamente.

La comunidad paraguaya en Miami se movilizó, conmovida. La dueña de una agencia de viajes ofreció comprarle un pasaje a la madre de Leidy. Paraguayos en Estados Unidos hicieron una colecta para los padres de la muchacha. Leidy Luna llegó como niñera por tiempo determinado, pero no fue difícil asociarla a una imagen común: la inmigrante latina joven que sale de su país en busca de oportunidades, dejando atrás una vida de carencias.

El sábado 3 de julio, luego de recibir ayuda gubernamental para la gestión de la visa, doña Juana Villalba subió al avión rumbo a Miami. Del trayecto no recuerda nada. Fue un instante en blanco. ¿Puede alguien imaginar volar así durante nueve horas?

Al llegar a la ciudad fue llevada al Community Center de Surfside, y ahí se sentó a esperar junto con los otros familiares. Recibió gestos de apoyo, apretones de manos. Pero no hablaba español ni inglés, su angustia se mezclaba con timidez. No parecía demasiado animada a hablar —aun con la ayuda de un intérprete— con los periodistas, que llegaron por montones.

—No hay palabras para describir la desesperación —dice ahora en guaraní, recordando ese momento—. Las posibilidades eran nulas, pero como madre tuve esperanzas hasta el último momento.

El último momento llegó el 9 de julio, cuando habían pasado más de dos semanas desde el colapso. Las autoridades confirmaron el hallazgo del cuerpo de Leidy Luna. Un día antes habían reconocido los restos de Luis Pettengill, Sophia López Moreira y del niño Lui.

El impacto nacional de la tragedia tal vez fue mayor en Paraguay que en cualquier otro de los países de los que provenían las víctimas. La pérdida de los esposos de dos familias importantes se juntó con la de una muchacha pobre que pasó a ser un ícono de las masas: una heroína instantánea.

La dimensión del duelo fue notoria con la llegada de los restos al país. El 13 de julio aterrizó el avión con el cuerpo de

Leidy Luna. El cortejo fúnebre hizo su recorrido seguido por autos de todos los canales de televisión, que transmitieron en vivo. En un momento, el vehículo que llevaba su ataúd salió de la autopista para entrar en el camino de tierra, hacia las faldas del Cerro Tres Kandú, donde se habían situado decenas de personas con globos blancos. El camino terminó en la casa, donde estaba esperando una multitud reunida para despedir a la enfermera graduada.

Las imágenes tenían el sonido ambiental del llanto. Llanto superpuesto, cantado, largo. Llanto como grito o ceremonia. Lamento exhibido.

Dos días después aterrizaron los restos de los Pettengill. También hubo un recorrido con cortejo fúnebre que se transmitió por televisión. Pero al llegar a la casa las puertas se cerraron. Todo se hizo en estricto privado.

Una catástrofe impensable había igualado a dos mundos distintos, el de la hermana de la primera dama y su familia, y la niñera que bajó del cerro. La tragedia hacía olvidar diferencias; parecía recordar que todos somos mortales bajo una impensable cascada de concreto.

Pero esa armonía no era tal. No podría serlo.

* * *

—La familia nunca vino ni a saludarnos ni a despedirse de Leidy.

Dice doña Juana Villalba año y medio después de la tragedia. A unos metros de donde está sentada, se ve la ventana de la habitación de su hija, con un letrero que dice *«Leidy roga»* (la casa de Leidy) en la pared pintada de rojo. Todas sus pertenencias están allí. Cuando se siente mal, o sola, la señora Juana va a la habitación y abre sus clósets y cajones, que aún huelen a Leidy. Es triste, pero la hace sentir acompañada.

Ha sacado un cuadro enmarcado con la foto de graduación de su hija. En un momento se acerca Wendy, la perra sin raza que despidió a Leidy ese lunes después del Día del Padre. La que salía en los videos de TikTok. Doña Juana la acaricia. Hoy es la mascota familiar.

—Para ellos la vida de mi hija no valió nada —dice la madre de Leidy Luna. No hubiera dicho algo así en los primeros días, cuando se limitaba a ser la imagen de la desolación más grande.

La actitud de doña Juana ha cambiado con los meses. Ya no se percibe tanta calma en ella. Ahora habla de su hija como una trabajadora con la que sus empleadores no cumplieron. En América Latina, una niñera es una trabajadora informal, con sueldo pactado y acuerdos verbales. Un viaje a Miami, cama adentro, se resuelve con un dinero extra. No hay seguros. No hay responsabilidad.

A la señora Villalba parece indignarle la situación. Parece dolerle. Parece también que en su demanda está la impotencia de no saber cómo reparar algo tan inmenso. ¿Cómo se le pone valor a una vida que era la promesa de cambiar el futuro? La vida para los padres de Leidy es incierta. El algodón volvió a bajar de precio. Ya no lo siembran.

Al principio, dice doña Juana, le prometieron que iban a ayudarla. Incluso, emisarios de la familia de los patrones ofrecieron construir el pequeño mausoleo donde están los restos de Leidy, y cumplieron. Es un cuarto bien iluminado en el cementerio de la zona, con la lápida cubierta por la bandera paraguaya y un estante con flores y fotografías. Los familiares también le pasaron un pequeño sueldo mensual.

Además de eso, dice, se comprometieron a pagarles la construcción de la nueva casa. La casa que les iba construir Leidy cuando terminara su tesis y consiguiera una plaza de enfermera.

—Con el pasar del tiempo lo de la casa fue convirtiéndose en una vil mentira. Nos engañaban en cada comunicación.

La señora Villalba dice que, luego de mucho insistir, un intermediario de la familia López Moreira Bó le preguntó el monto que necesitaban. Eran cerca de 40 mil dólares. Le dijeron que era demasiado dinero y cortaron toda comunicación.

Felizmente, la comunidad paraguaya en Estados Unidos, conmovida por la historia de Leidy, había hecho una colecta para ayudar a cumplir ese sueño que había quedado trunco. Con ese dinero los padres se las arreglaron para hacer reparaciones y construir.

De todos modos, la familia de Leidy Luna recibirá su parte de la indemnización histórica —más de mil millones de dólares— que se entregará a los deudos de las 98 víctimas del colapso de la torre Champlain Sur, determinada por la justicia de Miami en mayo de 2022, tras un acuerdo entre los abogados de los familiares y las partes demandadas. Los López Moreira y los Bó tendrán una tajada más grande, por ser propietarios.

Es tarde. Las respuestas de la señora Villalba se cortan con silencios, palabras no dichas, cosas que no contesta por tristeza. También por pudor, como cuando se le recuerda sobre los bonitos tatuajes de su hija.

A la señora Juana nunca le gustó mucho que Leidy fuera a las grandes ciudades. Pero quién es uno para detener a los hijos cuando persiguen sus sueños. Es algo que también entendió la señora Susana Galfrascoli, quien creció justo al sur de Paraguay, en la provincia de Corrientes, Argentina. Allí, Susana tuvo un hijo muy inteligente y vivaz que de grande se hizo cirujano plástico. Era un chico distinto. Era gay. A ella le costó asimilarlo. Le costó más asimilar que se iba a casar con un hombre en Buenos Aires. Definitivamente, fue una sorpresa saber que él y su esposo tendrían una hija. La tuvieron: una nieta hermosa. El mismo día que Leidy Luna, los dos papás y su niña llegaron al 8777 de la avenida Collins.

†

9

ANDRÉS Y FABIÁN, LOS PADRES DE LA NIÑA

Se va a caer.

—— Para quien pasaba unos días en el hotel Bluegreen Solara, la torre Champlain Sur, que estaba al lado, era ineludible. La piscina del alojamiento daba a la estrecha calle 88, que separaba ambos edificios, y por eso el costado de la torre, doce pisos de balcones, acaparaba la vista de cualquiera que estuviera en las tumbonas, en el jacuzzi, o en las habitaciones que estaban en el ala sur. En las fotos de la playa que varios de los huéspedes del hotel tomaban desde sus ventanas solía colarse una parte de Champlain: las ventanas espejadas de suelo a techo, los barandales de hierro forjado en curvas, que aumentaban el volumen de cada balcón.

Tener tan cerca un edificio residencial de trece pisos era una invitación a mirar, a espiar, sin querer, la vida de los otros. Como quien viaja a un pueblito mediterráneo y mira los tendederos de ropa, oye los llamados de ventana a ventana, y observa la cotidianidad de los lugareños en camiseta. Ese lado del edificio tenía 46 balcones expuestos, los cuales solo estaban protegidos del exterior por barandales de hierro que no podían evitar la transparencia. Tami Collins, turista de Ohio, estuvo alojada en junio de 2021 en el quinto piso del hotel, y recuerda que, desde su ventana, veía a todas esas personas «viviendo sus vidas».

Salían, se sentaban, entraban, volvían a salir. A través de los barandales podían verse los objetos: los asientos, las mesitas, las plantas y las mascotas. En el segundo balcón contando desde arriba —en el extremo derecho—, había una llamativa silla colgante tipo lágrima de ratán tejido, con un cojín anaranjado. Dos balcones más abajo solía asomarse un gracioso bulldog americano. Eran imágenes inconexas que se desvanecían, pura trama, puro color local. Pero había una persona que aparecía regularmente. Era la mujer del quinto balcón contando desde abajo (en el extremo derecho). Estelle Hedaya había hecho de ese espacio su lugar de regocijo y paz.

Varias tardes a la semana Hedaya se sentaba allí. Alegre y extrovertida, celebraba la vida, la vista que tenía desde su departamento. Veía el océano y en su panorama se colaba el hotel vecino: una construcción *art déco* de paredes celestes, siete pisos y una piscina simpática, con farolitos de medio siglo atrás. Desde la pandemia, Hedaya había adquirido el hábito de salir al balcón a tomar cocteles. Era su *happy hour*.

Así pasaba las tardes. Bloody Mary con aceitunas, apio, chiles jalapeños y pepinillos en conserva macerados en vodka. Cosmopolitan a su estilo: con tequila en lugar de vodka, servido en una copa de martini. Sacaba la laptop para hablar con los amigos. Bloody Mary extra picante. Skinny margarita: tequila con jugo de naranja y un puñado de arándanos. Se ponía audífonos para escuchar música. Bebía un vodka con lima. En algún momento comenzaba a oscurecer y los balcones se iban despoblando, las mamparas de espejo se cerraban. Abajo, en el hotel, algún turista salía a darse un chapuzón nocturno.

La noche del miércoles 23 de junio de 2021 Adriana Sarmiento y Roberto Castillero, turistas colombianos hospedados en el Solara, bajaron a la piscina del hotel. Ya era tarde, pero hacía calor. Era noche de luna llena. Adriana se recostó en la tumbona. Llevaba sandalias tipo «flip flop» y una camiseta con un estampado de arcoíris, sin mangas. No había movimiento en el edificio de enfrente, ni en sus balcones, que a esa hora estaban vacíos. Pero hubo otra cosa.

Adriana oyó un ruido que provenía del estacionamiento del sótano, bajo los balcones. Era un ruido continuo, reverberante, como el que genera una corriente de mar. La rampa de acceso de los autos quedaba justo al frente de la piscina y por ahí se podía ver el sótano-garaje todavía iluminado. La mujer divisó, al fondo, un chorro de agua mezclado con tierra que caía a toda velocidad.

El evento era de verdad extraño. Adriana comenzó a grabar con el celular. En un momento, llegó el miedo, la sensación de inminencia.

—Se va a caer —dijo, casi sin voz.

Su marido le respondió con sorna, pero también con cierto nerviosismo:

—¿Tú estás loca? Acá los edificios no se caen. Esto es América.

De pronto se dieron cuenta de que había movimiento en algunas ventanas. Adriana empezó a hacer señas. Primero, con calma, luego, con fuerza y desesperación.

Nunca supo si alguien pudo ver sus señales. Ella era solo una turista en el hotel de al lado. No sabía qué era lo que tenía frente a sus ojos: oscuridad, ventanas, mamparas cerradas. No sabía sobre el mundo interior de esa torre. En el piso 9, cuarto balcón contando desde arriba —extremo derecho—, la adolescente Deven González y sus padres descansaban después de ver la película *El conjuro 3: el diablo me obligó a hacerlo*, recién estrenada. Al lado izquierdo, Antonio y Gladys Lozano dormían juntos. Habían cenado ahí con su hijo, Sergio, que vivía en la torre Champlain Este, ubicada al otro lado del hotel. Los Lozano llevaban casados 58 años. Debajo de ellos, un balcón a la derecha, estaban Nicole Langesfeld y Luis Sadovnic, que tenían dos meses como marido y mujer (la propuesta de matrimonio había sido a unos metros, en la playa, con un hermoso arcoíris de fondo, la tarde previa a la Navidad del año anterior).

Dos pisos más abajo estaba el balcón de Estelle Hedaya.

Eran vidas que pasaban a la vista de los huéspedes del hotel, dispersa y fugazmente (imagen disponible con la ventana abierta, la postal viva del pueblito visitado). Gente que allá arriba, en los balcones, daba una idea de cómo es existir todos los días frente al mar.

Adriana dejó de grabar y dio media vuelta. Le temblaba todo el cuerpo. Supo que tenía que correr.

Horas antes, al final de la tarde, en el quinto balcón contando desde arriba —segunda fila desde la derecha— se había asomado un hombre. Apuntaba hacia abajo con su celular. Esa era otra estampa típica: gente desde arriba tomando fotos, grabando, disfrutando la vista. El hombre era Fabián Núñez, un argentino que estaba ahí con su esposo, Andrés Galfrascoli, y con la hija de ambos, Sofía. Habían llegado al edificio esa misma tarde: la niña tenía muchas ganas de ver el mar desde lo alto.

* * *

—Me pone mal recordarlo. Mal, mal. Es un sentimiento de culpa. ¿Por qué lo hice? ¿Por qué no esperé un día? Yo soy grande, viejo. Ellos no. Y también estaba la niña —dice Juanjo Ubiría, productor teatral argentino. Sus amigos le han dicho mil veces que no tiene por qué sentirse así. Que así es el destino. Pero él la pasó fatal durante días y semanas, y la sigue pasando mal cuando recuerda el momento en que pensó que sus amigos —y no él— debían ir al departamento más bonito de la torre. ¿Por qué abrió la boca? ¿Por qué?

* * *

Fabián Núñez, en el balcón, le estaba mostrando el departamento a su hermana, Adalís, que se encontraba en Buenos Aires. Hizo el recorrido para que ella pudiera verlo en la pantalla. Se asomó afuera y le compartió el paisaje. El mar estaba a la derecha. El hotel celeste se veía a la izquierda.

El departamento era el 803. Ahí estaban los tres: la niña y sus dos papás, Andrés y Fabián. Llevaban casi dos meses en Miami pero ahora, por unos días, iban a estar al lado de la playa.

Habían llegado a instalarse apenas unas horas antes. El departamento se encontraba a la altura de la cumbre del hotel y era eso lo que dominaba la vista desde la sala, a través de la mampara. El *art déco* tiene algo de lúdico, mucho más cuando es de mentira: el Bluegreen Solara funciona en un edificio construido en 1965 (en plena modernidad). Es un homenaje —o una falsificación, o una parodia— que aprovecha el estilo arquitectónico de mucho tiempo atrás. El piso 8, en el que estaban, daba a los arcos que coronan el edificio. Encima del techo se veía la torre Champlain Este, una estructura similar a la torre Sur, pero construida diez años después (con barandales de vidrio en vez hierro forjado).

Irían a caminar a la playa al día siguiente, le dijo Fabián a su hermana.

Sofía —cinco años, ojos azules, dientes de conejo— también saludó a su tía. Estaba feliz. Era lo que ella quería. Adalís le pasó a su abuela, la mamá de Fabián, que apareció en la pantalla. La niña le contó que había llevado sus muñecas. Su voz siempre era tan festiva, un grito entusiasta, circense.

—Esta es mi nueva casa. Acá miro el mar por el balcón.

A Adalís le llamó la atención la piscina del hotel vecino, abajo. Eran las 7:30 de la tarde. Desde el hotel, la luz natural todavía permitía ver nítidamente la cuadrícula de balcones, esas vidas expuestas.

* * *

A inicios de 2021 la paz, finalmente, llegó a la torre Champlain Sur.

La sensatez se impuso entre los propietarios del edificio. La contundencia de los hallazgos de la firma Morabito los obligó a ponerse de acuerdo. O tal vez fue que el tiempo apremiaba y ya era imposible evadir lo inminente. A finales de 2020 Morabito volvió a revisar los puntos críticos de la estructura que ya había analizado dos años atrás: los balcones, la azotea y, sobre todo, la zona de la piscina y el garaje que se encontraba debajo. Su conclusión fue clara: todo estaba peor. El deterioro del concreto había avanzado rápidamente. Había nuevas grietas. Existían más áreas de superficies desprendidas. La situación dejaba poco lugar para matices: había que pagar lo que pedían para así empezar los trabajos de reparación lo antes posible. La discusión sobre si aceptar o no el presupuesto había quedado atrás. Ahora lo importante era ver la forma de conseguir ese dinero.

Jean Wodnicki, del piso 3, fue la presidenta después de la renuncia de Graciela Escalante. No entró en polémicas. No cuestionó la capacidad del contratista. Su misión era liderar ese último esfuerzo para reparar el edificio y así lo hizo.

Tenían que actuar rápido. Los propietarios involucrados aprendieron algo en esos años: cuando se deja esperando un presupuesto, el monto proyectado crece, porque los costos siempre están al alza. En el caso de lo previsto por Morabito, además del aumento de varias cotizaciones iniciales, estaba la realidad material: como los problemas en ese momento eran más serios, implicaban gastos mayores. La palabra utilizada en el informe de 2018 para describir la velocidad del daño de la estructura —si no se actuaba con rapidez— había sido la correcta: «exponencial». Como una grieta que crece y crece, y es irreconocible después de un parpadeo.

Tic, tac, tic, tac, tic, tac, tic, tac.

Susie Rodríguez había formado parte de la directiva anterior, que presidió Graciela Escalante. Su experiencia —dice— fue frustrante debido al caos y a que los propietarios «no querían hacer los arreglos necesarios». Pero al menos pudo ayudar a ordenar las cuentas. «En ese edificio nadie sabía dónde estaba el dinero», dice con una risa amarga. Así que ella unificó todo en un solo fondo. Esas pequeñas cosas, burocracia aburridísima, eran las que había necesitado el condominio por años: orden, claridad de registros, prevención. Susie lo recuerda: querían embellecer el *lobby* y no se habían dado cuenta de que los 40 años estaban por cumplirse.

«Gran parte de este trabajo se pudo haber realizado o planeado en los años anteriores. Pero aquí es donde estamos ahora», escribió Wodnicki, en la carta en la que se anunciaba la cuota extraordinaria.

El 13 de abril de 2021 la directiva se reunió para hacer lo que había que hacer. Por votación unánime se aprobó el *special assessment* para realizar los trabajos por los 40 años. La suma era enorme: más de 15 millones de dólares.

A pesar del dinero —80 mil, 200 mil y 360 mil dólares de cuota, dependiendo del departamento—, la carta dejó cierta sensación de alivio entre los propietarios. Finalmente había un plan seguro. Los especialistas empezaron a llegar a hacer preparativos para los trabajos.

Junio era el mes clave. En junio empezarían a recaudar el dinero. En junio se trabajaría intensamente en el techo.

Junio: el mes en el que la playa se puebla más, el del inicio de la temporada de huracanes, el que deparaba la última superluna del año.

El domingo 20 fue el Día del Padre. Hubo una reunión en la zona de parrillas, en el área con mesitas, entre la piscina y la playa. Juanjo Ubiría llegó con su socia, Jacqueline Patoka, una empresaria uruguaya vinculada al mundo del espectáculo de Argentina, que tenía tres departamentos en la torre.

Había en el ambiente cierta distensión y una tranquilidad ambigua. Morabito había advertido que iban a tener que retirar las losetas y el concreto del piso que rodeaba la piscina. En el año 2022 toda esa área, así como la parte del estacionamiento que estaba debajo, quedarían inhabilitadas por meses.

Pero habían sido tres años de luchas y peleas, tres años sin una solución a la vista, y ahora, por fin, las obras estaban en marcha. Incluso quienes sentían angustia por el pago tenían una razón para sonreír: después de los trabajos de restauración, el edificio multiplicaría su valor. Los precios subirían. Tal vez quienes habían vendido sus propiedades, durante los meses anteriores, se habían apresurado. Con los trabajos aprobados todo cambiaría para bien.

Quizá por eso, esa tarde, nadie se detuvo a mirar.

El Día del Padre varios propietarios caminaron entre el edificio y las parrillas, y para hacerlo pasaron de la piscina al área del ascensor. Ahí, justo antes de terminar las losetas, algo había cambiado. Bajo el follaje de aralias —las hojas verdes y amarillas que creaban una trama fosforescente—, una grieta horizontal había partido en dos la larga jardinera.

¿Lo notó alguien esa tarde? ¿Los días anteriores? Tal vez. No era una grieta que pasara desapercibida y solo tenía unas semanas de haberse hecho. También es posible, claro, que la hayan visto sin ponerle atención. Los residentes de la torre Champlain Sur estaban acostumbrados a ver grietas, goteras y pedazos de balcón que se caían; habían normalizado el deterioro. ¿Qué era una rajadura nueva? Además, ya había hombres trabajando. Seguramente también se darían cuenta de eso.

Efectivamente, ya estaban al tanto de la grieta. Morabito había mandado a un ingeniero para revisar. El ingeniero llegó una soleada mañana, tomó fotos, midió cosas.

Pero todo indica que se equivocó al interpretar lo que pasaba.

* * *

Fabián Núñez y Andrés Galfrascoli habían llegado a Miami con Sofía, a finales de abril. Se alojaron en la casa de Jacqueline Patoka, que se había hecho amiga de la pareja a través de su socio, Juanjo Ubiría, quien era amigo de toda la vida de Fabián. El lugar era una mansión de cinco dormitorios, valorizada en dos millones de dólares, en Fort Lauderdale. Además de la casa, Patoka y su esposo tenían tres departamentos en la torre Champlain Sur.

Dos de esos departamentos estaban en pisos bajos y daban a la avenida Collins. El otro, el más grande y bonito, estaba en el octavo piso, miraba al hotel Solara y tenía vista en diagonal al mar.

Patoka prestaba sus departamentos a actores e *influencers*. La empresaria era conocida como una suerte de hada madrina que ayuda a artistas emergentes, un gran contacto cuando alguno de ellos quiere hacer negocios en Miami. En esos días, en el departamento 207 del segundo piso del edificio, estaban alojados Gimena Accardi y Nicolás Vásquez, dos actores que en Argentina son famosos (juntos sumaban, por entonces, ocho millones de seguidores en Instagram).

Juanjo Ubiría estaba en el piso de arriba. Como socio de Patoka, cuando llegaba a Miami —viajaba allá al menos tres veces al año— se quedaba en alguno de los departamentos de la torre.

Fabián le dijo a su amigo Juanjo que le encantaría quedarse unos días en ese edificio al borde del mar. En la casa gozaban de todas las atenciones y Patoka se había encariñado con la niña, pero ellos tenían ganas de pasar un tiempo los tres solos. Y qué mejor que esa torre, en la bonita playa de Surfside. ¿Sería posible que se lo comentara a Jacqueline?

Andrés, Fabián y la pequeña Sofía amaban la playa. No podían pasar mucho tiempo sin ir. En Argentina iban a Punta del Este y a Mar del Plata. También visitaron la Riviera Maya. Disfrutaban esos viajes. La pasaban bien y se notaba. La imagen de los tres juntos, llenos de energía, fulminaba cualquier prejuicio o desconcierto. Esa niña tenía la familia perfecta: papá y papá.

Papá y papá eran perfeccionistas, y siempre querían tener todo bajo control. Amaban los detalles. Eran divertidos, carismáticos, buenos conversadores. Llevaban tanto tiempo juntos que todos los recordaban así, en pareja, inseparables, desde siempre. Fabián, diez años mayor que Andrés, era contador y tenía un estupendo trabajo en una empresa multinacional. Pero su verdadera vocación era la música y el teatro. Era director, actor y compositor. Tenía una voz lindísima y escribía musicales. Su mundo era ese. Sus amigos pertenecían a la escena cultural y de espectáculos de Buenos Aires: actores, actrices, dramaturgos, directores y periodistas.

Años atrás, Fabián había compuesto un musical inspirado en un episodio terrible de la historia argentina: *Camila, nuestra historia de amor*. La pieza estaba basada en la historia de Camila O'Gorman y Ladislao Gutiérrez. Ella era una muchacha de alta sociedad, de veinte años. Bien educada y sensible: en sus ratos libres tocaba el piano y cantaba. Él era un cura jesuita de 24. Se conocieron. Se enamoraron. Asediados por el escándalo, escaparon de Buenos Aires rumbo al norte. Vivieron su idilio. Pero era 1847 y algunas afrentas no se perdonaban. Los atraparon. La historia termina mal, pero quien la escucha por primera vez no se imagina lo mal que termina. Los amantes fueron fusilados. Camila estaba embarazada. Antes de morir, bautizó a su hijo bebiendo agua bendita.

Es el «Romeo y Julieta» argentino. Hasta hubo una película, en 1984, que fue nominada al Óscar.

Fabián escribió el musical. Compuso las canciones de todos los personajes. Resultó ser un emprendedor tenaz. Preparó el proyecto en un CD y llevó la obra a todo el mundo, en busca de cumplir el sueño de montarla en algún escenario.

En una de esas visitas conoció a quien se volvería un gran amigo: Pablo Gorlero, director teatral y periodista. Pablo recuerda haberlo visto llegar a su oficina con un traje impecable. Era, tal vez, el año 2004. Una rosa calada adornaba la carpeta del libreto. Todo estaba hecho a mano y con cariño.

Pero no fue nada fácil. Fabián Núñez pasó casi diez años tratando de encontrar un socio, tocando puertas, rechazando testarudamente la posibilidad de cortar la duración de la obra y reducir el número de actores. Hasta que, finalmente, pudo montarla en 2013, en el teatro Lola Membrives de Buenos Aires.

El reparto incluyó algunas personalidades de esas que se suelen ver en la televisión argentina internacional. Camila era Natalie Pérez, protagonista de *Chiquititas* y *Rebelde Way*, dos telenovelas juveniles que causaron furor a fines de los noventa; el padre Ladislao era Peter Lanzani, joven actor —también de *Chiquititas*— que se consagraría años después en *Argentina, 1985*, nominada al Óscar. Además, estaba Julia Zenko, la cantante que se hizo conocida en toda Latinoamérica por la canción inicial de la telenovela *María de nadie*. *Camila, nuestra historia de amor* fue un éxito que conmovió a la audiencia y convenció a la crítica. Después de eso, Fabián no volvió a poner en escena ningún trabajo, pero siguió vinculado a ese mundo.

Andrés, el joven que andaba con él, era un muchacho encantador, con una profesión que en el ambiente genera una mezcla de reticencia y fascinación: cirujano plástico.

Andrés Galfrascoli había llegado a Buenos Aires de Corrientes, su tierra natal, para hacer la residencia en el hospital Argerich, luego de haberse graduado de la Universidad del Nordeste con excelentes calificaciones y las mejores referencias. En un hospital público no se hacen rinoplastias ni implantes de mama. Lo que toca —si se decide ser cirujano plástico— es realizar cirugía reconstructiva. Operar cuerpos y rostros desfigurados por tragedias, accidentes, catástrofes. Cuerpos que, muchas veces, son pobres, precarios, vulnerables.

Maru, su hermana menor, recuerda que Andrés le mostraba las fotos de esos trabajos, siempre emocionado. «Eran fotos horrorosas para mí, pero él estaba muy obsesionado y compenetrado», dice. Recuerda en especial la imagen de un obrero al que una pieza de acero le había atravesado la boca, la nariz y el ojo. Ella miraba horrorizada mientras su hermano le describía, apasionadísimo, el plan médico.

En esos primeros años Andrés Galfrascoli siempre viajaba a casa. Corrientes es una provincia al norte, en el límite con Paraguay. La ciudad principal, donde Andrés creció, da al río Paraná. Destaca en el paisaje el puente Manuel Belgrano, una suerte de Golden Gate local, con barras colgantes (los nativos se ríen de la comparación, pero en realidad el Belgrano no es tan chico: alcanza dos tercios de la extensión del famoso ícono de San Francisco).

Corrientes es una de esas provincias argentinas en las que no pasa mucho y se vive a otro ritmo, un lugar «lejano», donde todo es más pequeño. De Corrientes llegaron los padres de Diego Armando Maradona a buscar un mejor futuro en el gran Buenos Aires. De Corrientes llegó la sirvienta que asistió a Jorge Luis Borges por décadas. A Corrientes viajaron, en 1847, Camila O'Gorman y Ladislao Gutiérrez convencidos de que no los encontrarían. Pero algún chismoso los vio y los delató.

La pequeña provincia conservadora resultó ser un pésimo lugar para esconder el amor prohibido entre una joven de la alta sociedad y un cura.

Corrientes mantuvo ese carácter de pueblo pequeño y devoto. Cuando llegó el papa Juan Pablo II, en 1987, 100 mil personas salieron a vitorearlo y escucharlo bajo una de esas lluvias torrenciales incesantes típicas de la zona. En ese entonces Andrés tenía once años y entraba a la adolescencia. Era el mayor de sus hermanos y poco después recorrería la ciudad en una pequeña moto Adler blanca que su padre le regaló. Su mamá sospechaba que su hijo era distinto pero no quería aceptarlo. No era algo común la homosexualidad abierta. «Una es de otra época», dice la señora Galfrascoli. Años después, cuando ya vivía en Buenos Aires, Andrés le contó la verdad.

—La noticia me cayó muy mal —admite—. La pasamos mal. Lo hice sufrir.

Pero madre es madre y Andrés siempre fue un joven muy apegado a su familia. Además, su talento lo hacía brillar y progresar.

El niño que atrapaba sapos para abrirlos en dos, en los campos de Curuzú (al sur de Corrientes), se volvió un cirujano exitoso en Buenos Aires y lo primero que hizo fue llevar a su madre a vivir a la ciudad.

Los amigos de Fabián se acostumbraron a verlo con su nueva pareja: ese joven tan simpático, guapo, cirujano plástico (y se corría la voz de que era de los buenos). Con ese acento correntino que los porteños sienten como cantado, «dulce» e ingenuo. Andrés, consciente de la fascinación que causaba, jugaba a «hablar en correntino» frente a los amigos.

Juanjo Ubirías no lo podía creer. Su amigo Fabián, el de la voz divina que tocaba el piano, siempre había amado la noche y la soltería. Pero esto era serio. En verdad estaba enamorado del cirujano.

Y sí, era muy serio. Fabián y Andrés se mudaron juntos, empezaron a hacer planes. Compraron un departamento en el centro de Buenos Aires. Después, en 2014, decidieron tener un hijo. No querían adoptarlo. Deseaban tener un bebé propio, y querían que todo se hiciera en Argentina.

Pero en Argentina esas cosas no pasaban todavía. Hacerlo como planeaban era tomar el camino complicado y engorroso. Y no había a quién preguntarle. Debían buscar médicos especialistas pero también abogados competentes. Tenían que buscar óvulos y, lo más importante, una mujer que llevara a su bebé en el vientre.

* * *

Debajo de las filas de balcones que se veían desde el Solara estaba el portón del garaje. Por ahí salían y entraban los automóviles, y pasaban al lado de la piscina del hotel. Algunos eran llamativos, como el Porsche Macan de Cassondra Stratton, el Tesla X azul de David Epstein, o el Lexus IS 300 rojo de Estelle Hedaya.

Rara vez se veía saliendo de ahí a una persona sola.

Una de esas escasas ocasiones apareció una mujer saliendo por la rampa. Tenía el pelo rubio y largo, usaba una blusa azul y blanca, de lazo, y lentes de sol.

Era Fiorella Terenzi, quien acababa de visitar un departamento que estaba en venta. Había bajado al estacionamiento de la torre Champlain Sur para revisar el espacio asignado a la unidad que acababa de ver en el edificio. Y quedó espantada. Solo iba a ver el sitio del parqueo, pero se detuvo al mirar el estado del techo: había goteras, manchas de humedad, la pintura estaba inflada en varias secciones, al punto de que la superficie ya no era lisa, sino arrugada.

Se suponía que iba a volver al *lobby*, por el ascensor, a encontrarse con la agente inmobiliaria, pero prefirió irse directamente. Buscó la salida de los vehículos.

Al avanzar entre dos filas de autos parqueados con dirección a la rampa vio a su lado derecho una columna que tenía un charco de agua en la base.

Era la columna 76, y sería un elemento clave.

Había varias columnas con grietas y desconchados (trozos desprendidos) pero en esta, además, había abundante agua. La columna 76 llegaba, por arriba, hasta la terraza que bordeaba la piscina, a pocos metros de la jardinera de aralias.

Para Joshua Porter, ingeniero de la firma Consult Engineering —quien tiene un canal de YouTube en el que ha analizado el caso de la torre Champlain Sur—, una filtración de agua como esa ya era un signo de un enorme deterioro que hacía necesario intervenir de inmediato; era una evidencia de que algo malo podía pasar.

Y la alarma debió ser clara cuando a esta situación se le sumó, meses después, la grieta de la jardinera de aralias. Una rajadura horizontal atípica: por lo general, este tipo de quiebres se forma de manera vertical o en diagonal. También es inusual que la fisura tenga, como era el caso, 3 centímetros de ancho.

El ingeniero enviado por Morabito vio la grieta, la midió y pensó que eran las raíces de las plantas las que habían quebrado la jardinera. No le dio mucha importancia. Aparentemente, ni él ni sus compañeros vieron algo que un jardinero notaría de inmediato: las aralias no tienen una raíz fuerte capaz de romper cosas. Además, no se veía la hinchazón que tendría que haber provocado la paulatina irrupción vegetal.

Si una grieta tan pronunciada existía era porque la losa había cedido. La columna 76, que estaba muy cerca, tenía una filtración justamente porque ya no estaba unida a ese plano. Las dos cosas —el agua de la columna y la jardinera quebrada— estaban relacionadas.

Que el suelo ceda, atravesado por una columna —como un lápiz que cruza una plancha de poliestireno— es un fenómeno que se llama «punzonamiento». Es un evento grave en cualquier estructura. Pero hay ciertos edificios en los que el punzonamiento, de darse, es el inicio de algo fatal.

La torre Champlain Sur era uno de esos edificios.

* * *

El primer nacimiento por inseminación *in vitro* del mundo ocurrió en 1978, en Inglaterra. Era un proceso tan novedoso y tan controversial que la gestante tuvo que ir a dar a luz casi clandestinamente, para esquivar a la prensa y a quienes hacían preguntas sobre ese experimento que desafiaba a Dios: extraer un óvulo y fecundarlo en un laboratorio. Ocho años después un grupo de médicos llevó la técnica a Argentina. Así nacieron, en 1986, los mellizos Delaporte. Uno de los médicos del equipo que lo hizo posible, Nicolás Neuspiller, abrió luego su clínica de fertilidad asistida en Buenos Aires: Fecunditas.

A esa clínica llegaron, entre 2014 y 2015, Andrés Galfrascoli y Fabián Núñez para hacer algo que nunca se había hecho en esa clínica y casi nunca en el país: una fecundación *in vitro* para una pareja de varones del mismo sexo. El médico que los atendió fue Matías Santomé.

—Tenían el sueño de ser padres —dice—. Un montón de ganas. Eran encantadores.

Teóricamente la fecundación *in vitro* sucede así: se extraen óvulos de una donante. También pueden ser óvulos congelados, conservados en un banco. Esos óvulos se fecundan con el esperma del padre. Luego, se cultivan embriones en el laboratorio; se dejan crecer unos días. Se seleccionan los mejores, aquellos que tienen más posibilidades de sobrevivir. Se descartan los otros. Finalmente, dos o tres se transfieren al útero de una mujer (la operación es sencilla e indolora). Antes del procedimiento, la mujer ha tenido que preparar su útero para la implantación, con estrógeno natural y progesterona. A esta mujer se le solía llamar «vientre de alquiler», pero ya no es un término correcto. Ahora se le llama «gestante solidaria».

Al principio Andrés y Fabián parecían dispuestos a ceñirse al plan.

Pero Andrés —siempre metódico y aprensivo— quería tener más control sobre cada detalle. «Consiguieron una subrogante que era un amor», recuerda Matías, quien dice que eso es lo más difícil en estos casos, porque se busca no solo a una mujer que vaya a seguir un embarazo, sino que se comprometa con el proceso. Andrés y Fabián encontraron su subrogante luego de entrevistar a varias candidatas. Pero, acerca de la donante de óvulos, no podían saber nada. En Argentina la ley protege el anonimato. Andrés estuvo de acuerdo al principio. Pero luego no soportó la idea. Quería saber quién era y cómo lucía la mujer que iba a proveer los óvulos de su posible bebé. El doctor Santomé le decía que eso era imposible, que no se podía revelar. «Te estoy eligiendo una donante que es hermosa, realmente hermosa, te lo aseguro», le comentó para tranquilizarlo.

De todos modos no pudieron soportar la duda. «Imagínate, Andrés, un cirujano plástico, necesitaba saber cómo era», recuerda Santomé.

Así que decidieron buscar una donante en el extranjero. Era la única opción si deseaban conocer su identidad. En el mercado de óvulos, es posible la opción de saber: pero hay que pagar más.

La subrogación gestacional es un procedimiento polémico. En la época en que la técnica se hizo más notoria, el papa Juan Pablo II la condenó con la misma firmeza que a la homosexualidad y a la unión civil de parejas del mismo sexo. El descarte de embriones resulta inaceptable para los católicos (y no deja de ser una imagen perturbadora). Pero no es solo la Iglesia la que está en contra. Parte del feminismo condena el uso de la mujer como paridora pagada. Lo considera una forma más de explotación, que afecta a quienes no pueden negarse a una alta suma de dinero. De hecho, los casos más extremos no son nada agradables: en países que se han convertido en «paraísos de gestación subrogada», los contratos protegen a los clientes ricos y dejan a la subrogante atada a diferentes cláusulas que limitan su libertad de movimiento, e incluso las confinan a una habitación a partir del séptimo mes, o le niegan la decisión de muerte en caso de un coma, además de imponerle penalidades enormes por perder al bebé.

Las feministas que están a favor del procedimiento argumentan que quien defiende el derecho de que una mujer decida interrumpir su embarazo no puede oponerse a que otra mujer decida usar su cuerpo para gestar a un hijo ajeno.

Para quien tiene un amigo o familiar en el proceso, el sesgo —y el amor— diluye toda discusión: dos padres quieren formar una familia y la ciencia puede hacerlo posible.

Andrés y Fabián decidieron que ambos donarían esperma. Pero solicitaron no saber cuál de las muestras conseguía la fecundación cuando se diera. En abril de 2015 recibieron una noticia hermosa.

La espera fue dulce, tensa y con muchos nervios.

El 6 de noviembre de 2015 nació Sofía. Fue una bebé prematura porque el médico decidió realizar el parto luego de que una ecografía de control despertara ciertas alarmas. Desde ese día, Andrés y Fabián fueron papás. En la sección de neonatología del hospital Otamendi los trataron con respeto. Les dijeron que llevaran camisas y no camisetas, para que pudieran abrirlas con facilidad y sintieran a la bebé piel con piel. La subrogante, en la habitación de al lado, inició el corte de la lactancia.

La hermana de Andrés, Maru Galfrascoli, recuerda que ellos fueron una de las primeras parejas homosexuales en tener un bebé por subrogación en el país. En efecto, Juan Pablo Santalla, el primer bebé nacido oficialmente por subrogación de padres del mismo sexo —que apareció en decenas de reportajes—, nació el 4 de junio, cinco meses y dos días antes que Sofía.

La primera vez que la señora Susana Galfrascoli vio a su nieta, ella estaba en la incubadora, tan llena de cables y tan pequeñita que la abuela se puso a llorar.

—Esa criatura me quería demasiado a mí —dice ahora, desde Buenos Aires—. Era una alegría cuando yo llegaba a su casa, no sabes los abrazos que me daba.

Y le pedía a su abuela que se quedara a dormir con ella. Al cerrar los ojos la agarraba de la mano y Andrés, tan cercano a su madre, le sugería que se quedara.

El departamento de Andrés y Fabián estaba en la calle Callao, Barrio Norte de Buenos Aires, no muy lejos de La Recoleta. Era el último piso, en un edificio de comienzos del siglo XX, de esos que tienen una cúpula en el techo. Cuando pensaron en formar una familia decidieron remodelar el lugar. Compraron el departamento de al lado y tumbaron la pared. Juanjo Ubiría recuerda que su amigo Fabián jamás se cansaba de hacer planes. Ya era un hombre maduro con la vida resuelta, pero siempre le contaba de algún proyecto, una idea nueva que lo llenaba de energía.

En la sala principal de ese departamento dominaba el espacio el enorme piano de Fabián. Era un piano de cola blanco, donde componía y cantaba. Era admirador de Alan Menken, compositor estadounidense de clásicos de Disney como *La Sirenita* y *La Bella y la Bestia*. Y allí estaba la pequeña Sofía, sentada en el regazo de papá —de uno de sus papás—, quien tocaba el piano para ella. A veces, papá tocaba tangos viejos y cantaban juntos. Papá podía tocarle las canciones de Disney en vivo. Sofía no tardaría en convertirse en princesa: le encantaba *Frozen*, y a veces cantaba con todas sus fuerzas, disfrazada de Elsa.

Siempre era igual: cuando se hacía tarde, era Andrés quien se la llevaba a dormir. Él había asumido las tareas tradicionalmente asociadas a «la madre»; fue algo muy natural. Cuando sus amigos estaban charlando en la mesa con ellos, él se despedía con la niña en los brazos.

Andrés, el joven correntino, se volvió uno de los cirujanos plásticos más destacados de la ciudad. La gente de la farándula lo buscaba. Se hizo fama de «sutil» y honesto (era capaz de disuadirte de una operación si no te convenía). La cantante Julia Zenko, amiga de Fabián, se operó la nariz con él (y su cirugía fue noticia en la prensa de espectáculos). La modelo Erika Mitdank exhibió feliz los labios aumentados, sin excesos, que Andrés moldeó con sus manos de artista. Galfrascoli también fue médico de la primera dama argentina Fabiola Yáñez, y luego —se comenta— del presidente Alberto Fernández, a quien habría operado por algo menor (tal vez un lunar). Cuando a los amigos les preguntan si lo del presidente Fernández es verdad, se ríen, miran a un lado y dicen que eso es confidencial.

A finales de abril de 2021 la familia completa se fue a Miami. A ponerse la vacuna del COVID-19, a pasear, a ver el mar.

El miércoles 23 de junio salieron de la mansión de Patoka y llegaron al bonito edificio, en Surfside. Se instalaron en el piso 8. Al frente, por la ventana, se veía el techo del hotel celeste.

* * *

Si se miraba la torre Champlain Sur desde el hotel, cualquiera se daba cuenta de un detalle que también se puede notar en las fotografías: la delgadez de los planos que dividen un piso del otro, y lo compacto que queda todo sin que la altura de cada nivel, de suelo a techo, sea demasiado corta.

Es un rasgo de diseño importante, que sin duda contribuye al aspecto afilado y ligero de la construcción, y que les dio realce a los bocetos originales del arquitecto William Friedman, presentados en agosto de 1979. Los datos confirman esa impresión de delgadez. En efecto, cada losa de concreto tiene solo 20 centímetros de espesor. Menos grueso que el colchón de una cama.

Que eso pueda lograrse se debe a un sistema de construcción particular: la losa plana.

* * *

El profesor Carlos Salcedo lo enseña todos los semestres en la Facultad de Arquitectura de la Universidad Católica del Perú, cuando tiene que explicar los tipos de estructuras existentes. En la costa del Pacífico, el diseño estructural es de particular relevancia, debido a los terremotos. Es, digamos, un conocimiento de vida o muerte. Un edificio puede entenderse como un «mecanismo» hecho para no caer, para resistir fuerzas verticales (las que producen los pesos) y fuerzas laterales (las que producen los sismos).

Flechas hacia abajo. Flechas hacia los lados.

Por siglos, los hombres construyeron sus viviendas erigiendo muros con un método que parecía —y fue— un inmenso hallazgo tecnológico: la mampostería; es decir, la mezcla de piedras y otros materiales sólidos, en trozos, con un mortero o masa que aglutinaba todo y conseguía una gran rigidez. Así erigieron sus pirámides los egipcios y sus palacios los romanos, quienes aprovechaban las tierras conquistadas para traer de ahí los mejores materiales.

Con diversas formas de mampostería se moldeó el aspecto de las ciudades por siglos. Pero el sistema tenía una limitación. Debía construirse de muro en muro, así que la única forma de edificar hacia arriba era haciendo paredes de base que aumentaban el grosor conforme a las pretensiones de altura. El Edificio Monadnock, construido en 1891, muestra el extremo de ese fenómeno: para alcanzar 16 pisos de alto debió tener, en la base, muros de 1.80 metros de espesor.

De todos modos, la mampostería no es un método que estuviera en auge en la época en la que los edificios altos empezaban a poblar la imaginación del hombre. El mundo que conocemos, el de la ciudad moderna, vertical, densa, es futurismo hecho realidad, algo alucinante, avezado, impensable: es expresión de un cambio en la conciencia, la estética, la velocidad de la vida cotidiana, el transporte. Es el espíritu moderno hecho trazos.

El hierro que se usaba en los puentes inspiró a los arquitectos y les hizo preguntarse si no funcionaría en estructuras de viviendas altas. Todo fue gradual y por eso, en sus clases, el profesor Salcedo habla de «ganar confianza». Ningún uso teórico se puede probar completamente hasta que la obra existe y prevalece. La conquista arquitectónica de los cielos se parece a la conquista del espacio. Ensayo, error, tanteo, locura, y luego la calma del nuevo paradigma.

A finales del siglo XIX la combinación de dos elementos probó su utilidad: el acero y el concreto. El concreto fue posible gracias al perfeccionamiento del cemento: una mezcla consolidada que hasta tuvo patentes en esos años. Con el acero y el concreto se formó lo que sería la unidad básica de los edificios modernos: el pórtico, dos columnas y una viga, encima de la cual se colocaba el piso.

El pórtico consiguió algo increíble: acabar con la necesidad de construir primero los muros, reemplazándolos por un sistema de líneas de soporte. Es decir, el esqueleto antes que el cuerpo.

Era el nacimiento del sistema aporticado, que permitió construir edificios altísimos como nunca antes. La ventaja estructural también era una ventaja de diseño. Resultaban edificios llenos de luz. Así aparecieron las ventanas enormes y las profundidades. «Nació un nuevo lenguaje arquitectónico», dice Salcedo.

Alguien —como ocurre siempre— dio un paso más allá.

El concreto es tan moldeable que su unión con el acero permitía hacer todas las piezas imaginables y jugar con ellas, como quien arma bloques sobre una mesa. Un piso podía descansar directamente encima de las columnas, sin necesidad de vigas. Los primeros ejemplos de esta combinación se registran a comienzos del siglo XX, pero la idea sería explotada por el movimiento moderno, también llamado «internacional».

No es poca cosa, al dibujar, prescindir de la viga, esa barra enorme y molesta. El arquitecto Le Corbusier usó el principio de la losa plana en su sistema Dom-ino: tres planchas de concreto sostenidas por seis columnas, con una escalera al lado. Y eso es todo. Así le dijo al mundo: «Esto es todo lo que se necesita para una estructura con estilo y resistencia». Su idea era que su módulo sirviera de molde, como una suerte de código abierto para que cualquiera pudiera construir viviendas a bajo precio. Pero como pasa a veces, la austeridad afilada de la losa plana se volvió un recurso para el diseño comercial: valor agregado en condominios de lujo.

La losa plana sale a cuenta. Permite a los arquitectos jugar y a los constructores ahorrar.

Por supuesto, hay que tomar precauciones. En ausencia de vigas, existe riesgo de que el peso de la losa haga que la columna la «pinche» y se dé un punzonamiento. Por eso, el sistema prevé que la columna tenga un ensanchamiento en el extremo superior, llamado capitel, que luego evolucionaría hasta convertirse en algo más sutil: una placa o solo una rejilla de metal.

Funcionó. Los edificios de losa plana resistieron bien sus cargas. De hecho, carecer de vigas los hacía más ligeros. Todo bien con las flechas hacia abajo.

Pero esas no son las únicas fuerzas que actúan en un edificio. Resistir las fuerzas laterales es importante porque estas mueven de un lado al otro los componentes de la estructura, lo que provoca exigencias atípicas que pueden vencer las resistencias.

Los capiteles resisten las cargas, pero no poseen la capacidad que tienen las vigas para fijar la estructura en movimientos de un lado al otro. Un evento sísmico era una prueba que difícilmente podrían pasar.

En efecto. Los edificios de losa plana cayeron como castillos de naipes en los sucesivos terremotos del siglo XX. En México esta situación fue especialmente dramática: después de 1985, toda una generación creció sabiendo que hay edificios en los que no existe zona segura en caso de sismos, que hay secciones que parecen pórticos, pero no lo son. Terriblemente, la situación se repitió en el sismo de 2017, con el mismo tipo de construcciones.

La destrucción en este tipo de estructuras es más o menos previsible: las losas se desprenden de las columnas. Las columnas pierden la división que distribuía las resistencias: proporcionalmente, se vuelven «más delgadas y altas», como zancos, se pandean y luego se quiebran. Las losas caen unas sobre otras: colapso de panqueque.

Pero en Miami no hay terremotos. Y en 1979 hacer un edificio de losa plana de doce pisos no violaba ningún código.

—Además, la losa plana no es un problema en sí mismo si el edificio está bien diseñado para los eventos esperables —aclara Salcedo.

De hecho, la losa plana tiene plena vigencia. El edificio 28&7, inaugurado en 2022 en Manhattan, usa ese tipo de estructura y lo anuncia sin ningún complejo en sus materiales promocionales.

La estructura sin vigas, hecha con cálculos correctos sobre las posibles cargas proyectadas, es una buena opción en zonas sin sismos fuertes. Aun así, a los arquitectos de ciudades con gran movimiento sísmico les parece inaudito construir edificios tan vulnerables.

Sucede que los terremotos no son las únicas fuerzas laterales que pueden afectar a un edificio. Puede ocurrir que haya una vibración cercana. Por ejemplo, que al lado haya una construcción que usa tablestaca para hacer sus cimientos (un método que, de hecho, no se recomienda, justamente porque puede afectar a viviendas vecinas), en vez de usar un método helicoidal, más silencioso y menos perjudicial.

La torre Champlain Sur, al parecer, fue atacada estructuralmente por dos flancos.

Descuidar las uniones de las columnas con las losas, en un edificio de losa plana, es una muy mala idea. Dejar que la filtración del agua se cuele hasta llegar a esas uniones y al acero interior por décadas es un disparate. La acción del agua hincha el metal y rompe el concreto. Esto produce fisuras por las que entra más agua y así continúa el círculo vicioso. «Además, el acero deteriorado pierde área y con ello resistencia», dice Salcedo.

A diferencia de un edificio con vigas, en uno de losa plana no abunda eso que los ingenieros llaman «redundancias». Si una viga falla, las de al lado cargarán sin problemas el peso y lo redistribuirán, porque el pórtico que forma la viga es una estructura muy resistente y estable. El equilibro de la losa plana, en cambio, depende mucho más de todas las uniones funcionando en conjunto.

Para empeorar las cosas, en la torre Champlain Sur las armaduras (varillas interiores) de las columnas no siguieron los requerimientos reglamentarios. La proporción del acero en relación con el concreto era menor que la que se exige para que la construcción sea adecuada.

Si al descuido de las uniones le sumamos las fuerzas laterales por las vibraciones generadas durante la construcción del Eighty Seven Park, podríamos hablar de una «tormenta» perfecta. No se ha determinado que esa construcción haya contribuido al daño. De hecho, el argumento más sólido de Terra (la corporación que construyó el edificio) es que las vibraciones más fuertes ocurrieron en 2016 y 2017, mucho antes de la tragedia. Pero lo cierto es que estos movimientos existieron: los objetos se caían de su sitio en los interiores de los departamentos. Un residente estuvo a punto de caer de la caminadora del gimnasio, que se encontraba en el segundo piso.

—El efecto causado por la construcción podría compararse con pequeños sismos —dice Salcedo—. Es difícil que no afecte. En todo caso, es una raya más al tigre… Una rayota.

El punzonamiento, si se da, será el último anuncio de un problema sistémico. Como un cáncer avanzado de esos que no tienen síntomas sino hasta el final. Una o dos columnas se sueltan. Las cargas se transfieren. El resto de las uniones automáticamente tendrán que soportar más. La torre Champlain Sur tenía algunos refuerzos de prevención: un par de vigas en la losa del primer nivel y dos muros cortantes, destinados a contener los movimientos laterales, pero nada de eso pudo contra el daño masivo.

La columna 76 era una señal clara de algo malo e irreversible. «Ese edificio definitivamente estaba gritando», dijo Joshua Porter al *Miami Herald*.

* * *

El miércoles 23 de junio, cerca de las 11 de la noche, Deven González y sus padres pidieron una pizza y vieron la película de terror *El conjuro 3: el diablo me obligó a hacerlo*. La trama es así: una maldición se apodera de un joven que, poseído e irreconocible, asesina a un hombre a puñaladas; los carismáticos investigadores paranormales —que, por cierto, son quienes tienen guardada a la muñeca Annabelle— descubren que detrás de todo hay ceremonias satánicas y algo peor: en el sótano de la casa donde vive el joven poseído hay figuras rituales hechas de huesos.

Deven, de quince años, decidió quedarse a dormir en la cama de sus padres porque la película le dio mucho miedo. Pero el terror —el verdadero terror— estaba en su edificio, y algo parecido a una maldición podía «leerse» nítidamente en el sótano: no era una artesanía ritual siniestra, sino una fisura enorme. Y agua, mucha agua, un charco enorme en la base de esa columna: el edificio gritaba en silencio.

Tic, tac, tic, tac, tic, tac, tic, tac.

Adriana Sarmiento miró desde la piscina del hotel Solara hacia la rampa del estacionamiento de la torre Champlain Sur. En la oscuridad, alcanzó a ver un chorro de agua y polvo cayendo sin control. Era la columna 76, aunque ella no lo sabía.

—Se va a caer —dijo.

Deven, en el piso 9, se quedó dormida y no volvió a su habitación. Su balcón era aquel donde a veces se asomaba el simpático bulldog americano. En el balcón de abajo, a la izquierda, la pequeña Sofía Galfrascoli probablemente dormía. Había recibido otra videollamada desde Buenos Aires. Era su abuela Susana, la madre de Andrés. Como siempre, le leyó un cuento y le mandó un beso de buenas noches.

* * *

—Dijeron que mi hermano se quería ir a vivir allá y eso es mentira —dice Maru Galfrascoli.

Para mucha gente en Latinoamérica, Miami es un placer culposo. Una ciudad que disfrutan y a donde les gusta viajar, pero sin mencionarlo mucho, sin divulgarlo entre los amigos. Esto suele ocurrir entre intelectuales progresistas, mucho más si son de izquierda o lo han sido. Miami es una ciudad, digamos, simbólicamente contaminada. Es la ciudad de los disidentes del sueño cubano (que, aunque esté en ruinas, es parte de la memoria sentimental del continente). Una ciudad corrompida por el dinero y la vanidad. «Una ciudad de plástico de esas que no quiero ver», cantaba Rubén Blades cuando hacía salsa social.

«De edificios cancerosos...».

Detectas ese tipo de prejuicio en las familias en las que es normal llamarles «yanquis» a los estadounidenses; el mismo término que explotó Fidel Castro y que luego usó Hugo Chávez. A Pablo Gorlero se le escapa el «yanqui» cuando habla de ellos. «Disculpa, nosotros los llamamos así», dice. Sin duda lo decía con Fabián y Andrés. Y de los prejuicios contra Estados Unidos, ninguno más hondo que el existente contra Miami, ciudad frívola. Ciudad poco sofisticada, como la veía el chileno Claudio Bonnefoy, del piso 10.

Andrés Galfrascoli iba a las marchas para apoyar a Cristina Fernández, la expresidenta de izquierda, cercana a Hugo Chávez, detestada por medio país y odiada, sin duda, en la *Little Buenos Aires*, ese conjunto de locales que está en Collins, a solo unas 15 cuadras al sur de las torres Champlain. «Él no ocultaba su peronismo, pero tampoco lo ponía en las redes ni nada, porque por su profesión no era muy conveniente para él; el mundo estético es hueco, es más de derecha», dice Maru.

Pablo Gorlero cree que Andrés sí había visto alguna posibilidad de instalarse en Miami y convalidar sus estudios (un proceso engorroso y largo, sobre todo para la carrera de Medicina). Y que no se los dijo porque —ríe— «seguro pensaba que lo íbamos a juzgar».

Miami: ciudad dificilísima para el peatón, pero hermosa para rentar un auto y perderse en ella. Placer culposo. En ciertos ámbitos es antipático decirlo, pero es una ciudad mucho más habitable y segura que las cada vez más violentas metrópolis latinoamericanas. Cualquiera que la visita se da cuenta.

El lunes 21 de junio quedó libre el departamento del piso 8 de la torre Champlain Sur. Se instaló ahí Juanjo Ubiría. Andrés y Fabián, que querían quedarse en el edificio, se alojarían en el del tercer piso, que se iba a desocupar dos días después.

Fue entonces que Juanjo tuvo la idea.

—Le dije a Jacqueline Patoka que mejor ellos se fueran al octavo —recuerda Juanjo—. Y yo me iba al tercero. Total, a mí me daba lo mismo. No me gusta la playa.

Juanjo repite que se lamentará por siempre, hasta el tormento y la angustia, de su idea. Porque el departamento del tercer piso (el 306) daba a la avenida Collins. Estaba en la parte de la torre que quedó en pie.

Pero también es cierto que Andrés y Fabián estaban felices. Cómo olvidar la dicha de Sofía por tener el mar tan cerca, sus ganas de ir a la playa apenas amaneciera.

Mientras terminaba de instalar sus cosas, Juanjo Ubiría se dio cuenta de que había olvidado el cargador de su celular en el octavo piso. Subió por él. Cuando llegó al departamento, Andrés estaba limpiando la cocina y Sofía estaba en su cuarto viendo televisión.

Fue la última vez que los vio.

* * *

Cuando ya estaba decidida su sentencia de muerte, llevaron un piano a la celda de la joven Camila O'Gorman. Salvo eso, el único acto de compasión que se les concedió a los amantes fue *post mortem*: ser enterrados en el mismo nicho.

Al enterarse de lo que les pasaría, el padre Ladislao Gutiérrez le mandó una carta a Camila. Era breve como un mensaje de texto, ahí le decía que al menos ahora podrían estar unidos, en el cielo.

Hay ciertos amores, amores de novela, en los que la eternidad y la muerte insisten en ser la misma cosa.

Antonio y Gladys Lozano, que vivían en el piso 9, estaban a punto de cumplir 59 años de casados. Él tenía 83 y ella 79. Había surgido entre ambos una conversación recurrente, que a veces se volvía discusión: quién moriría primero. Ninguno de los dos aceptaba la inmolación del otro. Entendían que la vida no tendría sentido para el sobreviviente.

Su hijo, Sergio Lozano, que vivía en la torre Champlain Este, podía verlos por la ventana, porque su piso estaba más arriba que el hotel celeste, al igual que el de sus padres. La madrugada del 24 de junio, alertado por el gran ruido que parecía un huracán, se asomó a verlos. Pero el departamento había desaparecido.

Luego diría que, a pesar de la tragedia, sintió un consuelo: «Siempre quisieron irse juntos, y lo hicieron».

A ellos los encontraron rápido: el segundo día después del colapso, casi intactos, en su cama matrimonial.

Los Lozano estaban justo arriba del departamento de Andrés, Fabián y Sofía. De hecho, su piso era el techo del cuarto de los argentinos.

* * *

Adriana Sarmiento observaba los balcones sin poder notar nada.

Movía las manos desde la piscina de su hotel. En ese momento —tuvo que ser en ese momento— Angela González, que dormía con su esposo y su hija Deven, despertó por el movimiento o el ruido. ¿Qué tan profundo puede ser el sueño después de ver una película de exorcismos, morgues y espíritus? Se incorporó rápidamente. Con todas sus fuerzas, alcanzó a sacar a su hija dormida de la cama. Las dos salieron del cuarto, corrieron por el pasillo hacia la puerta de salida. No lo sabían, pero si en lugar de ir hacia allá buscando salir hubieran seguido hasta la cocina o la sala, habrían llegado a la sección del edificio que no se cayó. Pero quién podía saberlo, ellas solo corrieron a toda velocidad.

El piso se desplomó bajo sus pies.

El suelo del piso 9 era el techo del piso 8: el de Nicole Langesfeld y Luis Sadovnic. Justo dos pisos por encima del de Estelle Hedaya. La reacción en cadena se había iniciado. Un panqueque encima del otro.

Angela y su hija Deven han relatado la experiencia una sola vez, para la cadena CBS. Sí, al final, vivieron para contarlo. Cayeron cuatro pisos sobre la pila de escombros. Los rescatistas las bajaron colocando a cada una en una tabla, como si surfearan en el montículo de cemento, acero, vidrios.

El señor Edgar González se quedó en el cuarto: Angela no tuvo tiempo de alertarlo. En el departamento también se encontraba aquel bonito bulldog americano que a veces se asomaba al balcón.

* * *

Tener tan cerca un edificio residencial de trece pisos era una invitación a mirar, a espiar la vida de los otros. Eran 46 balcones totalmente expuestos.

La hilera vertical del extremo izquierdo casi nunca tenía gente: esos balcones daban la vuelta en la esquina y continuaban en el frente de la playa, una vista que sin duda era mejor que la del hotel. Pero a veces se asomaban algunos residentes. De vez en cuando salía, por ejemplo, el señor Claudio Bonnefoy (cuarto balcón contando desde arriba), que tenía su mesa de ajedrez en ese vértice. O la niña Stella Cattarossi, cinco pisos más abajo.

A contraluz, esos balcones del extremo parecían hojas afiladas con barandales encima. La losa plana a veces consigue ese efecto: una delgadez tal que hace que los elementos parezcan flotar.

La primera vez que Susie Rodríguez entró en el *lobby* de la torre Champlain Sur quedó cautivada. Fue en 1999. «Era como entrar a un hotel. Una belleza», recuerda. El piso de mármol. Los sillones tapizados. Los barandales. Los muebles. «Tenía caché», dice. Compró un departamento en el piso 6, de cara a la avenida Collins. En esos primeros días conoció a Arnold Notkin y a Nancy Levin, que eran parte de la directiva. Nancy vivía en el piso de arriba y había estado en el edificio desde su inauguración. Ella la invitó a su departamento para darle ideas sobre cómo decorar el espacio (Susie encontró el suyo con paredes verdes horribles y muebles antiguos que hacían pesado el espacio). Copió de Nancy el piso de travertinos: ella le dijo que se asegurara de comprar losetas *honed* y *filled*: «mate y sin huecos».

Así lo hizo y las losetas quedaron bellísimas bajo las mamparas: al pie de la vista a la bahía de Biscayne.

Arnold Notkin y Nancy estaban en la directiva. Susie ya había aprendido mucho de edificios y, como era consciente de eso, prefirió no participar. Tenía sus razones. En un condominio anterior le tocó ser presidenta y no le quedaba tiempo para nada. Además, la torre Champlain Sur se veía perfecta, joven, radiante. Solía ver a Notkin saludando a todo el mundo en la terraza que bordeaba la piscina, esa explanada de baldosas color salmón adornada con palmeras, y aralias verdes y amarillas. Arriba, el hotel Dezerland, el clásico Biltmore Terrace que parecía inmortal, se asomaba inofensivo.

Habían pasado casi dos décadas de eso, cuando Susie regresó al edificio después de estar cinco años viviendo en otro barrio.

Muchas cosas eran distintas. Ella había comprado su departamento siendo soltera. Ahora estaba divorciada y su madre tenía alzhéimer. Habían demolido el Biltmore para construir ese edificio mastodonte modernísimo. Nancy Levine ya era una abuela cariñosa y hablaba con nostalgia sobre el viejo condominio. Decía que antes era la «joya de Surfside». Pero ya no más.

Era 2018 y todo empezaba a ponerse triste. Susie leyó el informe Morabito y decidió ir, por primera vez, a una reunión de la directiva. Tal vez ya era tarde. Ni si quiera habían hecho un fondo de reserva (un ahorro para el futuro cuyo monto se establece luego de la revisión de un ingeniero estructural independiente). Habían recaudado un millón de dólares para arreglos cosméticos absurdos. Todo lo que se podía hacer mal se había hecho mal.

Nancy y Arnold quedarían sepultados en el derrumbe.

* * *

A comienzos de 2021 el doctor Matías Santomé recibió una llamada de Andrés Galfrascoli. El cirujano le quería dar una noticia. Él y Fabián habían decidido tener otro bebé y querían empezar con los preparativos.

Durante el viaje a Miami estuvieron en contacto. El martes 22 de junio de 2021 Matías le escribió para darle seguimiento al tema, y Andrés le dijo que lo esperara, que se estaban instalando en un nuevo lugar y desde ahí, con calma, lo llamaría para coordinar los detalles.

Esta vez, Andrés y Fabián no tenían dudas: querían que la donante estuviera en un banco de óvulos con identidad abierta. El cirujano pensaba que eso era muy importante porque buscaría a una mujer con rasgos similares a los de Sofía.

Pero Andrés nunca llamó. Lo siguiente que Matías supo de ellos fue por la prensa y los noticieros.

Más de dos semanas después del colapso sus restos fueron identificados. Primero encontraron a Andrés y a Sofía. Al día siguiente hallaron a Fabián.

Pablo Gorlero no puede dejar de pensar en el hecho de que siempre se iban así: primero se despedía Andrés con la niña en sus brazos. Luego se iba Fabián.

Papá y papá habían decidido que no querían saber a quién de los dos pertenecía la muestra que había logrado fecundar el embrión que después se convirtió en Sofía. Juanjo Ubiría dice que respetaron ese acuerdo y realmente vivieron con la incertidumbre. No sabían. Era mejor así.

Pero cuando tocó hacer la identificación de los restos extraídos de los escombros, hicieron pruebas de ADN a los familiares de ambos.

Así, sin querer, todos se enteraron. No fue una sorpresa.

* * *

El miércoles 23 de junio de 2021 fue un día normal de verano en la torre Champlain Sur. Mamparas abriéndose en los balcones. Voces enérgicas. Pasos rápidos, ajetreo, maletas que rodaban en los pasillos.

Estaba nublado, pero hacía mucho calor.

A eso de las 9:00 de la mañana, en el departamento 1104 en el piso 11, hubo un gran alboroto: Itty y Tzvi Ainsworth estaban conociendo en una llamada por Zoom a su nieto recién nacido. Afuera, en el balcón, descansaba la silla tipo lágrima, de ratán tejido y cojín anaranjado, en la que Itty solía sentarse a descansar mirando al hotel celeste.

A las 10:00 subieron al décimo piso los esposos Luis Pettengill y Silvana López Moreira, quienes acababan de llegar de Paraguay, con sus tres niños y la joven niñera.

Poco después, la brasileña Raquel Oliveira salió de su departamento en el piso 5 con su equipaje, para viajar a Colorado, a visitar a su madre.

A las 6:00 de la tarde los argentinos Andrés Galfrascoli, Fabián Núñez y su hija Sofía llegaron con sus maletas al departamento 803 del piso 8.

A las 7:24 apareció, en el mar, la luna llena.

A las 9:30 de la noche Theresa Velásquez llegó de viaje desde Los Ángeles para visitar a sus padres colombianos que vivían en el piso 3.

A eso de las 10:00 de la noche Sergio Lozano salió del departamento de sus padres, Antonio y Gladys, en el piso 9. Había visto allí el juego de béisbol de los Blue Jays contra los Marlins y había cenado en familia.

A las 10:40 llegó un pedido de pizza para el departamento de los González, en el piso 9. Era «noche de películas» y tenían ganas de ver algo que les diera miedo.

A las 11:10 la modelo Cassondra Stratton escribió acerca de lo feliz que se sentía por la llegada de la luna llena de fresa. Dos horas más tarde se asomó al balcón. Algo inusual ocurría en la piscina.

†

10

LOS VIVOS Y LOS MUERTOS.
(EPÍLOGO)

No todos tuvieron la suerte de Sergio Lozano, quien pudo mirar en sus féretros, por última vez, los rostros de sus padres, quienes aparecieron juntos, casi intactos, durante el segundo día de búsqueda. Para la mayoría de deudos, solo hubo una caja.

Ashley Dean y Raquel Olivera lo recuerdan bien.

Era una caja blanca de cartón. A los familiares les permitieron presentar sus homenajes y despedirse, antes de iniciar la cremación. Raquel escribió un mensaje en la caja de su esposo, Alfredo Leone, y otro en la de su hijo Lorenzo, de cinco años. Ashley estaba con el señor Michael Stratton y con la hija de Cassondra. El proceso requería llenar un documento, en el cual aceptaban que el crematorio no era responsable por nada de lo que vieran o sucediera allá. El señor Stratton llevaba puesto el cubrebocas, Ashley, no. Lo recuerda bien porque en un momento tuvo la caja demasiado cerca y entonces sucedió: el olor de Cassie le pegó como un viento helado.

—Realmente me golpeó —recuerda Ashley— porque solo entonces me quedó claro: mi hermanita estaba ahí.

Ashley dice que no pudo quitarse ese olor de la nariz ni de la conciencia. Ese olor la hacía preguntarse muchas cosas: visualizar escenarios posibles, imaginar el cuerpo con vida en esos últimos segundos.

Raquel Olivera vivió algo similar.

—No he podido olvidar el olor que salía de la caja —dijo durante la ceremonia que se realizó por el primer aniversario de la tragedia, cuando relataba el momento en que le entregaron los restos de su hijo.

Con el paso de las semanas ya no hubo cuerpos en el sentido estricto de la palabra. El calor y la presión de las toneladas de concreto hicieron efecto. Más bien, lo que abundó fueron los procedimientos de confirmación forense, muestras, huesos, tejidos adheridos a la materia.

Cuando se llevaron los escombros, en camiones que salían uno tras otro por la avenida Collins, como una caravana siniestra, quedó claro que en esos residuos iban también restos humanos.

Martin Langesfeld fue uno de los primeros que se dio cuenta de eso: estaban retirando lo que quedaba del edificio, pero sin haber extraído completamente los restos de quienes vivieron ahí. Así que empezó a repetir en las entrevistas que solo le habían entregado 33 % del cuerpo de su hermana Nicole. Nicole Langesfeld tenía veintiséis años, acababa de casarse y vivía en el piso 8, al lado de donde se alojaron los argentinos Andrés Galfrascoli, Fabián Núñez y la hija de ambos.

¿Cómo era posible abandonar así los restos que todavía se encontraban bajo los escombros?

Su indignación se hizo pública cuando, algunos meses después de la tragedia, la prensa comenzó a circular la información de que el terreno estaba en venta.

Entonces Langesfeld empezó a hacer campaña en los medios. Cualquiera que construyera en el sitio —señalaba— debía dejar el espacio para un monumento conmemorativo, un *memorial* de las víctimas.

—El mundo debe saber que en Estados Unidos no se construye sobre los muertos —dijo.

Su lema fue efectivo y generó titulares en los medios. Pero no era algo real.

* * *

Miami demuele y construye encima, una y otra vez. Es su naturaleza altiva y voraz. La ciudad trastoca los recuerdos, los
cambia, interviene las imágenes de la memoria con una varita
de Photoshop. A veces, en retrospectiva, esa reescritura ocurre
en un parpadeo, y uno duda si un lugar realmente existió.
¿O estaba en otra parte? Unas veces, ese acto de magia se debe a
una demolición silenciosa, pero otras tiene como trasfondo un
hecho terrible, un evento trágico que un día atrae a toda la prensa, con cámaras y drones, pero luego ya no se recuerda más.

Avenida Collins 8777. Surfside.

Como en 1979, el sitio es otra vez un terreno vacío. Y como
entonces, es un lugar codiciado, una oportunidad única. Al
igual que en esos años, al frente, en el lado sur de la 87th Terrace
—que ya casi no existe—, han construido un edificio futurista
diseñado por un gran arquitecto. Antes fue Morris Lapidus. Hoy
es Renzo Piano. El lugar era —y es— perfecto. Perfecto para
un nuevo proyecto. Pero ojo, no para cualquiera. Como entonces,
esta es una tierra bendita, una playa prístina, con esa arena clara
que trajeron unos hombres visionarios para mejorar el paisaje
y que todo brillara más, convencidos del potencial del sitio.

Esta vez ha sido todo más rápido.

Luego del colapso, los deudos y los propietarios hicieron una
treintena de demandas contra diferentes entidades por su pre-
sunta responsabilidad en la tragedia: a la empresa que brindaba
seguridad, Securitas USA, por no tener operativo su sistema de
alarmas; a la consultora Morabito, por no ver el peligro estructural que existía en el edificio a pesar de haberlo analizado; al con-
glomerado Terra Group, por los presuntos daños generados por
la construcción del Eighty Seven Park; y a la propia asociación
de propietarios del edificio, por no tomar las medidas adecuadas.

En junio de 2022 el juez Michael Hanzman, quien revisaba
el caso, anunció un arreglo entre las partes en litigio. Eso im-

plicaba detener el proceso por un acuerdo económico. Los demandados, se entendía, estaban dispuestos a pagar una fuerte suma de dinero.

En efecto, el monto del arreglo fue extraordinario: 1 100 millones de dólares, aproximadamente.

Según el *Miami Herald*, Terra Group, inversionista de Eighty Seven Park, puso unos 400 mil dólares de esa suma. Al igual que los otros demandados, Terra ha dejado en claro que dar ese dinero no implica que estén admitiendo culpabilidad o negligencia. Aceptaron entregarlo para evitar un litigio largo y doloroso. Con el acuerdo, por supuesto, quedaba cerrada la posibilidad de cualquier demanda futura por parte de las víctimas.

Los deudos de los fallecidos se repartirían ese dinero. En promedio, cerca de 10 millones de dólares por cada uno, aunque esto variará según el «valor» de la víctima, que se mide por factores como la expectativa de vida y la profesión (el futuro interrumpido de un médico no es igual que el de un maestro).

Meses atrás, antes de que nadie pudiera imaginarse que esa cifra fuera posible, los demás propietarios habían aceptado el monto de 83 millones de dólares, en total, como compensación por la pérdida de sus departamentos, una cantidad que se conseguiría con la venta del terreno. Más o menos, eran 610 mil dólares por cada unidad, en promedio.

La diferencia entre lo que correspondió por fallecido y lo que tocó por propiedad derrumbada es muy grande. Parece razonable. Nada reparará la pérdida de una vida humana y, en cambio, lo material siempre puede reemplazarse. Pero pronto se hizo evidente que los propietarios sobrevivientes no pensaban así.

Empezó una lucha incómoda: los vivos contra los muertos.

* * *

—Están pidiendo fortunas por los muertos cuando los muertos ya están en la gloria de Dios, o en un purgatorio si es que les corresponde, o simplemente bajo tierra (yo no lo sé, porque nadie ha vuelto). No tienen necesidad alguna. Nosotros sí —dijo Iliana Monteagudo, dos meses después del colapso, cuando iba quedando claro que los montos de los sobrevivientes y de los deudos serían abismalmente dispares.

Sus palabras suenan duras y hasta indolentes, pero su caso resume el calvario de algunos propietarios. Sobre todo de los que estaban en el edificio, en el ala que no se cayó, y viven con el trauma de lo ocurrido esa noche. Son residentes que tuvieron una suerte ambigua: sobrevivieron, pero perdieron sus viviendas y todo lo que había en ellas. Perdieron la tranquilidad que habían conseguido, el sosiego al borde del mar.

Para Monteagudo, que llegó a Miami a los veintiún años proveniente de Cuba, la vida después del colapso es como volver a ser refugiada, solo que peor. De la isla llegó con una maleta. De la torre Champlain Sur, en escombros, salió con una cartera. En ese entonces era joven. Ahora ya no. El pasado, para esa parte de la humanidad nacida antes de los años setenta, es un cofre lleno de imágenes de papel y fotografías enmarcadas, no una nube digital con archivos. Monteagudo, que había decidido que la torre Champlain Sur fuera su última morada, perdió todas sus fotografías de juventud y sus objetos sentimentalmente valiosos. Los escombros enterraron parte de su memoria.

Como ella, otros propietarios perdieron una vida que ya no saben cómo recuperar. Para ellos, el impacto de la tragedia no se ve atenuado o compensado por el monto que van a recibir: en este caso, crisis no significa oportunidad. En realidad, el dinero que les toca no alcanzaría para comprar una propiedad similar en la zona: mucho menos dos años después del colapso. Las propiedades se han encarecido, el Surfside de ahora es el del Eighty Seven Park, el del Edificio Arte donde se mudó Ivanka Trump, el barrio donde todos los meses desaparecen construcciones históricas para dar paso a edificios de lujo que aceptan criptomonedas.

—Las familias de las víctimas se han portado mal con los sobrevivientes. A nosotros nos dieron una basura de dinero. Yo he preferido desconectarme de todo, me enfermé de los nervios luego de dos años en la Corte.

Dice una propietaria que prefiere no dar su nombre, porque ya no puede hablar: el arreglo judicial implica confidencialidad.

Pero sus palabras muestran la impotencia de otros como ella, que sienten que aceptaron lo que aceptaron por presión: los convencieron de que era mejor hacerlo para no perderlo todo. Accedieron rápido, cuando no tenían idea del dinero que las empresas demandadas estaban dispuestas a entregar a las víctimas. Como apostadores novatos, titubearon ante la posibilidad de perder lo que ya estaba negociado. Sobre todo, cuando ciertos abogados, apresurados por querer conseguir un acuerdo, les hicieron saber que, como propietarios, la demanda también iba contra ellos, y podían resultar corresponsables de las muertes si así lo dictaminaba el juez.

—Los asustaron —dice la mujer.

La imagen de los propietarios codiciando el dinero que recibirán los familiares de los fallecidos —madres, padres, hermanos— es terrible. Pero la de los familiares demandando a propietarios que también pudieron morir —de haber estado en sus casas la noche fatal— también es perturbadora.

Los familiares, por su parte, están satisfechos con el acuerdo, pero algunos lamentan que esto signifique que nunca se determinará un responsable. El trato —lo saben— es una manera de voltear la página y oficializar el olvido, que llegará en forma de máquinas que aplanarán la tierra y borrarán todo. Muchos de esos familiares son los que exigen un *memorial*, un espacio conmemorativo, un sitio que contenga los nombres de los fallecidos, que los honren, que diga en esta tierra descansan, están aquí.

Es un deseo que comenzó a hacerse realidad gracias a deudos como Martin Langesfeld. En algún momento, los familiares tenían claro que el *memorial* debía construirse dentro del terreno. Pero esta aspiración parece ser una batalla perdida.

* * *

Avenida Collins 8777. Surfside.

La noche del 23 de junio de 2022 el sitio donde estaba la torre Champlain Sur se llenó de gente. Surfside organizó un evento para conmemorar el primer aniversario de la tragedia, en la playa al lado del terreno del edificio (que después de la tragedia fue cercado y cubierto, como para que nadie se asome a mirar las ruinas). No habían llegado tantos vehículos de prensa desde lo ocurrido un año atrás. Los periodistas hicieron sus enlaces en vivo desde la tarde. En sus tomas aparecía el hueco enorme entre el hotel Bluegreen Solara y Eighty Seven Park.

Los invitados empezaron a llegar a la zona a eso de las 11 de la noche. Llegó Ashley Dean con su madre, quien estaba en silla de ruedas y tenía en el pecho una foto de Cassondra Stratton. Habló con los periodistas, que se le acercaron con potentes reflectores. Llegó también Raquel Olivera, a paso ágil y firme, con una serenidad fresca, llena de fortaleza. Apareció Martin Langesfeld, que volvió a hacer declaraciones sobre la necesidad de luchar por el *memorial*. Langesfeld es hijo de argentinos, pero no habla con medios latinoamericanos. Nunca.

La cantidad de invitados iba creciendo en la calle 88, al lado de la piscina del hotel Bluegreen Solara. Por momentos, parecía una gala o un evento de beneficencia. Recibirían la 1:24 de la mañana —la hora del colapso— todos juntos, y encenderían 98 antorchas al borde del mar. En el cielo, un dron ya se alistaba para grabar todos esos destellos en la arena. «Es para un documental», cuchicheaban algunos.

Casi a la media noche apareció Angela González. Llegó junto a sus hijas: Deven y Taylor. Angela y Deven cayeron desde el octavo piso cuando corrían para escapar del derrumbe. La madre pasó cinco días en coma con lesiones graves. Se rompió la pelvis, se reventó un pulmón y tuvieron que operarle la cadera. Deven se destrozó el fémur, que sobresalía de su pierna izquierda cuando la rescataron. El señor González se quedó en la cama y murió en el colapso.

También se quedó en el departamento el bonito bulldog americano de la familia. Era una hembra; se llamaba Daisy.

Ahora, madre e hija caminaban y todas las miradas se dirigían hacia ellas. Eran las sobrevivientes, las luchadoras, las que se aferraron a la vida con todas sus fuerzas. Años atrás, Angela González había metido a su hija a jugar vóleibol, para que moldeara el carácter después de ciertos episodios de *bullying*. Cuando estaba sobre los escombros, fue Deven la que les exigió a los rescatistas que buscaran a su madre, quien —pensó— no debía haber caído muy lejos.

La noche del aniversario, Deven González ya había cumplido dieciséis años. Llevaba un vestido ligero y en su pierna izquierda se veía claramente la cicatriz que le dejó la caída. Es una cicatriz profunda, una «Y» marcada y fea, que ella decidió exhibir con orgullo desde el accidente, porque la caracteriza y, de alguna manera, define su existencia.

Tal vez esa cicatriz en la pierna de Deven sea, en pocos años, el único rastro físico que quede de la tragedia de la torre.

* * *

Miami demuele y reescribe. Borra y construye encima.

El terreno fue vendido al único postor interesado: el poderoso grupo DAMAC de Dubái. Los defensores del espacio conmemorativo han ido disminuyendo sus pretensiones. Primero, querían que el sitio del desastre se transformara en un monumento público. Luego, pedían un área intangible dentro del terreno que se iba a vender, para que se hiciera ahí un *memorial*. Ahora pretenden que los nuevos dueños cedan una parte del terreno que ya compraron. Luchan por que el municipio de Surfside presione a esos inversionistas, para que la existencia de un espacio conmemorativo sea requisito para poder construir.

Pero el alcalde de Surfside, Shlomo Danzinger, ha dicho que no le corresponde decidir sobre un terreno que no es suyo. La manera en la que Danzinger ha actuado provocó sospechas. Se supo que viajó a Dubái y se reunió con el fundador de DAMAC, Hussain Sajwani —uno de los tres árabes más ricos del mundo, según *Forbes*—, y se menciona que hasta tuvieron una cena en uno de los hoteles del magnate. Para algunos familiares, este encuentro dio la impresión de que la autoridad estaba sometiéndose a las intenciones del inversionista, en vez de defender los intereses de las familias afectadas.

Tal vez, Surfside, como en 1979, tiene autoridades débiles.

Los voceros de DAMAC descartaron cualquier posibilidad de un monumento conmemorativo en el sitio de Champlain Sur cuando comunicaron que no pueden ceder parte de su terreno, porque su objetivo es recuperar su inversión.

De hecho, el nuevo proyecto ya está listo. Lo hicieron público en junio de 2023.

* * *

El estudio encargado de diseñar el nuevo edificio es el de la afamada arquitecta Zaha Hadid, que murió en 2016, pero dejó su marca y sus replicantes. La firma opera en Londres y es una de las más importantes del planeta.

El CEO de Zaha Hadid Architects, Chris Lepine, ha dicho en varias entrevistas que son conscientes de lo delicado que resulta edificar el nuevo proyecto en un lugar como ese y que por esa misma razón quieren hacer algo glorioso y admirable, para respetar la historia del espacio y lo que significa para Surfside.

También quieren construir para cerrar una etapa y dar a la comunidad una sensación de «nuevo comienzo».

El diseño tiene esa fobia a los ángulos rectos de los edificios de Hadid, esas transparencias ahumadas, esos huecos multiplicados que forman tramas orgánicas, desorden generado por computadora, belleza de los insectos. Tendrá doce pisos y 53 unidades que irán de los 4 mil a los 12 mil pies cuadrados. Ningún departamento costará menos de un millón de dólares. La luminosidad de los planos que sobresaldrán de las ventanas será un guiño a la arena brillante de la playa local.

Como en 1979, un edificio en 8777 Collins se dispone a alardear frente al mastodonte de al lado. Al igual que en el centro de Miami, donde está el 900 Biscayne Bay al lado del One Thousand Museum, un edificio del grupo Terra y otro de Zaha Hadid se mirarán, cual pavorreales de concreto con plumas de vidrio.

«Hemos diseñado el mejor edificio posible. Queremos mostrar que un proyecto puede hacerse respetando un lugar tan significativo», dijo Chris Lepine a la revista de arquitectura *Dezeen*.

Quizá esa muestra de respeto u homenaje al pasado se encuentre en la piscina, tan emblemática en la vieja torre Champlain Sur, y que en el nuevo diseño se encuentra en el último piso: es una estructura transparente, flotante, que unirá dos bloques, como un puente de agua azul y de paredes transparentes.

Desde abajo, cualquiera que camine por la avenida Collins podrá ver a la gente nadando de bruces, como tortugas marinas desorientadas por la luz.

†

AGRADECIMIENTOS Y FUENTES

La escritura de este libro ha sido posible gracias a la participación invaluable de las personas que accedieron a brindarme sus testimonios y sus conocimientos.

Quiero expresar mi más profundo agradecimiento a los familiares de las víctimas que perecieron en el colapso de la torre Champlain Sur, quienes, en pleno trance de su duelo, compartieron su tiempo, sus recuerdos, sus datos y en algunos casos, sus fotografías y videos. Ellos son, en orden de aparición: Ashley Dean, hermana de Cassondra Stratton; Bernardo Camou, hermano de Gabriela Camou; Sergio Barth, hermano de Luis Barth (quien estaba en el edificio con su esposa Catalina Gómez y su hija Valeria); Raquel Oliveira, esposa de Alfredo Leone y madre de Lorenzo Leone (un niño de solo cinco años); Pascale Bonnefoy, hija de Claudio Bonnefoy; Dulce Obias, hermana de María Obias; Pablo Rodríguez, hijo de Elena Blasser y nieto de Elena Chávez; Eliana Luna y Juana Villalba, prima y madre, respectivamente, de Leidy Luna; Susana Galfrascoli y Maru Galfrascoli, madre y hermana de Andrés Galfrascoli; Juanjo Ubiría y Pablo Gorlero, amigos cercanos de Fabián Núñez.

Además de ellos, agradezco por sus testimonios a Iliana Monteagudo, quien escapó de su departamento apenas unos minutos antes del colapso; a Benjamin Abo, médico rescatista que llegó poco después de la tragedia y estuvo en el grupo que habló con la única sobreviviente atrapada bajo los escombros; a Susie

235

Rodríguez, residente y exmiembro de la Junta Directiva de la torre Champlain Sur, quien me brindó su perspectiva sobre los problemas internos del edificio; a Fiorella Terenzi, vecina de la torre Champlain Este, quien, en una visita, fue testigo presencial del deterioro de la torre Sur.

Durante esta investigación, fueron varios los periodistas que me apoyaron con algún dato o contacto. Les agradezco a todos, especialmente a Luján Román Aponte y a Juan Perdomo, en Paraguay; a Wendy Rhodes, quien cubrió la tragedia para el diario *USA Today*, de Estados Unidos; a Sandro Mairata, Patricia Clarembaux y a Enrique Flor, reportero de *El Nuevo Herald* y un viejo conocido mío, que lamentablemente falleció en 2022.

Como suele pasar en estos casos, hay personas —residentes, familiares de víctimas, agentes inmobiliarios, expertos, periodistas— que prefirieron hablar sin dar su nombre, por diversos motivos. Para ellos, va también mi enorme gratitud.

Toda la información de este trabajo ha sido obtenida por una investigación propia y por las entrevistas realizadas, salvo en los casos que se menciona explícitamente el medio de comunicación, citando alguna declaración o cierto dato.

Como toda investigación de estos tiempos, las redes sociales han sido una fuente valiosísima de información precisa para reconstruir escenas y atmósferas: videos reveladores, imágenes de drones, posteos de textos, anuncios o fotos que dejan registro de los estados de ánimo de los involucrados.

Además, constituyó una ayuda inmensa el grupo de Facebook *Remembering Champlain Towers South Surfside*, de Georgia Karagianni, que se convirtió en una suerte de central de noticias y documentos sobre la tragedia, además de un espacio de encuentro con algunos de los deudos y residentes.

El libro también contó con la valiosa participación del ingeniero Carlos Salcedo, en Perú, quien me dio información profesional sobre el funcionamiento de los elementos estructurales en un edificio moderno, y los posibles problemas que pueden explicar un colapso como el de la torre Champlain Sur.

Para abordar los asuntos técnicos estructurales, han sido una referencia obligada, además, los análisis publicados por el *Miami Herald* y el *New York Times*, y, sobre todo, el estudio independiente realizado por Joshua Porter, de la firma Consult Engineering, publicado en su canal de YouTube.

Una crónica que tiene como trasfondo una ciudad emblemática y compleja requiere saber más de esa ciudad. Además de la lectura de varios artículos periodísticos y de la búsqueda en archivos de periódicos, fueron de gran ayuda los libros *Miami* de Joan Didion (ur. clásico); *The Year of Dangerous Days: Riots, Refugees, and Cocaine in Miami 1980* de Nicholas Griffin; *The Corpse Had a Familiar Face*, de Edna Buchanan, entre otros. *Surfside*, de Seth H. Bramson, me permitió conocer la historia de la localidad desde sus orígenes.

Quiero agradecer también a los editores con los que tuve el gusto de trabajar: a Gabriel Sandoval y a Sergio Vilela, que confiaron en mí para la realización del proyecto; y a Víctor Ruiz, en Lima, y a Karla Sánchez, en la Ciudad de México, quienes hicieron lecturas muy cuidadosas de los manuscritos, y llevaron el texto a una mejor versión.

También, quiero mencionar a Luis Francisco Palomino y a Alex Ayala, amigos y escritores, que leyeron los primeros avances del libro, y me dieron sus generosas sugerencias

Finalmente, agradezco enormemente a Caroline, mi compañera de vida, y a mi hija Matilda, que nació en medio de la realización de este libro, y estrechó las horas de escritura pero ensanchó mi corazón.

ACERCA DEL AUTOR

Juan Manuel Robles es un escritor y periodista peruano. Es autor del libro de crónicas *Lima Freak. Vidas insólitas en una ciudad perturbada* (Planeta, 2007 / Seix Barral, 2019), de la novela *Nuevos juguetes de la guerra fría* (Seix Barral, 2015), del libro de cuentos *No somos cazafantasmas* (Seix Barral, 2018) y de la antología de columnas *Polarizados* (Seix Barral, 2023). En 2017, fue parte de Bogotá 39, una selección de los mejores escritores jóvenes de América Latina. Sus reportajes y relatos han aparecido en revistas como *Etiqueta Negra, Letras Libres, Gatopardo* y *VICE*, así como en varias antologías hispanoamericanas. Ha sido finalista del Premio Fundación Gabriel García Márquez, ha dado talleres en Lima, Buenos Aires y Washington D. C., y ha trabajado como docente en el programa de Escritura Creativa de la Universidad de Nueva York, ciudad en la que actualmente reside.